실낙원 2

이 도서의 국립중앙도서관 출판예정도서목록(CIP)은 서지정보유통지원시스템 홈페이지(http://seoji.nl.go.kr)와
국가자료공동목록시스템(http://www.nl.go.kr/kolisnet)에서 이용하실 수 있습니다.
(CIP제어번호: CIP2010001488)

세계문학전집
034

John Milton : Paradise Lost

실낙원 2

존 밀턴 지음
조신권 옮김

문학동네

일러두기

1. 번역 대본으로는 *Paradise Lost*, edited by Alastair Fowler (Longman, 1997)를 사용했다.
2. 이 책에 나오는 성경구절은 개역개정 4판 『성경전서』를 따랐다.
3. 이 책에 나오는 인명·지명·기타 고유명사는 외래어 표기법에 준하여 표기하는 것을 원칙으로 했으나, 성경에 나오는 고유명사인 경우 상기 성경의 표기를 따랐다.
 단, 성경의 표기보다 외래어 표기법에 따른 표기가 더 익숙한 경우, 독자의 편의를 위하여 외래어 표기법을 따랐다.
 예) 유브라데→유프라테스, 가인→카인, 바벨론→바빌론
 또한 문맥의 자연스러움을 위해 성경의 표기와 외래어 표기법 표기를 병용하기도 했다.
 예) 다메섹/다마스쿠스

차례

제7편	7
제8편	39
제9편	71
제10편	127
제11편	179
제12편	223

주註	255
해설 | 밀턴의 불후의 대서사시 『실낙원』	319
존 밀턴 연보	353

1권

시형에 관하여

제1편
제2편
제3편
제4편
제5편
제6편

주註

주요 등장인물

하나님(여호와) ⋯ 전지전능하고 영원불변하며 무한한 우주만물의 창조자, 섭리주. 6일 동안 하늘과 땅을, 7일째에 인류의 시조 아담과 하와를 창조한다.

예수(메시아) ⋯ 하나님의 외아들. 하나님과 함께 있으며, 그의 뜻을 받들어 그 일을 대행하고 사탄을 쳐부순다. 또한 인간이 타락한 이후 하나님과 인간 사이의 중재자 역할을 담당한다.

라파엘 ⋯ 하늘의 상위천사 중 하나. 하나님의 뜻을 받들어 아담에게 사탄의 의도를 알리고 주의하도록 경고한다.

미가엘 ⋯ 하늘의 상위천사 중 하나. 천사장(天使長). 군인같이 엄격한 미가엘은 아담에게 죄의 결과를 보여주고 그를 에덴 낙원 밖으로 추방한다.

가브리엘 ⋯ 상위천사 중 하나. 미가엘 다음가는 천사군의 지휘자. 에덴을 수호하던 중 사탄을 만나 그에게 힘과 슬기를 보여준다.

사탄 ⋯ 타락천사들의 우두머리. 마왕. 원래는 하늘의 상위천사 중 하나였지만, 하나님께 반역한 결과 지옥으로 떨어져 마왕이 된다. 그후 하나님에 대한 복수로 인간을 유혹하고 타락시키지만 결국 뱀이 되고 만다.

바알세불 ⋯ 타락천사들 중에서 사탄 다음가는 실력자. 만마전의 회의 때 사탄의 의견에 찬성, 다른 타락천사들도 따르게 한다.

몰록 ⋯ 타락천사들 중에서 가장 단순하고 잔인한 자. 비록 실패하여 전멸하게 된다 하더라도 하나님과 대항해서 싸우자고 한다.

벨리아르 ⋯ 타락천사들 중 가장 음탕한 자. 몰록의 주전론을 반박하면서 하나님과 싸워 전멸하느니보다는 참고 견디자고 한다.

죄 ⋯⋯ 사탄의 딸. 사탄의 악행의 결과로 태어난 자로 반은 여자의 모습이고 반은 뱀의 모습이다.

죽음 ⋯ 죄와 사탄 사이에서 태어난 아들. 일정한 형태를 갖추고 있지 않지만 그가 나타나는 곳에 공포가 일어난다.

아담 ⋯ 최초의 인간으로 인류의 시조. 완전한 존재로 만들어졌으나 이성의 혼란으로 결국은 금단의 과실을 먹고 에덴에서 추방된다.

하와 ⋯ 최초의 여자로 아담의 아내. 사탄의 유혹에 넘어가 금단의 과실을 맛보고 그것을 아담에게도 먹게 하여 함께 에덴에서 쫓겨난다.

제7편

줄거리

라파엘은 아담의 요구에 따라 이 세계가 최초에 어떻게, 그리고 왜 창조되었는가를 이야기한다. 즉, 하나님은 사탄과 그 부하 천사들을 밖으로 추방하고 나서 다른 또하나의 세계를 창조하여 그곳에 다른 생물을 살게 하려는 뜻을 선언하고, 영광과 천사들이 따르는 성자를 보내어 엿새 동안에 창조의 과업을 성취하게 하셨으며, 천사들이 그 과업의 성취와 그의 천국으로의 복귀를 찬미하며 축하했다는 것을 말해준다.

하늘에서 내려오라,[1] 우라니아[2]여, 만일 그대
그 이름으로 불릴 만하다면, 성스러운 그대 목소리 따라

날개 달린 페가소스[3]가 나는 것보다 더 높이
올림포스의 산을 넘어[4] 나는 날아가리라.
내가 부른 것은 그 이름 아니라 그 뜻이니, 이는 5
그대는 아홉 명의 뮤즈에 속하지도 않았고
옛 올림포스의 산정에서 살지도 않았고,
하늘에서 태어나, 산이 나타나고 샘물이 흐르기도 전에
영원의 지혜, 그대의 자매인 지혜와 함께 교제하며
전능의 아버지 앞에서[5] 노닐고 그대의 10
하늘나라 노래로 그분을 즐겁게
해드렸음이라. 그대의 인도를 받아
나는 하늘들 중의 하늘[6]에 지상의 빈객賓客으로
올라가, 그대가 조절한 정화천의 공기를
마셨다. 내려갈 때도 마찬가지로 안전히 나를 15
인도해서 내 본래의 고장[7]으로 돌려보내고,
(예전에 벨레로폰[8]이 이보다 낮은 곳에서
그랬듯이) 고삐 풀린 준마에서 떨어져
알레의 들판[9]으로 굴러내려 거기서
방황하다 쓸쓸히 표랑하는 일이 없도록 해주시라. 20
아직은 반이나 남은 노래, 그것도 눈에 보이는
일상의 세계[10] 안에 좁게 갇혀 있다.
우주의 극極 이상으로는 오르지 않고 지상에 서서
보다 편안히 사람의 목소리로 나는 노래하리라,
악운의 날 당해도 목쉬지 않고 그치는 일 없이, 25

비록 악운의 날과 사나운 혀를 만나도
또한 어둠 속에, 위험과 고독에 에워싸여도.[11]
그러나 나는 외롭지 않다. 그대가 밤마다
내 잠에 찾아오고, 또한 아침이 붉게 동녘을 물들일 때
나를 찾아주니.[12] 그래도 그대 좀더 내 노래를   30
인도하라, 우라니아여, 그리고 수는 적더라도
적합한 청중을 찾아내라. 그러나 바쿠스와
그 주객들의 야만스러운 소음을 몰아내라,
그 거친 폭도들이 트라키아의 가인歌人[13]을
로도페[14]에서 찢어 죽였을 때, 숲과 바위는 넋을 잃고   35
들었지만, 결국은 야만스러운 소음에 하프도 목소리도
안 들리고 뮤즈[15]조차 그 아들을 지킬 수
없다. 그대여, 간청하는 자를 그대 정녕 실망시키지
말라, 그대는 천신天神이고 그녀는 헛된 꿈이니.
   말하라, 여신이여, 금단禁斷의 나무[16]에 손대지 말도록   40
명령받은 아담과 그 족속이, 만일 배신하여,
그들의 식욕 비록 변하기는 쉽지만, 그것을
충족시키는 데 다른 모든 맛을 선택할 수
있는데도, 아주 쉽게 지킬 수 있는
그 유일한 명령을 범하면, 낙원에도   45
동일한 형벌이 내릴까 두려워
다정한 대천사 라파엘이, 배신을 경계토록,
비참한 예로써, 또한 하늘에서 배신자에게

일어났던 일들로써 아담에게 경고한 후 되어나간
일을 말하라. 그는 배우자인 하와와 함께　　　　　　50
주의깊게 이야기 듣고, 그렇게도 높고
기이한 일들, 즉 하늘의 증오
평화스럽고 복된 하나님의 성좌 가까이서 일어난
그토록 소란한 전쟁, 그러나 즉시 쫓겨나
그것을 끌어낸 자들 위에 홍수처럼 되돌아간　　　　55
축복과는 섞일 수 없는 악 등,
저희 생각으로는 가히 상상조차 할 수 없는
일들에 대한 이야기를 듣고 경악과 깊은 명상에
잠긴다. 이 얘기를 듣고 아담은
곧 마음속에 일어났던 의심을 버린다.　　　　　　60
그리하여 이제는 가까운 신변에 관한 일들,
눈에 보이는 이 하늘과 땅의 세계가 처음
어떻게 창조되었으며, 언제 무엇으로 창조되고
그 이유는 무엇인가, 자기의 기억 이전에
에덴의 안팎에서 어떤 일이 일어났는지를　　　　　65
알고자 하는 욕망에 순진하게 이끌려, 마치
갈증이 채 멎기 전에 흐르는 물을 보고
그 가벼운 물소리에 그만 새로운 갈증이 일어나는
사람처럼 나아가 하늘의 귀빈에게 이렇게 묻는다.
"이 세상과는 판이하게 다르고, 우리 귀를　　　　70
놀라움으로 가득 채우는 굉장한 일들을 그대는

보여주셨나이다. 성스러운 설명자여, 그대는 은혜로써
정화천에서 파견되어, 아니면 사람의 지혜가
미치지 못하기에 알 수 없고, 우리의 손실이
됐을 것들을 때맞춰 경고해주셨나이다. 75
이에 우리는 무한히 선하신 신에게 무궁한 감사를
드립니다. 또한 우리는 그의 훈계를
엄숙한 마음으로 받아들여, 그 지존의 뜻을
우리 존재의 목적으로 변함없이
지키리이다. 그러나 그대는 친절하게도 80
우리의 교훈 위해 지상에서는 상상조차
못할 일늘, 그러나 지고의 지혜로 보시기에
우리가 알아야 할 일들을 말씀해주셨으니,
원컨대 한층 낮게 내려오시어 우리가 알면
유익할 일들을 말씀해주소서. 85
수많은 움직이는 불로 장식되어 저토록 높고도
멀리 떨어져 보이는 하늘은 처음에 어떻게
창조되었으며, 넓게 퍼져 이 아름다운 대지를
에워싸며 도는 공간을 제공하고 또 채워주는
주위의 공기는 또한 처음에 어떻게 이루어졌는가를, 90
그리고 영원토록 거룩한 안식처에 있던 창조주가
어떤 동기로 지금에 와서 혼돈계에
창조를 시작했으며, 창조의 과업이 어떻게
이토록 빨리 끝났는가를, 만일

금지되지 않았거든, 영원한 나라의 비밀한 일들을 95
탐지하려 함이 아니라 그것을 알고 더욱 성업을
찬양하기 위해 묻는 것이오니, 그대 밝혀주소서.
위대한 대낮의 햇빛은 기울어졌으나 아직 달릴
길이 많이 남아 있음에도 그대 목소리에 발 멈추고
중천에 걸려 그대의 힘 있는 목소리를 듣고, 또한 100
그 생성의 유래와 보이지 않는 심연에서
생성한 자연의 출생을 말하는 그대 얘기를 듣고자
태양은 더 오래 머물 것이외다.
혹은 초저녁의 별과 달이 그대 얘기 들으려고
급히 달려오면, 밤은 침묵을 데려오고 잠은 105
눈을 떠서 그대에게 귀기울일 것이며, 혹은
그대의 노래 끝날 때까지 우리는 잠을 떠나 있게 하고
아침 밝기 전에 그대를 보내드릴 수도 있으리이다."
이렇게 아담이 훌륭한 빈객에게 청하니
거룩한 천사는 다음과 같이 부드럽게 대답한다. 110
"조심스레 청하는 그대의 요청을 또한 들어주리라,
전능하신 분의 업을 말함은 대천사의
어떤 말로도 혀로도 할 수 없는 것이고,
사람의 마음으로 이해할 수도 없는 것이지만.
그대가 이해할 만한 것이고, 그것이 조물주를 115
찬양하는 데도 도움이 되고 그대를 또한
행복하게 해줄 수 있는 것이라면, 듣고 싶어하는

그대 마음을 누를 필요는 없으리라. 그대의 알고 싶어하는
욕망을 한계 안에서 충족시켜주라는 소임을
위로부터 나는 받았느니라. 그 이상   120
묻는 것은 삼갈 것이며, 홀로 전지하신
눈에 보이지 않는 왕이 천지간의 누구에게도
전하지 않도록 밤 속에 숨겨두신 것을
그대 자신의 상상으로 바라지 말지어다. 그 밖에
탐지하여 알도록 남겨진 것 많이 있도다.   125
그러나 지식은 음식물과 같아, 마음이
용납할 수 있는 것만 적당히 알도록 욕망을
절제하는 것이 필요하리라. 그러지 않으면 포식으로
고통을 받게 되고 급기야 자양분을 헛되게
함과 같이 지혜를 어리석음으로 바꾸게 되리라.   130
　그러니 명심하라. 루시퍼[17])가 하늘에서 쫓겨나
(일찍이 천사의 무리 중에서 다른 별들보다
더 찬란했으므로 그를 그렇게 부르지만)
불을 뿜는 그의 부하 천사들과 함께 심연을
지나 그의 형장으로 떨어지고,[18]) 위대한 성자가   135
거룩한 자들을 거느리고 개선하여 돌아온 후, 전능하신
영원의 아버지는 그의 보좌에서 그 무리들을
보시고 성자에게 이렇게 말씀하셨다.
　'하늘의 천사가 모두 자기들처럼 반역할 줄로
생각했던 질투심 많은 적은 마침내 패했도다.   140

그들은 합세하여 우리를 쫓아내고, 감히 다가서지
못할 높은 세력, 지존하신 신의 자리를 빼앗을 것으로
믿었지만, 이제는 이곳이 알지 못하는[19] 그 다수의
무리들을 죄에 끌어넣었느니라.
그러나 그보다 훨씬 많은 자들이 제 위치를
지키고 있음을 아노라. 하늘은 아직도 비록 넓지만
그 나라를 지킬 만하고 적당한 봉사와 엄숙한
의식을 드리고자 이 높은 궁전을 끊임없이
찾아줄 만한 자들 많이 있도다.
그러나 그의 마음이 이미 이루어진 해를
어리석게도 내 손해로 생각하고, 하늘에서 백성을
전멸시킨 것이라고 으스대지 않도록, 자멸한 자를
잃는 것도 손실이라면, 나는 이 손실을 보충할
것이고, 순식간에 또다른 한 세계와
한 사람으로부터 무수한 인류를 창조하여
이곳 아닌 그곳에 살게 하리라.
그들은 오랫동안 순종의 시련 치르고
공적에 의해 점차로 높여져 마침내 스스로
여기까지 올라오는 길을 열게 되면, 땅은 변하여
하늘이 되고 하늘은 땅이 되어 끝없는
희열과 융합의 한 왕국이 이룩되리라.
그때까지 편안히 쉬어라, 너희 하늘의 천사들이여.
너, 나의 말,[20] 내가 낳은 아들이여, 너에 의해

이 일을 실행할 것이니 말하여 이루어라.[21]
나의 만물을 덮는[22] 영과 힘을 너에게 주어
보낼 것이니, 타고 나가 심연에 명하여
정해진 한계 안에서 하늘과 땅을 있게 하여라.
무한을 채우는 자는 나이니 심연엔 한계 없고,
내 비록 제한받고 스스로 물러나서 나의 선을
나타내지는 않는다 해도, 그것을 하고 안 하고는
자유지만, 공간은 공허하지 않도다.
필연과 우연은 내게 접근하지 못하며
내가 뜻하는 그것이 곧 운명이니라.[23]'
　전능자께서 이렇게 말씀하시니 그 말씀하신 것을
그의 말씀인 성자께서 실천에 옮긴다.
하나님의 행위는 신속하고 시간이나 움직임보다도
더 빠르지만, 지상의 사상이 받아들일 수
있도록 순서 있게 이야기하지 않으면
인간의 귀에는 전해지기 어려우니라.
이러한 전능자의 뜻이 선언되는 것을 들었을 때
하늘에는 성대한 축하와 환희가 있었다.
그들은 지존자에게는 영광을, 미래의 인류에게는
선의를, 그들의 거주지에는 평화를 노래했다.[24]
올바른 보복의 불로써 믿음 없는 역도들을 그의
눈앞에서 그리고 의로운 자의 집에서 쫓아낸
그에게 영광을, 또한 그 지혜로써 악에서

선을 만들기로 정하고, 악령 대신으로
그 빈자리에 보다 착한 종족을 두어
그곳으로부터 그의 선을 천추만세千秋萬歲에 펴시고자 하는
그에게 영광과 찬미를 바쳐 노래했다.[25] 190
 이렇게 천사들은 노래했고, 그러는 동안
성자는 전능의 힘을 두르고[26]
신성한 위엄과 무한한 지혜와
사랑의 빛으로 장식하고서
대원정의 길에 오르니, 하늘 아버지의 195
모든 것이 그에게서 빛난다.
그의 전차 주변에 수없이 몰려든
그룹과 스랍, 권천사와 좌천사,
역천사와 날개 달린 영들, 그리고 하나님의
무기고에서 나온 날개 돋친 전차, 이것은 200
구리로 된 두 산 사이에[27] 제일祭日을 위하여
하늘의 장비로 옛날부터 준비되었던 것으로,
그 안에는 영이 들어 있어
주의 명령 있으면 저절로 나온다.
하늘은 영원불변의 문을 활짝 열고 205
황금 돌쩌귀를 움직여 아름다운 소리를 내며
힘있는 말씀과 영으로써 새로운 세계를
창조하려 오고 있는 영광의 왕[28]을
통과시켰다. 그들이 천상의 땅에

서서, 그 기슭에서 광대무변한
심연을 바라보니, 그것은 바다처럼
어둡고 적막하고 황량하고 광란하고
사나운 바람과 하늘의 정점을 찌르고
중심과 극점[29]을 뒤섞을 듯한 산더미 같은 거대한
파도에 의해 밑바닥부터 뒤집히고 있었느니라.
'조용하라,[30] 너 거친 파도여, 너 심연이여,
잠잠하라, 너희 불화를 그치라!' 전능의 말씀은
이렇게 말씀하셨다. 이에 머물지 않고 성자는
그룹천사의 날개에 올라타고 아버지의 영광에 싸여
멀리 혼돈과 아직 생기지 않은 세계로 향했다.
혼돈은 그의 목소리를 들었고 모든 천사군은
창조와 그의 놀라운 위력을 보려고
찬란한 대열을 지어 그 뒤를 따랐다.
이윽고 불타는 차량들은 서고, 그는 하나님의
영원한 창고에 비치되어 있는 황금 컴퍼스[31]를
그 손에 들고 이 우주와 모든 피조물의
한계를 정하시려 했다. 그는 컴퍼스의
한쪽 다리를 중심에 놓고, 다른 쪽을 암담한
대심연 속으로 돌리면서 이렇게 말씀하셨다.
'여기까지 벌려라, 너의 경계는 여기,
너의 정당한 경계는 이것이로다. 아, 세계여!'
하나님은 이처럼 하늘을, 이처럼 땅을,

즉 형체가 없고 공허한 물질을 만드셨다. 깊은
암흑은 심연을 덮었지만, 잔잔한 물위에
하나님의 영은 품어 안은 따뜻한 날개를 펴시어[32]
유동하는 덩어리에 골고루 생명의 힘과 생명의
온기를 불어넣으셨다. 그러나 생명에 해로운 검고
차고 음침한 황천의 찌꺼기는 아래로
옮겨놓으셨다. 다음에는 굳히고 둥글게 뭉쳐 같은
종류끼리 합치고 나머지 것은 각기 제자리에
갈라놓고, 그 사이에 공기를 자아내니, 지구는 스스로
균형을 이루어 그 중심에 걸려 있게 되었다.
　'빛이 있으라!'[33] 하고 하나님이 말씀하시자, 즉시
만물의 시초인 하늘의 빛, 순수한 제5원소[34]가
심연에서 튀어나와 빛나는 구름에 싸여
그 태어난 동쪽[35]으로부터 어두운 허공을 지나
나아가기 시작했으니, 이는 해가 아직은
나타나지 않고 잠시 구름의 장막[36] 안에
머물고 있었기 때문이니라. 하나님은 빛을 보고
좋다고 하셨다. 그러고는 반구半球로
빛과 어둠을 갈라 빛을 낮, 어둠을 밤이라
이름하셨다. 이처럼 저녁이 되고 아침이 되니
첫째 날이니라. 태초에 찬란한 빛이 어둠에서
발사되는 것을 보았을 때 하늘의 합창대는 찬미의
노래로 축복하지 않고 넘겨버릴 수가 없었다.

하늘과 땅이 태어난 날, 그들은 환희와 환호로
공허한 우주의 구체球體³⁷⁾를 채우고, 황금 하프를
타서 하나님과 그 성업을 찬미하며 그를
창조주라 노래했다. 첫 저녁이 왔을 때,
첫 아침이 왔을 때.

    다시 하나님은 선언하셨다. '물 가운데
궁창이 있어 물과 물로 나뉘게 하리라.'³⁸⁾
그리하여 하나님은 창공을 만드셨으니,
유동하는 맑고 투명한 원소와 같은
공기는 퍼져, 그것은 이 거대한 구체의
가장 먼 볼록면³⁹⁾, 즉 아랫물과 윗물을
구분하는 견고하고 확실한 분벽分壁에
이르기까지 순환하여 확산되었다. 하나님은
세계를 땅과 같이 넓은 수정의 대양 안에서
돌며 흐르는 잔잔한 물위에 세우시고, 혼돈의
거친 무질서한 소란을 멀리하여, 난폭한
극단極端들⁴⁰⁾이 접근해서 전체 구조를
어지럽히는 일이 없도록 하셨다.
그는 이 창공을 하늘이라 이름하셨고, 저녁과
아침의 합창은 둘째 날을 노래했다.

    땅은 형성되었으나 물의 태⁴¹⁾ 가운데
미숙未熟, 미생未生인 채 싸여 아직
나타나지 않았다. 땅의 모든 표면에

대양이 흘러, 부질없이 흐르는 것 아니고 따뜻한 결실의
액체로 온 구체를 부드럽게 하고,   280
위대한 어머니⁴²⁾를 생식의 습기로
충만시키고 발효시켜 잉태케 했다. 그때
하나님은 이렇게 말씀하셨다. '하늘 아래 있는
물이 한곳으로 모여 마른 땅이 나타나게 하라.'⁴³⁾
즉시 거대한 산들이 돌연히 나타나   285
그 넓은 벌거벗은 등을 구름 속에
나타내고, 봉우리는 하늘에 올랐다.
넓고 깊고 텅 빈 광대한 물의 밑바닥은
치솟은 산들의 높이만큼 낮게
밑으로 가라앉았다.⁴⁴⁾ 물은 그쪽으로,   290
기뻐하며 급히 물방울이 마른 땅에서
먼지에 뒹굴듯이 굴러가거나, 혹은 솟아올라
수정과 같은 벽을 이루고, 혹은 곧은 산마루가
되기도 하도다. 이렇듯 위대한 명령은
급류에 비상飛上을 일으키니,   295
나팔소리에 군대가(군대에 대한 얘기는 그대가
이미 들었도다) 군기 아래 모이듯 물은 그렇게
모여 길이 나는 대로 물결에 물결이 겹쳐
구르면서 흘렀도다. 길이 험하면 격류가 되고
평지에서는 잔잔히 흘렀으나 바위도 산도   300
막지 못했다. 그들은 혹은 땅 밑으로 혹은

넓은 주위를 뱀처럼 꾸불꾸불 돌아
길을 찾아 나아가거나 연한 진흙 위에 깊은 도랑을
팠다. 지금 강물이 흐르며 끊임없이 물꼬리가 305
닿는 제방 안 이외엔 물 마르고,
하나님이 땅에 명령하기 전이니
쉬운 일이었으리라. 마른 육지를 땅, 모인 물의
큰 저장소를 바다라 불렀다. 하나님
보시기에 좋으므로 이렇게 말씀하셨느니라.
'땅에서 푸른 풀과 낟알을 내는 풀과 310
그 종류에 따라서 열매를 맺는
온갖 과일 나무를 지상에 나게 하라!'[45)]
그 말씀이 끝나자마자 그때까지 황폐하고,
벌거벗고, 볼품없으며, 모양 없던 땅에
연한 풀이 나오고, 그 풀의 어린잎은 315
상쾌한 푸른빛으로 땅의 온 표면을
감쌌다. 다음으로는 각종 초목들에 갑자기
꽃이 피고 빛깔도 가지각색으로 물들었으며
좋은 냄새로 대지의 가슴을 즐겁게 했다.
이 꽃들이 피자, 송이 많은 포도덩굴 무성히 320
자라고 살진 박덩굴 기어나오고 곡식은
이삭을 세우고 들판에 진을 쳤다.
이 밖에 보잘것없는 덤불과 곱슬곱슬 얽히는
잔나무들이 있었고, 마지막으로 춤추듯이 거창한

나무들이 일어서, 과실 풍성하게 매달린 가지를 펴고 325
꽃봉오리를 맺게 했다. 산들은 높은 숲으로,
골짜기와 샘터는 각기 풀숲으로, 시내는
풀의 긴 테두리로 장식되었다. 이제 땅은
신들이 살고 즐거이 거닐며 거룩한 나무 그늘
드나들기 좋아하는 하늘과 흡사했다. 330
하나님은 아직 땅에 비를 내리지 않으셨고
또 땅 갈아 농사지을 사람도 없었지만,
대지에서는 이슬의 안개가 피어올라
온 지면을 적셨다.[46] 하나님이 만든 땅,
그 들에 아직 수목들과 풀들이 있기 전, 푸른 줄기에 335
아직 초목이 돋아나기 전에. 하나님
보시기에 좋으니, 저녁과 아침은
셋째 날이 되었다.
　다시 전능자께서 이르시기를, '넓은 하늘에
높이 광명이 있어 낮과 밤을 나뉘게 하라. 340
그것을 징조를 위하여, 계절을 위하여, 날들을 위하여,
돌고 도는 해(年)를 위하여 있게 하라.
또한 땅에 빛을 주도록 내가 정한 바와 같이
하늘의 창공에서 맡은 임무로
그 빛을 위해 있게 하라' 하시니, 그렇게 되었다.[47] 345
하나님은 인간에게 크게 유익한 두 개의
커다란 발광체[48]를 만드시어 큰 것으로 낮을,

작은 것으로 밤을 교대로 다스리게 하시고
또 별들을 만드시어 하늘의 창공에 두어
땅을 비추게 하시고 그 교체交替로[49] 낮과 밤을   350
다스리게 하여 빛과 어둠을
나뉘게 하셨다. 하나님께서 이 위대한
성업聖業을 바라보시니 좋으셨다.
모든 천체 중에서 먼저 해를, 즉 하늘의
영질靈質이면서도 처음에는 빛이 없었던   355
힘찬 구체를 그는 만드셨고, 그다음으로는
둥근 달과 각 등급의 별들을 만드시어
들에 씨 뿌리듯 하늘에 빽빽이 뿌리셨다.
그는 빛의 대부분을 구름의 성당에서 옮겨
흐르는 빛을 받아 빨아들일 수 있도록   360
구멍이 많고 또 모인 광선을 보존할 수 있도록
견고하게 만들어진, 지금은
빛의 대궁전인 태양구에 놓으셨다.
다른 별들[50]이 그 원천으로 향하듯 이곳으로
와서, 황금 병[51]에 빛을 받아 넣으니, 그로써   365
샛별도 그 뿔을[52] 반짝였다.
빛을 흡수하거나 반사함으로써 별들은 그 작은
소유를 늘려갔다. 사람의 눈으로는 비록
너무 멀어서 아주 작게 보이긴 하지만.
그 영광의 등불, 낮의 통치자는 동쪽에   370

나타나 널리 지평선 위에 찬란한
광선을 주고, 하늘의 대로를 따라
즐겁게 그 경선經線[53)]을 달려갔다.
희미한 미명과 묘성昴星[54)]은 달콤한 영기를
발산하며 그 앞에서 춤을 췄다. 달은 그보다
좀 어둡게 맞은편 정서방正西方에 놓여,
태양의 거울로부터 면상 가득히 그 빛을
빌려 받았다. 그 자리에서는
다른 빛이 전혀 필요 없고, 끊임없이 같은
거리를 유지하면서 밤이 이르면 교대하여
동쪽에서 빛나고, 거대한 하늘의 축을 돌면서,
수천의 작은 발광체들, 즉 반구를 눈부시게
비추며 나타나는 수천만의 별들과 더불어
통치권을 분담했다. 그때 비로소 떴다가 지는
찬란한 광체光體에 장식되어 즐거운 저녁과
아침은 넷째 날을 빛냈다.
 하나님은 다시 이르시기를, '물은 수많은 알을 갖는
기어다니는 생물로 번성케 하라.
그리고 땅 위 하늘의 열린 창공에서 새가
날개를 펴고 날게 하라'[55)] 하시고는
커다란 고래와 각종 생물들, 즉 물에서
종류 따라 생산되는 수많은
기어다니는 것들을 창조하셨고, 또한 종류별로

날개 있는 각종 새들을 창조하셨다. 하나님
보시기에 좋으시매 그는 축복하여 이르시기를, 395
'풍성하라, 번성하라, 그리하여 바다에,
호수에, 흐르는 시내에, 물을 가득 채우라
그리고 새들도 땅에 번성하라'[56] 하셨다. 즉시
바다와 시내, 만과 포구는 수없는
고기 새끼와 고기떼로 들끓고, 그것들은 400
지느러미와 반짝이는 비늘로 푸른
파도 밑을 헤엄치고 가끔은 떼 지어 바다
한복판에 둑을 이룬다. 혼자서 또는 떼 지어
저희들 목초인 해초를 먹기도 하고 산호의
숲을 헤매기도 하고, 또는 섬광을 발하며 405
노닐다가 금빛 반점 물결 지는 옷자락을
햇빛에 드러내기도 하고, 또는 진주조개 속에서
편안히 물에 젖은 먹이를 지켜보는가 하면
이음매가 있는 갑옷 입고 바위틈에서 먹이를
기다리기도 했다. 잔잔한 바다에서는 물개와 410
등 굽은 돌고래가 노닐고, 무거운 몸 둔하게
움직이며 걸음걸이 거창하게 대양을 어지럽히는
것들도 있었다. 생물 중 가장 큰 리워야단[57]은
바다 위에 곶처럼 뻗어 잠을 자기도 하고
헤엄도 치니, 움직이는 육지같이 보이고, 415
아가미로 바다 하나를 들이마시고 코로

뿜어냈다. 한편 따뜻한 동굴과 늪과
물가에서는 수많은 새끼가 깨어 알에서
나왔도다. 알은 자연적으로 터져 날개 없는
새끼를 내놓았지만, 즉시 깃 돋아 날개 갖추고   420
하늘을 날며 멀리 구름 밑에 있는 대지를
노래하며 내려다보았다. 독수리와 황새는
절벽 위 향백나무 꼭대기에 집을
짓고,[58] 홀로 상공을 날기도 하고,
더구나 영리하여 계절을 알았음인지[59]   425
똑바로 떼를 지어 쐐기꼴로 가고,
하늘 높이 바다 넘고 육지 건너
교대로 날개 쳐 편안히 날며
공중여행을 떠났다. 영리한 학은
바람 타고 해마다 여행길에   430
나서니, 그들이 지날 때면 무수한
깃털에 바람이 일어 공기가 물결쳤다.
작은 새들은 가지에서 가지로 날아다니며
노래로 숲을 달래고 그 아름다운 날개 펼쳐
밤이 이르니, 장엄한 나이팅게일은 울음소리   435
그칠 줄 모르고 밤새도록 부드러운 가락으로
노래했다. 어떤 새들은 은빛 호수와
시냇물에 가슴털을 적시고, 백조는
활대처럼 휜 목을 자랑스럽게 망토 같은

흰 날개 사이에 파묻고, 발가락의 노로 440
어엿이 저어갔다. 그러나 가끔은 물을 떠나 힘센
날개로 날아 공중 높이 솟아올랐고, 또 어떤 것들은
땅 위를 굳건히 걸었다. 정적의 시간을
작은 나팔소리 울리는 볏 달린 수탉도 있고, 혹은
찬란한 무지갯빛으로 치레한, 눈빛이 별빛처럼 445
영롱하고 화사로운 꼬리털로 단장한 것들도
있었다. 이렇듯 물에는 물고기, 하늘에는 새가
가득차 저녁과 아침은 다섯째 날을 축복했다.
　여섯째 날, 창조의 마지막 날이 저녁의
비파와 아침 노래로 밝자, 하나님은 이렇게 450
이르셨다. '땅은 그 종류별로 생물을 생산하라!
온갖 가축과 기는 짐승, 그리고 지상의 짐승을 각기
그 종류 따라!'⁶⁰⁾ 이에 땅은 순종하여 곧 그
풍요한 태를 열고 수없는 생물, 형체가 완전하고
네 발 달렸으며 다 커서 성숙한 것들을 455
낳았다. 잠자리에서 일어서듯 야수들은
땅에서 일어나 황량한 숲이나 덤불,
또는 동굴 속에서 살며, 나무 사이를
짝지어 일어서 걸었다. 들과 푸른
초원에 가축들이, 어떤 것은 혼자 외롭게 460
또 어떤 것은 떼를 지어 함께
풀을 뜯으며 대군을 이루어 나왔다.

풀밭이 새끼를 낳자,⁶¹⁾ 이제 반쯤 나타난 것은
황갈색의 사자, 그 뒷부분을 빼내려고
발버둥치더니 곧 굴레를 벗은 듯 껑충 뛰어   465
일어나, 뒷발로 서서 얼룩진 갈기털을
흔들었다. 표범·살쾡이·범은 두더지가
일어나듯, 허물어진 흙을 자기 몸에
산처럼 쌓아올렸다. 재빠른 수사슴은 가지 진
머리를 땅속에서 추켜들었고, 땅에서 태어난   470
최대의 짐승 베헤못⁶²⁾은 간신히 제 굴에서
거구를 일으켰다. 양떼는 털을 달고 나와
울며 초목처럼 일어섰고, 바다와 육지 사이에서
양서하는 하마와 비늘 돋친 악어도 또한
일어섰다. 땅을 기는 것은 무엇이나 모두,   475
곤충도 땅벌레⁶³⁾도 나왔다. 곤충은 보드라운
날개를 부채처럼 움직이며, 아주 작은 아담한
몸집을 황금빛, 자줏빛, 초록빛 반점 있는
자랑스러운 여름옷으로 장식했다.
땅벌레는 기다란 몸을 선처럼 끌며   480
꾸불꾸불한 자국을 땅 위에 남겼다. 모두가
자연의 미물만은 아니었으니, 그 가운데서도
어떤 뱀 종류의 것은 놀랄 만큼 길고 굵으며
몸을 사리기도 했고 게다가 날개까지
있었다. 먼저 기어나온 것은 검소한 개미,   485

장래에 대비하여 큰 마음[64]을 작은 가슴에
싸고 있었으니, 이는 아마도 여러 종족을
결합하여 공동의 단체 이루는 먼 뒷날의
정당하고 평등한 모형 되리라. 다음에 떼 지어
나타난 것은 암벌, 남편인 수벌을 맛있는 것으로   490
부양하고 벌꿀 집 만들어 꿀을
저장한다.[65] 이 밖의 생물 헤아릴 수 없이
많으나 그대 그 성질을 알고 그들의 이름
지어주었으니 여기서 되풀이할 필요는
없으리라. 들판에 사는 아주 교활한 짐승으로   495
노란 눈과 무서운 갈기 머리를 갖고 있으며
때로는 몸집이 거대한 뱀이 있다는 것 그대
알고 있으나, 그대에게는 아무런 해도 주지
않으며[66] 그대의 명령에 따를 뿐이니라.
바야흐로 하늘은 한껏 영광에 빛나고,   500
위대한 시동자始動者의 손이 먼저 정한
그 궤도대로 운행했다. 땅은 성장盛裝을 하고
곱게 미소 지었고, 공중과 바다 그리고 육지에는
새·물고기·짐승이 날고 헤엄치고 떼 지어
걸었다. 그러나 여섯째 날은 아직 계속되었느니라.   505
아직 부족한 것은 가장 주된 일, 즉 이미 이루어진
모든 것의 목적이니, 다른 생물처럼 엎드리지도 않고
어리석지도 않고, 성스러운 이성이 부여되고

온몸을 곧게 펴고 서서 단정히 맑은 얼굴로
다른 것을 다스릴 수 있으며, 자신을   510
앎으로써 숭고한 마음으로 하늘과
상통할 수 있으나 선이 내리는 원천을
고맙게 여기고 신심을 다해 마음과
목소리와 눈을 그쪽으로 돌려 모든 성업의
으뜸으로 그를 만든 지존하신 하나님께   515
경배드리고자 하는 자라. 그래서 영원한
전능의 아버지께서는 (그가 안 계신 곳이 어디랴?)
높은 음성으로 성자에게 이렇게 말씀하셨느니라.
 '이제 우리 모습을 닮은 사람을 만들자!
그래서 바다의 고기와 공중의 새를,   520
들짐승과 전 지상을
그리고 땅에 기는 온갖 길짐승을
다스리게 하자'⁶⁷⁾ 하시고, 하나님은
그대 아담을 만드셨다. 아 인간이여,
땅의 먼지여, 그리고 생명의 입김을 그대   525
코에 불어넣으셨다. 그 자신의 모습대로
정확한 그의 모습 그대로 하나님이 그대를
만드셨고 그대는 산 영이 되었다.
그대를 남자로, 종족을 위하여 그대 배필을
여자로 창조하신 후, 하나님은 인류를 축복하여   530
이르시기를, '풍성하라, 번성하라, 지상에 충만하라,

땅을 정복하라, 바다의 고기와 공중의 새와
땅 위를 움직이는 모든 생물을 다스리라'[68]
하셨다. 이렇게 창조된 곳 어디든,
아직 이름 정해진 곳 없으니,   535
그곳으로부터, 그대 알다시피, 그는 이 즐거운
숲으로, 보기에도 상쾌하고 먹을 것도 풍요한
하나님의 나무들이 심겨 있는
이 동산으로 그대를 인도하여 온갖 좋은
과일을 먹도록 아낌없이 주셨나니,   540
모든 땅이 생산하는 한없이 많은 갖가지 것들
모두 여기 있다. 그러나
선악의 지식을 주는 나무의 열매는 먹지
말라. 먹는 날에는 그대 죽으리라.[69]
형벌로서 죽음이 부과되리니, 조심하여   545
그대의 식욕을 억제하라, 그러지 않으면
죄와 그 검은 시종인 죽음[70]이 그대를 덮치리라.
여기서 그는 창조의 일을 끝내고
그가 만드신 모든 것을 보시니 심히
좋았더라. 이리하여 저녁과 아침은 여섯째 날을   550
완성했다. 창조주는 피곤하지 않았지만,[71]
그 성업을 멈추시고 그의 높은 거처,
하늘 중의 하늘로 돌아가, 거기서
새로 창조된 세계, 더 보태진 하나님의 제국이

그 보좌에서 전망할 때 어떻게 보이며, 555
그 위대한 이상에 부응해서 얼마나 좋고 또
얼마나 아름다운가를 보고자 하셨다. 그가
올라가시니 갈채와 천사들의 화음에 맞추는
천만 개의 하프의 교향악도 뒤따랐다.
땅도 공중도 묘음으로 가득차고(그대도 560
들었으니 알고 있겠지만), 모든 하늘들도
성좌들도 울리고, 유성들도 제 자리에
서서 그 소리를 듣는 동안 찬연한
행렬은 기쁨에 취하여 올라갔다.
'열려라, 영원의 문들아'[72] 하고 그들은 565
노래했다. '열어라, 하늘이여, 생명의 문들을!
엿새 동안의 위업으로 한 세계를
창조하시고 장엄하게 돌아오신 대창조주가
들어가시리로다. 열어라 그 문을, 이후로도
가끔. 하나님께서 기꺼이 의로운 사람의 집을 570
자주 찾아오시고 또 하늘의 은총 내리시기
위하여 빈번히 날개 돋친 사자를 그곳에
보낼 것이니.' 영광의 행렬은 하늘로
오르면서 이같이 노래했다. 찬연한 문이
활짝 열린 하늘을 지나 곧장 그는 하나님의 575
영원한 집을 향해 나아가셨다.
길은 넓고 크며 그 흙은 황금이요, 그 포석은

별이니, 마치 그것은 밤마다 그대들이 보는
별 뿌린 둥근 띠와도 같은 은하수,
그 하늘의 강에 나타나는 별과도 같았다. 580
이리하여 지상에는 일곱번째 저녁이 에덴에
왔다. 해는 지고 황혼이 밤을
앞질러 동쪽에서 나타나니, 그때 하늘에
높이 자리잡은 그 정상의 거룩한 산,
영원히 흔들리지 않는 확고한 하나님의 585
보좌에 능력의 성자께서 이르러
위대한 아버지와 함께 앉으셨다.
보이지 않았지만 하나님께서도 그와 함께
가서 머물며(편재자遍在者는 이런 특권
갖나니) 만물의 창조자로서 또는 그 목적으로서 590
일을 명하셨다. 이제는 일을 쉬시고
일곱째 날을 축복하사 성스럽게 하셨으니,
이날에 모든 일을 쉬었기 때문이로다.
그러나 이 성스러운 날을 침묵 속에 보내신
것은 아니었으니, 하프는 쉬지 않고 가락을 595
울렸으며, 장엄한 피리와 생황73), 고운 소리 내는
각종 풍금과 현이나 금선 현을
켤 때 줄받침에서 나는 온갖 소리는 합창이나
또는 독창의 노랫소리와 섞여 부드러운 화음을
꾸몄다. 향기로운 구름은 금향로74)에서 600

피어올라 성산을 감쌌다. 창조와 엿새 동안의
위업을 그들은 노래했다. '여호와여, 당신의
성업은 위대하고, 당신의 능력은 무한하나이다.[75]
어떤 생각이 당신을 헤아리고 어떤 혀가 당신을
말할 수 있으리오.[76] 거대한 천사들[77]에 대한 개선   605
때보다도 더 위대하나이다. 그날 우레는
당신을 찬미했지만, 실로 창조는 창조된 것을
파괴하는 것보다 더 위대하나이다. 능력의
왕이시여, 누가 당신에게 손상을 입히고 그 왕국을
제한할 수 있으리오. 반역천사들은 불손하게도   610
당신을 깎아내리고 그 수많은 숭배자들을
당신으로부터 물러가게 하려 했지만 당신은
그 교묘한 시도와 헛된 계획을 쉽게
물리치셨나이다. 당신을 낮추고자 하는 자는
그 목적과는 달리 한층 당신의 힘을 높일 뿐.   615
당신은 그의 악을 이용하여 거기서 더욱 선을
창조하셨나이다. 이 새로운 창조된 세계, 하늘문에서
그리 멀지 않고 맑고 투명한 유리바다[78]에
놓인 것처럼 보이는 또하나의 다른 하늘[79]을
굽어살피시라. 그 넓이는 거의 한이 없고 수많은   620
별 하나하나가 아마도 정해진 거주의 세계,
그 세계의 시기는 당신만이 아시나이다.[80]
그 별들 중에서 인간의 고장인 지구,

그들의 즐거운 안식처는 그 밑의 대양에
에워싸여 있나이다. 지극히 행복한 인간이여, 625
인간의 아들들이여, 하나님은 그 모습대로
그대들을 창조하시어 이토록 높이고, 거기서 살며,
그를 숭배하고, 그 보답으로 땅과 바다와
하늘에 있는 그의 창조물을 다스리며[81]
거룩하고 의로운 숭배자들을 번식케 하셨느니라. 630
그대들이 그 행복을 알고 바른 길에서
벗어나지 않으면 더욱 행복해지리라.'
 이렇게 그들이 노래하니 할렐루야 소리
정화천에 울려퍼졌고, 안식일은 이처럼
지켜졌다. 이 세계와 자연현상이 처음에 635
어떻게 시작되었고, 그대의 기억 이전,
처음부터 무엇이 어떻게 이루어졌는가를 알고,
그것을 자손들에게 전하고자 하는 그대의 소원은
이로써 충족되었으리라. 만일 인간의 법도 넘지 않고
달리 물을 것 있으면 말하라." 640

제8편

줄거리

아담이 천체의 운행에 관해 질문하자, 라파엘은 이에 대해 알쏭달쏭한 대답을 하고 나서, 그런 것보다 좀더 알아둘 가치가 있는 것을 탐구하는 것이 좋다고 권고한다. 아담은 수긍했으나 그를 더 붙잡아두고 싶은 마음에서, 자기가 창조된 이래 기억하고 있는 일, 즉 자기가 낙원에 놓이게 된 일, 고독과 적당한 사교에 관한 하나님과의 대화, 하와와 처음 만나 결혼한 것 등을 그에게 얘기한다. 이에 대한 천사와의 대화가 있은 후, 천사는 되풀이해 주의를 주고서 떠난다.

천사의 말은 끝났으나, 아담의 귀에 남은 1
그 목소리 너무 매력적이어서, 아직 말하고

있는 것같이 생각되어 그는 잠시 꼼짝 않고
귀를 기울였다. 그는 마침내 잠에서 깨어난 듯
감사하면서 대답한다. "어떤 감사를 드려야   5
충분하고 어떤 보답을 해야 적합할지
모르겠나이다. 사실을 말해주신 천사여,
당신은 내 지식의 갈증을 이같이 충분히
풀어주었고 감히 이토록 친히 몸을 낮추어,
그러지 않고선 내가 탐지할 수 없는 것을   10
이야기해주셨나이다. 나는 당신 말씀을 기쁨과
놀라움으로 듣고 당연한 일이지만 높으신
창조주께 영광을 돌리나이다. 그러나 아직은
의문스러운 것이 남았으니 오직 당신의 설명만이
이것을 풀 수 있으리이다. 이 아름다운 구조,   15
하늘과 땅으로 이루어진 이 세계를 보고
그 크기를 측량할 때, 이 지구는 궁창과
그 무수한 별들과 비교하면 한 점, 한 낱알,
한 원자에 불과한데,[1] 그 별들은 헤아릴 길 없는
공간을 돌며(그 거리와 날마다의 빠른   20
회귀가 그렇게 생각하게 하지만),
이 지극히 작은 점, 이 어두운 땅 둘레에,
하루 낮과 밤, 빛을 줄 뿐, 그 밖에는
널리 둘러보아도 쓸모없는 듯하여[2] 가끔은
의아하게 생각하나이다.[3] 어째서 슬기롭고 알뜰한 25

자연이 이러한 불균형을 받아들여, 보건대
오직 이 한 가지 용도[4]만을 위한 것인데, 불필요하게도
이토록 수많은 고귀하고, 이토록 많은
가지가지 천체를 창조하여, 이렇게 휴식 없이
매일 되풀이되는 회전을   30
그 구체들에게는 강요하는 반면,
가만히 앉아 있는 지구는 훨씬 짧게
회전할 수 있는데도,[5] 자신보다 고귀한 것들의
도움을 받아서 조금도 움직이지 않고도 목적을
달성하며, 이렇게도 측량할 수 없는 노정을   35
보이지 않는 신령한 속도로[6], 실로 수로써는
표시할 수 없는 그런 빠른 속도로 보내온
선물인 온기와 빛을 받는 것인지."
 우리의 조상은 이렇게 말했고, 그 용모는
깊은 명상에 잠겨 있는 듯했다. 근처에   40
물러나 앉아 있던 하와는 이것을 보고,
그 자리에서 기품 있는 겸손과 보는 자가
반해서 더 머물러 있고 싶도록
만드는 우아한 모습으로 일어나, 열매와 꽃들
사이로 나아가, 손수 가꾼 봉오리나 꽃들이   45
얼마나 무성해졌는가를 살펴본다. 그녀가 다가오자,
그것들은 모두 피어나고 곱게 어루만지는 손길에
즐거이 자랐다. 그러나 그녀가 이들

꽃 사이로 온 것은 이런 얘기가 즐겁지 않거나
고상한 이야기가 듣기 거북해서가 아니라,
아담의 얘기를 혼자 듣는 그런 기쁨을
마련하기 위해서였다. 이야기하는 상대로는
천사보다도 남편이 더 좋고 그녀는 오히려
그에게 묻는 편이 더 좋았다. 그는 틀림없이
재미있는 다른 얘기를 섞고, 고상한 문제를
부부의 애무로써 풀어줄 것이니, 그녀를 즐겁게
해주는 것은 다만 그의 입에서 흘러나오는
말만은 아니었다. 아, 언제 다시 이런 사랑과
존경으로 맺어진 부부를 볼 수 있으랴.
그녀는 시녀들[7]을 거느리고 여신과도 같은 모습으로
나아갔다. 여왕처럼 그녀에겐 항상 매력적인
우아의 행렬이 따르고, 그 몸 주변에선 언제나
그녀를 보고 싶도록 하는 소망의 화살이 모든
눈에 쏘아졌다. 라파엘은 아담이 제시한 질의에
이윽고 친절하고 부드럽게 대답한다.
 "묻고 탐구하는 그대를 탓하지는 않으리라. 하늘은
하나님의 책[8]처럼 그대 앞에 놓여 있으니
거기서 신묘한 창조의 위업을 읽고, 계절과 시간,
날과 달 또는 해$_年$를 배워 알라. 그대의
생각만 올바르면, 이 지식을 얻는 데에는
하늘이 움직이든 땅이 움직이든[9] 상관없도다. 그 밖의

것은 위대한 건축자께서 슬기롭게 사람에게도
천사에게도 숨기고, 찬미하는 자가 그것을
자세히 살펴볼 수 있도록 그 비밀을
드러내지 않느니라. 만일 그들이 억측하기를 75
좋아한다면, 그는 모든 하늘의 구조를 그들의
논의에 맡기고, 아마도 그후 그들이 하늘의 모형을
만들어 별들을 측량하려고 한다면[10], 그는 그 진기하고
잘못된 그들의 의견에 가소로워 웃음을 터뜨리리라,[11]
즉, 그 거대한 구조를 그들이 어떻게 다루고, 80
그 외관[12]을 지탱하기 위하여 그들이 어떻게
세우고 부수고 계획을 짜며, 또 휘갈겨 쓴[13]
동심권同心圈과 이심권異心圈,[14] 전권轉圈과
주전권周轉圈[15]이 원 안의 원으로써[16] 어떻게
온 하늘[17]을 둘러싸는가를 보고서. 이미 85
그대의 추리로 미루어 나는 이런 생각을 하는 것이니,
그대의 후손을 이끌 그대도 생각하리라, 찬란한
대천체가 빛나지 않는 소천체를 받들고, 지구는
가만히 홀로 앉아 은혜를 받는데, 하늘만 이렇게
도는 것은 부당하다는 것이니라. 우선 이것을 90
알라, 크고 빛나는 것이 우월함을 나타내는
것이 아니라는 것을. 지구는 하늘에 비해
작고 빛나지도 않으나 공연히 빛을 내는
태양보다도 훨씬 많은 실속 있는 좋은 점을 갖고 있느니라.[18]

태양의 힘은 스스로에게는 아무 효력도 주지 못하고,　　　　　95
오직 풍부한 지구에만 힘을 미친다. 지구에서 우선
받아들여짐으로써, 그렇지 않으면 무용지물이 될 광선의
힘을 나타낸다. 그러나 그 빛나는 광체[19]는 지구를
섬기는 것이 아니라 땅의 거주자인 그대를
섬기느니라. 하늘의 넓은 공간을 이토록 넓게　　　　　100
구축하고 이토록 멀리 줄을 쳐놓은[20] 창조주의
높고 위대함을 나타낸다 할 것이요, 인간으로
하여금 자기 세계에 사는 것이 아님을 알게 하는
것이로다. 한 좁은 구역에 살고 있는 인간만으로
채우기에는 너무나 큰 전당, 그 밖의 것은 그의　　　　　105
주가 가장 잘 알고 있는 용도에 쓰이도록
정해졌다. 그 여러 구체의 신속함은
헤아릴 수는 없으나, 거의 영적인 속도를 물질에
가할 수 있는 하나님의 전능 탓이니라.
그대는 나를 느리다고 생각지 말라, 아침에　　　　　110
하나님이 계시는 하늘을 떠나 한낮이 되기 전에
에덴에 이르렀으니, 이름 있는
숫자로는 표현 못할 거리이니라.
그러나 내가 여러 천체의 운행을
인정하며 굳이 이렇게 말하는 것은, 이를　　　　　115
의심하도록 그대를 자극하는 일체의 것이 모두 헛됨을
보이기 위함이니라. 그런즉, 이 지상에

거처를 두고 있는 그대에게는 그렇게 보일지
모르나, 나는 그렇게 인정할 수 없도다.
하나님은 인간의 마음으로부터 자신의 길[21]을
멀리하려고 땅을 하늘에서 이처럼 멀리
떼어놓았으니, 지상에서 올려다보면 모든 것이
너무 높아 잘못 보여, 아무것도 얻는 바가
없으리라. 만일 태양이 세계의 중심이고,
다른 별들은 태양과 그 자체의 인력에 움직여   125
그 주위를 여러 모양으로 돌아간다 한들
어떠랴. 때로는 높게 때로는 낮게, 혹은 숨어서
앞으로 나아가기도 하고 뒤로 물러서기도 하고,
혹은 정지하기도 하며 그 떠도는 길[22]이
여섯 개의 별[23]에 나타나는 것을 그대 보느니,   130
만일 제7유성[24]으로서 지구가 움직이지 않는
것같이 보인들, 감지되지는 않지만 세 가지
다른 운동[25]을 한다 한들 어떠랴. 아니면 여러 천체가
비스듬히 경사져 어긋나게 반대로 움직인다고
볼 수밖에 없으리라. 또는 태양의 수고를 덜고,   135
상상이 아니고서는 뭇별 위에 있으므로
보이지 않는 그 신속한 주야의 회전, 낮과 밤의 수레를
빼놓지 않을 수 없으리라. 만일 지구 스스로 부지런히
동쪽으로 가서 낮을 취하여[26], 그 일부가 햇빛에
등을 돌려 밤을 만나고 다른 일부가 아직   140

햇빛을 받아 빛난다면, 이 수레는 믿을 것이
못 되리라.²⁷⁾ 만일 그 빛이 넓고 투명한 공중을
뚫고 와 지구에서 그것을 따르는 달로 보내져 밤마다
달이 지구를 비추듯 낮마다 달을 비추어 별처럼
보인들, 반대로 거기에 육지와 들과 주민이
있다 해도²⁸⁾ 어떠랴. 달의 반점은 구름으로 보이고
구름은 비를 내리고 비는 부드러운 땅에
과실을 맺게 하여 거기서 사는 사람에게
먹이리라. 다른 태양²⁹⁾에게도 아마 시중드는 달이
있어, 음양陰陽의 빛³⁰⁾을 주고받는 것을 볼 것이고,
이 위대한 양성兩性³¹⁾이 각 구체 속에 들어 있어
생물 있는 그 세계에 아마도 활력을 주리라.
자연계의 이러한 대공간이 살아 있는 영들에게
점유되지 않고, 황량하고 쓸쓸하게
빛나기는 하되, 그래도 각 구체로부터 이렇게
멀리 이 세상에 전해지는 한줄기 광선을,
그 빛을 지구는 반사하기는 하지만, 겨우 주고
있다 함은 논쟁의 여지가 있으리라.
그러나 이러한 일들이 어떻든 간에,
하늘을 다스리는 태양이 지구 위에 솟든, 또는
지구가 태양 위에 솟든, 태양이 동쪽으로부터
불타는 노정을 시작하든 또는 지구가
서쪽으로부터 소리 없이 걸어나가 부드러운

축을 회전하며 잠자듯 거칠 것 없는
걸음걸이로 한결같이 전진하며 그대를 순조로운
공기와 함께 가볍게 옮겨준다 해도[32]
알지 못하는 일로 그대의 생각을 어지럽히지 말라.[33]
그런 것은 하늘에 계신 하나님께 맡기고
그를 섬기며 두려워하라. 다른 생물들은 어느 곳에
놓이든 간에 그분 좋으실 대로 처리하게 하라.
그대는 그가 내리신 이 낙원과 아름다운
하와를 기뻐하라. 하늘은 너무 높으니, 거기
일들은 알기 어렵도다. 겸손하고 현명하여라.
다만 그녀와 그대 손재에 관한 것만 생각하고,
다른 세계는 상상하지 말라. 무엇이 어떤
상태, 어떤 처지, 어떤 신분으로 살고 있든,
지구뿐 아니라 최고의 하늘까지를 이토록
그대에게 드러내 보인 것에 만족하고서."
  의심이 풀린 아담은 이렇게 대답한다.
"참으로 당신은 나를 더없이 만족시켰나이다.
맑은 하늘의 지혜[34]여, 평온한 천사여,
당신은 나를 어지러운 의문에서 풀어주셨고
평안히 살며 혼잡한 생각으로 삶의 즐거움을
가로막지 않도록 가르쳐주셨나이다. 모든 근심
걱정을 멀리하고 우리 자신 어지럽고 헛된
생각으로 그것을 구하지 않는 한 괴로움을

받지 않을 것이라고 하나님은 명하셨다고.
그러나 마음이나 상상은 한없이 떠돌기 쉽고,
떠돌면 끝이 없어, 마침내 경고받거나
경험의 가르침 받아, 실용성이 없는 유현미묘한   190
것을 광범위하게 배우는 것보다는 날마다
자기 눈앞에 전개되는 일을 아는 것이
최고의 지혜임을 깨닫게 되옵니다.
그 이상은 공허하고 헛되며, 어리석고
부적당한 일인데도, 우리는 가장 관계 있는   195
일에 미숙하고 불비한 채 부단히
그것을 찾게 되나이다. 그러므로 이 높은
정점에서 좀 낮게 내려서서 우리 함께
신변에 가까운 유용한 일을 얘기함이 어떨지.
어쩌면 당신의 관용과 평소의 호의를 얻어   200
물어도 어색하지 않은 얘기 나올는지도
모를 일이오니. 나의 기억 이전에 행해진
일에 대해 당신의 말씀 들었사오니,
이젠 당신이 듣지 못했던 나의 얘기를
들으소서. 해는 아직 저물지 않았으니,   205
그때까지 당신을 붙들고자 내 얘기 들으시도록
유인하면서, 재주는 없으나마 이렇게 교묘하게
내가 꾸미는 것을 당신은 아시리이다. 당신의 답을
바라는 것이 아니라면 어리석은 일이지만,

당신과 같이 앉아 있으면
하늘에 있는 성싶고, 당신의 말씀은 나의 귀에
일 마친 뒤의 달콤한 식사 때에 갈증이나
허기에도 그지없이 상쾌한 대추야자의 열매보다도
더 달콤하나이다. 그것은 상쾌하나 곧 배부르고,
싫증나기 마련이지만, 당신의 말씀은 거룩하고
우아한 맛이 있어 단맛에 싫증나지 않나이다."
  이에 온유한 라파엘은 이렇게 대답한다.
"그대의 입술[35] 역시 우아하고, 인간의 조상이여,
혀도 유창하다. 이는 하나님께서 아름다운
낭신 모습대로 그대를 만들고 몸안에도
몸밖에도 풍족히 그의 은총을 쏟아주셨기
때문이니라. 말을 하거나 않거나 모든 아름다움과
우아함이 그대를 따르며 언행 하나하나를
꾸민다. 우리가 하늘에서 지상의 그대를
생각하는 것, 우리의 동료 종들[36]을 생각하는
것에 못지않으니, 기꺼이 인간에 대한
하나님의 길을 알고 싶도다. 하나님께서 그대를
명예롭게 하셨고 우리와 동등한 사랑을
인간에게도 주셨으니, 그러므로 말하라. 나는
그날[37] (명령받은 대로) 전 군단과 어울려 몽롱한
미지의 여정에 올라, 멀리 지옥의 문을 향해
원정하여, 하나님이 이런 대담한 탈출에 격노하여

파괴와 창조를 뒤섞을까 두려워, 그가
일하는 동안 그곳에 첩자이건 적이건 아무도
나오지 못하도록 지키느라고
거기 없었느니라. 하나님의 허락 없이
감히 그들이 탈출을 꾀할 수 없지만,
지존의 왕으로서의 위엄을 위해서, 그리고
우리의 민첩한 순종을 단련시키기 위해서
그는 칙명으로 우리를 파견하셨느니라. 가서
보니, 음산한 지옥문은 굳게 닫혀 있고
방비는 튼튼했도다. 그러나 접근하기 훨씬 전부터
그 안에서는 가무의 소리와는 다른 고통과
비탄과 격렬한 분노의 소음이 들렸다.
안식일 전날 밤, 우리 임무를 끝내고 광명의
땅으로 돌아갔느니라. 이젠 그대 말하라.
그대가 내 얘기 즐겁게 들은 것과 같이
그대 얘기를 즐겁게 들으리라."
 거룩한 천사 이같이 말하니 우리의 조상은 이야기한다.
"인간 생활의 시초를 이야기하는 것이
인간으로선 어렵나이다. 누가 자신의 시초를
알겠나이까? 당신과 좀더 이야기하고 싶은
욕망에 마음 끌리옵니다. 깊은 잠에서
깨어난 듯 향기로운 땀에 젖어, 나는 꽃밭에
누워 있었나이다. 해는 곧 그 빛으로 이슬을

말렸고 김이 무럭무럭 나는 습기를 들이마셨나이다.
나는 경이의 눈을 하늘로 곧바로 돌려
한참 동안 대공大空을 바라보다가
재빠른 본능적인 반사운동으로 몸을 일으켜
그곳으로 가려는 듯이 벌떡 일어나 꼿꼿이   260
바로 섰나이다. 나는 내 주위에서 산과 골짜기,
그늘진 숲과 햇빛 쬐는 들, 그리고 속삭이며
흐르는 맑은 시냇물을 보았나이다. 그 곁에서는
살아 움직이는 것들, 걷는 것들, 나는 것들,
나뭇가지에서 지저귀는 새들, 이 모든 것들이   265
미소 지었고, 나의 가슴에는 향기와 기쁨이
넘쳐흘렀나이다. 그래서 나는 나 자신을
살피고 손발을 바라보며 활력이 이끄는 대로
관절도 부드럽게 걷기도 하고 뛰기도 했나이다.
그러나 나는 누구이며, 어디서 어째서 있게   270
되었는지를 알지 못했나이다. 말하려 하니 쉽게
말 나오고 혀도 잘 움직여, 보는 것은 무엇이나
이름 지을 수 있었나이다[38]. '너 태양, 아름다운
빛이여, 너 빛을 받아 새롭고 찬란한 땅이여,
너희 산이여, 골짜기여, 강이여, 숲이여, 들이여,   275
그리고 살아 움직이는 아름다운 것들이여,
알면 말하라, 어떻게 내가 이렇게 여기 왔는가를.
내 힘으로는 아니다. 선으로나 힘으로나

제8편 53

월등한 어떤 대창조주에 의해서이리라.
말하라, 어떻게 그를 알고 그를 숭배할   280
것인가를, 이렇게 살아 움직이고,[39] 깨닫는 것보다
훨씬 행복함을 느끼는 것은 그분 때문이니.'
이렇게 말한 후 비로소 공기를 들이마시고
이 행복한 빛을 본 곳으로부터 어딘지도
모르는 곳을 방황했으나 대답하는 자 아무도   285
없어서, 꽃 많고 그늘 짙은 푸른 둑 위에
생각에 잠겨 앉아 있었나이다. 우선 안온한 잠이
찾아와 그 가벼운 압력에 눌려 의식이 몽롱한 가운데
지각이 없는 본연의 상태로 돌아가서 곧
몸이 녹아내리는 듯이 생각되었으나   290
괴로움은 없었나이다. 그때 불현듯 내 머리맡에
꿈속의 환영이 나타났고, 마음에
비치는 그 그림자에 은근히 내 상상력이
움직여 아직 목숨이 있고 살아 있음을 믿게
되었나이다. 거룩한 형체인 듯 보이는 자가   295
와서 말하기를, '너의 집이 너를 기다리니,
아담, 일어서라, 무수한 인류의 최초의 아버지로
정해진 최초의 인간이여, 너의 부름 받고
마련된 곳, 축복의 낙원으로 너를 인도하러
왔노라.' 이렇게 말하면서 손을 잡아 일으켜   300
공중을 날듯 걷지 않고 살며시 미끄러져

들을 넘고 물을 건너 마침내 숲 우거진
동산으로[40] 인도하더이다. 그 높은 정상은
평평하고, 둘레는 넓고 아름다운 나무로
둘러싸였으며 길도 있고 정자도 있어, 그 이전에   305
땅에서 보았던 모든 것이 시시하게 생각되더이다.
나무마다 좋은 과실 매달려 눈을 유혹하니,
따 먹고 싶은 욕망이 불현듯 일더이다.
여기서 잠 깨어 보니, 눈앞의 모든 것이
꿈에 생생히 나타났던 그대로 사실이었나이다.   310
여기까지 나를 인도했던 그 거룩한 존재가
믿일 나무 사이에서 나타나지 않았더라면
여기서 나의 새로운 방황이 시작되었으리이다.
기쁨과 두려움으로[41] 우러러 숭배하며
그의 발치에 엎드리니, 그는 나를   315
일으켜 세우고 '나는 네가 찾는 자'라고
부드럽게 말하더이다. '네 위나 아래
또는 네 주위에서 보는 모든 만물을 지으신 이가
나이니라. 이 낙원을 너에게 주노니, 이것을
네 것으로 삼아 갈고 지키고 과실을 먹으라.   320
낙원 안에 자라는 모든 나무의 과실은 기쁜
마음으로 마음껏 따 먹어라. 아무리 먹어도
여기서는 모자라는 법 없으니 염려 말라.
그러나 선악의 지식을 가져다주는 나무,

너의 순종과 믿음의 표적으로서 낙원 가운데
생명나무 옆에 내가 심은 그 나무에
대해서는 내 경고하노니, 결코 잊지 말라. 맛보는 것을
피할지어다. 그리하여 그 쓴 결과를 피하도록 하라.
네가 그것을 맛보는 날엔 나의 유일한 명령을
범하는 것이니, 너는 반드시 죽을 것이고,
그날부터 죽음의 몸이 되어 이 낙원의
행복함을 잃어버린 채 괴로움과 슬픔의
세계로 쫓겨나리라.'[42] 준엄한 금지령을 단호히
선언했던 그 음성, 아직도 무섭게 내 귀에
남아 있나이다. 그것을 범할 생각 없지만.
그분은 곧 청아한 모습으로 돌아가
은혜의 말씀을 이렇게 계속하셨나이다.
'이 아름다운 구역뿐 아니라, 지구 전체를
너와 네 자손들에게 주노라. 너는 주인이 되어
그것을 소유하고, 그 안에 사는, 또는 바다와
공중에 사는 모든 것들, 짐승과 물고기와
새도 소유하라.[43] 그 징표로서 종류 따라
각종 새와 짐승들을 보아라. 너로부터 이름 받고
낮게 몸을 굽혀 네게 충성 바치도록 그것들을
가져다놓으리라. 물에 사는 고기들도
같은 줄 알라. 다만 그것들을 이곳으로
부르지 않는 것은 그것들이 환경을 바꾸어

희박한 공기를 마실 수 없기 때문이로다.'
그가 이렇게 말할 때, 모든 새와 짐승들이
둘씩 다가오고 있더이다. 짐승들은 교태 부리며   350
낮게 몸 굽히고 새는 날개를 멈추고. 그것들이
지나갈 때, 나는 이름 붙여주며[44) 그 성질을
파악하게 되었나이다. 하나님은 이런 지식을 내게
주어 곧 이를 깨닫게 하셨지만, 그중에는
내가 필요하다고 생각되는 것은 없기에, 나는   355
하늘의 환영을 향해 다시 이렇게 말했나이다.
 '아, 어떠한 이름으로, 당신은 만물보다도,
인간보다도, 인간보다 높은 자보다도, 이름
붙일 수 없으니, 정녕 내가 어떻게
이 우주를 창조한 당신과 인간에게 베푸는   360
이 모든 선을 내 어이 찬미하오리까. 당신은
인간의 행복을 위해 이토록 풍부하고 이토록
아낌없이 만물을 마련하셨나이다. 그러나 나의
반려자 될 이 없으니 고독 속에서 무슨 행복이
있으리이까? 누가 혼자 즐길 수 있으며 모든 것을   365
즐길 수 있다 해도 무슨 만족 있으리이까?'
외람되게도 이렇게 말하니, 빛나는 환영은
더욱 찬란하게 미소 지으며 대답하였나이다.
 '어째서 혼자라고 하느냐? 땅에도 공중에도
갖가지 생물들이 풍성하지 않으냐? 그리고   370

제8편 57

모두가 네 명령에 따라 네 앞에 와서
놀지 않느냐? 너는 그것들의 언어와
그 습관을 모르느냐? 그것들도 지식이 있고[45]
무시 못할 추리력이 있느니라. 그것들과 함께
즐기며 그것들을 다스리라. 너의 영토는 넓도다.'　　　　375
우주의 주는 이렇게 말씀하시고 이렇게
명령하시는 듯했나이다. 나는 말할 허락을 얻어
겸손히 간청하며 이렇게 대답하였나이다.
'내 말에 노여워 마소서,[46] 하늘의 권자시여!
나의 창조주여, 너그러이 들으소서.　　　　380
당신은 나를 당신 대신으로 만드시어 여기에
두고 이 열등한 것들을 훨씬 내 밑에 놓지
않으셨나이까? 동등치 않은 것들 사이에
무슨 교제, 무슨 조화, 무슨 참된 기쁨이
있으리까? 교제는 상호간 적절하고 균형되게　　　　385
주고받는 것인즉 균형을 잃어 한쪽이
당겨지고 다른 한쪽이 늦춰지면,[47] 서로 잘 어울리지
않고 얼마 안 가 서로가 싫증나고 말 것이외다.
내가 구하는 교제는 모든 이지적인 기쁨을
나누어 가질 만한 것을 말함이고,　　　　390
이런 점에서 짐승은 인간의 배필이 될 수
없사외다. 수사자가 암사자와 즐기듯
그것들은 각기 종류 따라 끼리끼리 즐기나이다.

그토록 어울리게 당신은 짐승들을 짝지어주셨으니,
하물며 새는 짐승과, 물고기는 새와   395
또한 소는 원숭이와 사귈 수 없는 일이외다.
더구나 사람과 짐승은 말할 나위도 없나이다.'
   이에 전능자는 불쾌한 기색 없이 대답하셨나이다.
'보아하니 너는 까다롭고 미묘한 너 자신의 행복만을
기대하며 배필을 찾고 있구나. 아담이여, 그래서   400
즐거움 속에 있어도 홀로 즐거움을
맛보려 하지 않는 것이니라. 그렇다면 나를,
나의 이 상태를 어떻게 생각하느냐?
태초부터 홀로인 나에게
충분한 행복이 있다고 생각하느냐? 아니냐?   405
나는 내 다음가는 자도, 비슷한 자도 모르는데
황차 동등한 자이랴. 그러니
내가 만든 산 것들을,[48] 즉 나보다 열등하기가
다른 생물이 너보다 열등한 정도 그 이하로
한없이 낮은 것 이외에 교제할 수 있는   410
것을 어떻게 갖겠느냐.'
   그가 말을 끝내자, 나는 겸손히 대답했나이다.
'당신의 영원한 길의 높이와 깊이에 이르기에는[49]
인간의 모든 사상은 부족하나이다, 만물의
지존자여! 당신은 본래 완전하고 아무 데도   415
부족함이 없으나 인간은 그렇지 않고

상대적인 것, 그렇기에 자신과 비슷한 자와
교제하여 그 결함을 보완하거나 위로받으려는
소망을 갖게 되나이다. 당신은 이미 무한하고
비록 하나이지만 온 수數에 걸쳐 두루   420
절대이시니[50] 번식할 필요가 없사외다.
그러나 인간은 수적으로 보아 한 사람으로는
불완전함을 나타내니, 같은 자가 같은 자를
낳아서[51] 혼자서는 할 수 없는 그 형상을
번식할 수밖에 없나이다. 그렇기에 동반적인   425
사랑과 다정한 친교가 필요하나이다. 당신은
홀로 은밀한 곳에서 지내셔도 자기 자신을
가장 좋은 벗으로 삼고 계시니 달리 교제를
바라지 않으시나이다. 그래도 원하시면 당신의
피조물을 신으로 만들어 얼마든지 융합과   430
교제의 어떤 높이까지라도 올릴 수 있으나, 우리는
교제로써 굽힌 자를 일으킬 수 없고,
또 그들의 길에서 만족을 얻을 수도 없나이다.'
대담하게도 이렇게 말했던바, 허용된 자유로
용인되어, 그 은혜로운 거룩한 목소리에서   435
이런 대답을 얻었나이다.
 '아담아, 지금까지 나는 너를 시험하여, 네가
옳게 이름 지은 짐승뿐만 아니라, 너 자신까지도
스스로 알고 있음을 보았도. 짐승에게는

주지 않은 나의 모습, 네 속에 있는   440
자유의 영을 잘 나타냈도다. 그러니
짐승과의 교제가 너에게 안 어울리고, 그것을
한껏 싫어함은 당연한 것이니, 언제나
그렇게 생각하라. 나는 네가 말하기 전부터,
인간의 혼자 있음이[52] 좋지 않음을 알았느니라.   445
또한 네가 그때 본 것들은 네 반려로서 만든 것
아니고, 다만 네가 어떻게 그것들의 적합도를
판단하는가를 보기 위해서였느니라.
다음에 불러오는 자야말로 반드시 마음에
들 것이니, 네가 진심으로 바라던바, 네 모습을   450
닮은 너의 반신, 너의 적합한 조력자이니라.'
  그는 말씀을 그쳤고, 다시는 그 말씀
안 들렸나이다. 그 높은 하늘과의 대화로
극도로 긴장되어, 오랫동안 견뎌냈던 나의
땅의 본질은 하늘의 본질에 압도되어   455
감각을 초월하는 것에 따라 그렇게 되듯이
어지럽고, 지쳐 쓰러져, 그 회복을 잠에서
구하였던바, 나를 도우려는 듯 자연은 잠을
불렀고, 그것은 곧 찾아와 내 눈을 덮었나이다.
그가 내 눈을 감겼으나 나의 마음의 눈인   460
상상의 문은 열어놓았으니, 그로 말미암아
황홀한 가운데 희미하게 잠을 자면서, 나는

내가 누워 있는 자리를 보았고 깨어서 그 앞에
섰던 그 모습이 더욱 찬란하게 빛나는 것을
보았나이다. 그는 몸을 굽혀 내 왼쪽
옆구리를 열고 거기서 따뜻한 심장의 활기와
새로 흐르는 피와 함께 늑골 하나를 취하니,
상처는 컸지만 당장 살이 메워져 아물었나이다.
그는 늑골에 형체를 주고 그 손으로 다시
다듬으니, 그 형체 만드는 손 밑에서
한 생물이 이루어졌나이다.[53] 그것은 인간 같지만
성性이 다르고 아주 아름답고 사랑스러워,
세상에서 아름답게 보이던 것이 이제는 천하게
보이고, 모두가 그녀에게 합쳐져 그 모습 속에
들어 있는 것 같았고, 일찍이 느껴보지 못했던
달콤한 맛이 그때부터 내 가슴속에 스며들고
사랑의 정신과 연애의 기쁨이 그 자태에서
만물 속에 스며들었나이다. 그녀는 사라지고
나만 어둠 속에 남아, 눈을 떠서 그녀를
찾았지만, 그 모습 보이지 않아 영원한 상실을
비탄하며 다른 쾌락을 일체 버리려 했나이다.
그때 뜻밖에, 멀지 않은 곳에, 꿈에서 보았던
그녀가 하늘과 땅이 예쁘게 해주기 위해 부여한
모든 것으로 장식하고 나타난 것을 보았나이다.
창조주는 보이지 않았으나 그에게 이끌려

그 목소리의 인도 받으며, 혼인의 신성과
결혼의 관습에 대한 가르침을 받았나이다.
그 걸음에는 우아함이, 그 눈에는 천국이,
그 몸가짐에는 위엄과 사랑이 담겨 있어, 너무도
기쁜 나머지 나는 큰 소리로 외쳤나이다. 490
 '이번엔 보상되었도다. 당신은 말씀을 이루셨나이다.
너그럽고 인자하신 조물주여, 모든 선과 아름다움을
주시는 이시여, 당신은 그 모든 선물 중에서
가장 아름다운 이것도 인색함이 없이 주셨나이다.
지금 나는 내 뼈 중의 뼈요, 살 중의 살[54)]인 495
니 자신을 보고 있나이다. 남자에게서 나온
그녀 이름은 여자. 이 때문에 남자는 부모를
떠나 그의 아내와 합쳐 한 살이 되고
한 마음, 한 영혼 되리이다.'
 이와 같은 나의 말을 그녀는 들었나이다. 500
하나님의 인도 받아 거기 왔으나 그래도
순진한 처녀의 수줍음, 그 덕성과 가치의 자각,
그것은 구애할 만하고 구애 없이는 얻을 수
없는 것, 나서지 않고 주제넘지 않고 겸양하니
더욱 좋았나이다. 한마디로 말하면, 505
죄스러운 생각은 아니하였지만, 자연
그 자체에 마음이 움직여 그녀는 나를 보고
돌아서더이다. 내가 그녀를 따라가니, 그녀는

제8편 63

명예[55]라는 것을 알고 위엄 있는 순종으로
나의 청하는 이유를 인정하였나이다. 아침처럼
얼굴 붉히는 그녀를 나는 혼례의 정자로
인도했나이다. 온 하늘과 행복의 성좌들은
그때 가장 신묘한 정기를 발산했고, 땅과 산은
축하의 표시 나타냈나이다. 새는 기뻐하고
상쾌한 바람과 고요한 대기는 숲에
속삭이며, 그 날개에서 장미를 던지고 향기로운
관목에서 방향을 풍겨내며 즐기더니
이윽고 다정한 밤새[56]는 혼례를 노래하고
저녁별을 재촉하여 산마루에
혼례의 화촉을 밝히게 했나이다.
이렇게 내 상태를 모조리 말씀드렸고, 나의
화제를 내가 향유하는 지상의 행복의
정점에까지 이끌었으니, 이젠 고백하지 않을 수
없나이다. 다른 것에서도 기쁨을 찾은 것이
사실이나 그것이 소용되든 안 되든 마음엔
하등 다름없고, 격렬한 욕망도 일지 않았나이다.
다른 것들이란 맛, 풍경, 향기, 풀, 과일, 꽃,
산책, 그리고 아름다운 새소리 따위의 훌륭한
것들을 말함이외다. 그러나 여기서는[57]
아주 달리 훨씬 황홀하게 바라보았고, 황홀하게
만졌나이다. 여기서 비로소 나는 정욕과

야릇한 자극을 느꼈고, 다른 쾌락에서는
초연히 동하지 않았던 것이 여기서만은 강력한
아름다운 시선의 매력에 힘을 쓸 수 없었나이다.
마음속의 자연[58]이 약화되어 나의 어떤 부분[59]을　535
이런 대상에는 좀처럼 버틸 수 없을 만큼 약하게
해놓은 것인지, 아니면 내 옆구리에서 갈빗대를
빼낼 때 너무 많이 빼낸 탓인지. 어쨌든 그녀에게
주어진 장식은 너무 지나쳐 겉으로 나타난 것은
정교하지만 내면은 충실하지 못한 듯했나이다.　540
자연의 첫째 목적인 가장 존귀한 마음과 내적 능력에서
그녀는 뒤떨어지고, 겉모양도 우리
두 사람을 만든 그분의 모습을 덜 닮았고
다른 생물에 부여된 그 지배자적 성격도
별로 나타나 있지 않았나이다.[60]　545
그러나 가까이 다가가 그 아름다움을 보면,
그녀는 완전하고 그 안에 흠이 없고
자신에 대해서도 잘 아는 듯하여 그녀가
행하고 말하려 하는 것이 아주 슬기롭고
바르고 신중하고 착해 보였나이다. 높은　550
지식도 모두 그 앞에서는 품위가 떨어지고,
지혜도 그녀와 이야기하면 면목을 잃고
부끄러워하니 매우 어리석게 보였나이다.
권위와 이성은 후에 우연히 조작된 것이

아니라 처음부터 마련된 것처럼 그녀를   555
떠받치고 있었나이다. 요컨대 마음의 위대함과
고상함은 더없이 어여쁘게 그녀 속에
자리잡고, 그 몸 주위에는 수호천사가
놓여 있는 것처럼 존엄성을 자아내더이다."
천사는 이마를 찌푸리며 그에게 이렇게 말한다.   560
"자연을 책하지 말라, 자연은 자기 할 일을
다했느니라. 그대는 다만 그대 할 일만 하라.
지혜를 의심치 말라, 그것이 절실히 요구될 때에,
그대 스스로 인정했듯 열등한 것을 지나치게
평가함으로써 그 지혜를 버리지 않는다면,   565
지혜도 그대를 버리지 않으리라. 그대는
무엇을 찬미하고 그대는 무엇에 매혹되었는가?
외양인가? 그야 의심의 여지 없이 아름답도다.
그대가 아끼고,[61] 존경하고, 사랑할 만한 가치는
있으나 순종할 것은 못 되느니라.[62] 그녀와 자신을   570
비교한 후에 평가하라. 정의에 입각하여
잘 다듬어진 자존심보다 더 유익한 것은
드물도다. 그대가 그 지혜를 많이 알면 알수록
그녀는 더욱 그대를 머리로[63] 인정하고 일체의
외관을 배제하고 내실을 기하리라.[64]   575
그대의 기쁨을 위해 더욱 아름다워지고 더욱
존귀해지며 그대가 아주 어리석어질 때

지혜로워져, 그대는 그 반려를 존경하며 사랑하게
되리라. 그러나 만일 인류 번식의 근원인
접촉감이 다른 모든 것을 능가하는 기쁨으로   580
생각된다면, 그것이 가축과 짐승에게도
허용되었음을 알라. 쾌락 중에 무엇인가
인간의 영혼을 압도하고 정감을 움직일 만한
것이 있다면, 그것은 모름지기 그들에게는
부여되지 않았으리라. 그녀와의 사귐에서   585
그대가 발견하는 더욱 높고 매력적인 것,
인간답고 도리에 어긋나지 않는 것을 항상 사랑하라.
사랑하는 것은 좋지만, 정욕은 안 되나니,
참다운 사랑[65]이 거기엔 없느니라.
사랑은 생각을 깨끗하게 하고 마음을 넓게 하고,   590
이성에 바탕을 두어 지혜로우니
그대가 육체적인 쾌락에 빠지지 않고 하늘의
사랑[66]에까지 오를 수 있는 사다리가 되느니라.
그러므로 그대의 배우자는 짐승들 속엔 없도다."
　아담은 다소 부끄러워하며 이렇게 대답한다.   595
"그토록 아름답게 만들어진 그녀의 겉모양보다도,
온갖 종류에 공통되는 생식의 문제보다도,
(부부의 잠자리는 훨씬 고상한 것이라고
신비로운 존경심을 갖고 생각하지만) 더욱 나를
기쁘게 하는 것은 거짓 없는 마음의 결합과   600

두 사람의 영혼이 하나임을 보여주는 사랑과
달콤한 순종에 섞여 날마다 그녀의 말과
동작에서 흘러나오는 그 우아한 행동과
수많은 단정한 예절이니, 결혼한 두 사람에게서
보는 그 조화는 가락 고운 소리 듣는 것보다 605
더 즐겁나이다. 그러나 정복당하는 것은 아니고,
당신에게 말하는 것은 안으로 느끼는
것일 뿐, 그 때문에 패하진 않으리이다.
감각에서 다양하게 나타나는 가지가지 대상을
만나도, 여전히 사로잡히지 않고 최선을 찬미하고 610
그 찬미하는 것을 좇으리이다. 당신이 말씀하셨듯이
사랑은 하늘로 인도하는 길이요 안내자이니,
내가 사랑함을 책망하지 마소서. 내 묻는 말이
옳거든 참고 들으소서. 하늘의 영들은 사랑을
않는지, 한다면 그 사랑을 어떻게 표현하는지. 615
단지 표정으로 하는지, 아니면 눈빛을 교환하며
직접 또 간접적으로 접촉하는지?"
　천사는 사랑 본래의 색채인 하늘의 붉은
장밋빛으로 붉게 타는 미소 지으며 대답한다.
"우리가 행복하다는 것을 아는 것으로 620
족하리라, 사랑 없으면 행복도 없는 것이니.
그대가 몸으로 즐기는 순수한 것이 무엇이든
(그대는 순결하게 창조되었으니) 우리도 훌륭히

즐기나니, 막膜, 관절, 팔다리 등 방해가
되는 장벽은 전혀 없느니라. 하늘의 영들끼리
포옹하는 것은 공기와 공기가 한데 섞이는
것보다 더 쉽고, 순결과 순결이 서로 결합하기
원한다면 완전히 맺어지고, 육과 육이,
영과 영이 섞이듯 제한된 전달의 수단도
필요 없느니라. 그런데 이젠 더 머무를 수가
없구나. 지는 해가 대지의 푸른 곶,[67]
헤스페리데스의 푸른 섬을 넘어 서쪽으로
떨어지니 내가 떠나야 할 신호이니라. 굳세고
행복하고 사랑하라! 무엇보다 그분을 사랑하는
것은 순종이니 그분의 명령을 지켜라.[68] 정욕에
판단이 흔들려 자유의지가 허용치 않는 것을
행하지 않도록 유의하라. 그대와 그대 모든 자손의
안녕과 재화災禍가 그대에게 달려 있으니, 경계하라!
그대가 견디면 나도 다른 축복의 천사들도
기뻐하리라. 굳건히 서라. 서는 것도 떨어지는 것도
그대 자신의 자유로운 선택에 달렸느니라.
안으로 완전해져 밖으로 도움 청하지 말라.
그리하여 반역하려는 모든 유혹 물리치라."
 이렇게 말하면서 그는 일어섰고, 아담은 그를
축복하면서 그를 따랐다. "떠나려거든 가소서,
하늘의 빈객이여, 내가 숭배하는 지존의

주께서 보내신 정화천의 사자시여.
당신의 정중함은 내게 상냥하고 정다운
것이었으니, 고맙게 내 기억에 새겨져 언제나
존경받으리이다. 인간에게 언제나 선량하고　　　650
친절한 당신, 자주 이곳을 찾아주소서!"
 이렇게 그들은 헤어져, 천사는 우거진 나무
그늘에서 하늘로, 아담은 그의 정자로 갔다.

제9편

줄거리

사탄은 지구를 돌고 나서, 치밀한 계획을 품고, 안개처럼 밤중에 낙원으로 돌아와 자고 있는 뱀 속으로 들어간다. 아담과 하와는 아침에 일하러 나가는데, 하와는 각기 다른 곳에서 따로따로 떨어져 일하자고 제의한다. 아담은 동의하지 않고, 자기들이 이미 경고받은 그 적이 하와가 혼자 있는 것을 보면 유혹을 시도할지도 모르니 위험하다고 주장한다. 그러나 하와는 조심성이 없다거나 든든하지 못하다고 생각되는 것이 싫고 오히려 자기 힘을 시험해보고 싶기도 해서, 따로 떨어져 가자고 주장한다. 아담은 결국 양보한다. 뱀은 그녀가 혼자 있는 것을 보고 교묘히 접근하여 우선 그녀를 쳐다보다가, 입을 열어 무척 아첨하는 말투로 그녀가 다른 어떤 생물보다도 우월하다고 극구 칭찬한다. 하와는 뱀이 말하는 것을 듣고 의아해하며, 지금까지는 그렇지 못했는데 어떻게 해서 사람의 말과 이해력을 얻게 되었느냐고 묻는다. 뱀은 대답하기를, 낙원 안에 있는 어떤 나무의 열매를 먹음으로써, 그때까지는 없었던 말과 이해력을 얻었다고 한다. 하와는 그 나무 있는 데로 자기를 데려다달라고 요청하고서, 가보니 그것은 금지된 지식의 나무였다. 뱀은 이제 더욱 대담해져서 여러 가지 간계와 변론으로 유혹, 드디어 그것을 따 먹게 한다. 하와는 그 맛에 취하여 아담에게 알릴 것인가 어쩔 것인가를 잠시 생각한 끝에, 결국 그 과실을 가지고 가서 어떤 자의 권유로 그것을 먹었다고 아담에게 말한다. 아담은 처음엔 놀랐으나, 그녀의 타락을 깨닫고 그녀를 열렬히 사랑하는 마음에서 그녀와 함께 멸망하기로 결심, 그 죄를 경시한 나머지 자기도 그 열매를 먹는다. 그 효과는 두 사람에게 즉각적으로 나타나, 그들은 자기들의 나체를 가리고 싶어진다. 그리하여 서로 불화하고 서로 책망한다.

하나님이, 때로는 빈객천사가 친구와 얘기하듯이[1)]   1
인간과 얘기하고, 편안히 다정하게 앉아서
전원田園의 식사를 나누며 그사이
죄 없고 가책 없는 말을 주고받은 일은
이만 그치련다. 이제 나는 이 노래를   5
슬픈 곡조로 바꿔놓지 않으면 안 된다. 사람 편에는
수치스러운 불신과 불충스러운 배반, 반역과
불순종. 하늘 편에는 소홀과 냉담과 혐오,
분노와 정당한 견책, 그리고 내려진 심판,

이로써 재난과 죄와 그 그림자인 죽음,
그리고 죽음의 선구인 고통이
이 세상에 들어왔으니, 정녕 슬픈 일이로다!
그러나 그 주제는 트로이의 성벽을 세 번이나 돌아
도망치는 적을 추격한 아킬레우스의
단호한 분노[2]보다도, 또는 파혼한
라비니아로 인한 투르누스의 분노[3]보다도,
또는 그토록 오랫동안 그리스 사람[4]과
키데레아의 아들[5]을 괴롭힌 넵투누스나
주노의 분노보다도 더 영웅적이리라.
만일 이에 어울리는 시체詩體를 내가
하늘의 수호여신[6]에게서 얻을 수만 있다면,
그녀는 원치 않는데도 밤마다 나를 찾아와
잠자는 나에게 받아쓰게 하거나 또는 영감을 주어
미처 생각지도 못했던 시구가 나오게 하리라.
내가 처음 이 영웅시의 주제에
마음 끌린 이래, 그 선택은 오래 걸렸고,[7]
시작은 늦었도다. 지금까지 영웅시의 유일한
주제였던 전쟁을 노래하는 것은
천성적으로 마음 내키지 않는 것이니, 그 주된 묘기는
길고 지루하게 약탈해서 허구의 기사들을
가상적 전투에서 베고,[8] 보다 훌륭한
불굴의 정신이나 영웅적 순교 따위는 노래하지 않고,

경주나 경기,[9] 시합의 장구裝具나 문장紋章
장식된 방패, 그 기묘한 인각印刻,[10]
말의 장식과 군마들
말의 장식 덮개와 금박 장식, 창시합과
모의전을 하는 화려한 무사, 또는
궁전에서 급사나 집사들이 시중드는
향연 등을 그리는 것이니, 그것은 세공의
기교이거나 야비한 직무이지, 영웅적인 이름을
시나 사람에게 주는 것은 못 된다. 이런 것에
재질도 없고 또 열성도 없는 나에게는 한층
높은 주제, 스스로 그 이름을 드높이는 데
족한 주제가 남아 있다. 시대가 너무 늦었거나[11]
또는 냉랭한 풍토[12]나 나이[13]가 내 의욕의 날개를
꺾고 기를 죽이지 않는 한. 모두가 내 것이고
밤마다 내 귀에 울리는 그녀의 것이 아니라면
아마도 이것들은 나의 힘을 꺾을지도 모른다.
　해는 지고 이어 헤스페로스의 별[14]도 사라졌도다.
이 별의 임무는 낮과 밤 사이의 짧은
중개자로서 지상에 황혼을 가져오는 데 있다.
이윽고 끝에서 끝까지 밤의 반구는 두루 지평선을
감쌌다. 이때 가브리엘의 위협을 받고
에덴을 앞서 도망쳤던 사탄이 이제는 치밀한
간계와 악의를 더하여 가지고, 자기에게 더 무서운

어떤 일이 일어날 것도 개의치 않고 인간을
파멸시키러 대담하게 돌아왔다. 밤에
그는 도망쳐, 지구를 돌고 나서[15] 낮을 피하여
한밤중에 돌아왔다. 이는 태양의
관리자 우리엘이 그의 침입을 확인하고   60
에덴을 수호하는 천사들에게 경고했기
때문이다. 고뇌에 가득찬 그는 거기서
쫓겨난 후, 일곱 밤 계속해서 암흑 속을 날아
적도를 세 번 돌고, 네 번이나 극에서
극까지 밤의 수레를 가로질러[16]   65
사 양분권兩分圈[17]을 건넜다. 여덟 밤째에
낙원으로 돌아와 그 출입구[18], 즉
수호천사들이 지키는 정문 반대쪽의 변경으로
몰래 의심 안 받게 들어왔다. 시간 때문이
아니라 죄 때문에 그 위치 바뀌어 지금은   70
없지만, 그때는 어떤 한 곳이 있었는데, 거기서
흐르는 티그리스강이 낙원의 기슭에서 땅 밑
심연으로 흘러들었고, 그 일부는 생명나무
곁에서 샘이 되어 솟아올랐다. 사탄은 그 강물에
가라앉았다가 자욱한 안개에 싸여 강물과 함께   75
솟아올라서 숨을 곳을 찾았다. 그는
에덴에서 폰토스와 마이오티스해를 넘어
오비강의 저쪽까지, 아래로는 멀리 남극까지,

옆으로는 오론테스로부터 서쪽 다리엔에서
막히는 대양까지, 거기에서 다시 갠지스강과   80
인더스강이 흐르는 나라까지, 바다와 육지를
더듬어 찾았다.[19] 이렇듯 빈틈없이 찾아
헤매며 모든 것들 중에서 어떤 것이
자기의 간계에 가장 알맞게 도움이 될까 하고
세밀히 살펴보다가, 들짐승 가운데서[20]   85
가장 교활한 뱀을 발견했다. 이리저리
생각했으나 결정짓지 못하고 오래 망설인
끝에, 마침내 그는 뱀 속으로 들어가 그 음흉한
유혹을 가장 날카로운 시선에 드러나지 않도록
숨길 수 있는 적절한 도구, 속임수를 쓰는 데   90
가장 적합한 소악마로서 뱀을 선택하기로
결정했다. 교활한 뱀에게 어떤 술책이 있다 해도
의심할 자 없고, 그 천성의 기지와 교활 탓으로
볼 것이기 때문이었다. 그러나 다른 짐승에게서 그런 것을
보면, 짐승의 의식을 넘어서 마력이 그 몸안에서   95
작용하고 있다는 의심을 받게 되리라. 그는 이렇게
결심했으나, 가슴속의 비통함에서 솟구치는
감정을 우선 이렇게 슬픔으로 쏟아놓는다.
 "아, 대지여, 하늘과 비슷하지만 더 낫다고
할 수는 없다. 생각을 거듭하여 낡은 것을   100
개조하여 세운, 신들에게 더 적합한 곳이로다!

신이 어찌 좋은 것 뒤에 나쁜 것을
만들겠는가. 지상의 하늘이여, 다른 하늘들은
너를 돌며 춤추고 빛나지만, 그 찬란한
호의적인 등불을 쳐들어 빛 위에 빛을 겹쳐　　　　　　　105
다만 너만을 위해 비추니, 거룩한 힘의 존귀한
광선이 모두 너에게만 집중되는 것 같구나!
신이 하늘의 중심이지만 만물에 퍼지는 것처럼
너도 중앙에서 모든 구체로부터 빛을 받누나.
모두가 인간에게서 집중되는, 성장, 감각, 이성의　　　　110
점진적 생명이 들어 있는 생물을 풀, 나무
또는 보다 높은 생물의 형태로 생산하는
그 모든 알려진 힘은 그들 자신이 아닌
너에게 나타나도다.[21] 네 주위를 둘러보는
것이 얼마나 즐거우랴, 내 다소나마 즐길 수　　　　　　115
있는 몸이라면. 아름답게 변하는 산과 골짜기,
강과 숲과 들 때로는 육지, 때로는 바다, 숲이
우거진 해안, 바위와 굴과 동굴! 그러나 나는
어느 것에서도 내 처소 또는 내 은신처[22]를
찾을 수 없도다. 주변의 즐거움을 보면 볼수록　　　　120
더욱더 마음에 가책을 느끼나니, 마치
증오스러운 모순에 둘러싸이는 것 같도다. 모든
선이 내게는 악이 되니, 하늘에서는 내 상태
더욱 나쁘리라. 그러나 하늘의 지존자를

제9편　79

정복하지 않으면 여기에서도 하늘에서도 살고
싶지 않도다. 또한 내가 하는 일로 내 고통을
덜려는 것이 아니라, 그 일로 해서 내게
불행이 더해진다 해도 남을 나처럼 만들련다.
나는 오직 파괴에 의해서만 내 잔인한 마음을
부드럽게 할 수 있을 따름이다. 그가[23]
멸망하거나 또는 그를 완전한 타락으로
몰아넣게 되면, 그를 위하여 만들어진 이 모든
것도 곧 그 뒤를 따르리라, 그와 화복이
연결되어 있으니. 그렇다면 파괴로 인해 퍼지는
재난이 크리라. 전능이라 불리는 그가 육 주야에
걸쳐 만들어놓은 것을 단 하룻밤 사이에
두드려 부순다면, 지옥의 권자들 사이에서
그 영광은 오직 나에게만 돌아올 것이 아닌가.
또한 그전부터 얼마나 오랫동안 궁리했는가는
아무도 모르리라, 내가 하룻밤 사이에 천사들의
거의 절반[24]을 그 치욕스러운 노예상태에서
해방하여 신을 숭배하는 자들의 수효를 적게
한 후 아마 오래되지는 않았겠지만. 그가 원수를
갚고 또 잃어버린 수를 채우기 위해, 옛날에
썼던 그 힘이 이제는 다 빠져서 더이상
천사를 만들어내지 못하는 것인지(만일 천사가
그의 창조물이라면), 또는 우리를 더 괴롭힐

수단이 없는 것인지 알 수는 없지만, 그는
흙으로 만든 생물을 우리의 자리에
올려 세우고, 하늘의 이권과 우리의 이권을
이토록 비천한 근원[25]에서 높이 올려진 그에게
주려고 정했구나. 그는 그 결정을 실현하여
인간을 만들고 그 인간을 위해 이토록
굉장한 세계와 그의 살 자리인 지구를
만들어 그를 주인이라 불렀으니, 아. 치욕이로다!
날개 돋친 천사와 번갯불의 사자[26]를 그에게
봉사토록 하고[27] 땅에 사는 인간을 맡아 수호하고
돌봐주게 했도다. 그늘의 경계가 두려워
그것을 피하려고 한밤중의 안개에 싸여 몰래
전진하며 숲이나 풀숲을 모두 뒤져, 우연히
잠자고 있는 뱀을 발견하여, 그 꾸불꾸불한
사리 속에 나와 나의 어두운 의도를 숨기고자 한다.
아, 더러운 타락이로다! 얼마 전만 해도
최고의 자리에 앉고자 신들과 싸웠던 내가 지금은
별수없이 짐승 속에 들어가 짐승의 점액에
섞여 신의 보좌를 동경했던 이 영질이
육화되고 수격화되다니. 그러나
야심과 복수를 위해서라면 무엇인들
못하겠는가? 바라는 자는 높이 오른 것만큼
낮게 내려가 언젠가는 가장 추악한 것이 되는 법.

복수는 처음에는 달콤하지만 얼마 안 가서
쓰라리게 되돌아오리라. 그래도 상관없다.
높게는 오를 수 없으니, 두번째로 내 질투를
일으키는 자, 이 새로운 하늘의 총아,
이 흙의 인간, 원한의 아들, 우리를 한층   175
미워하여 조물주가 흙으로 만든 그자에게
잘 겨누어 내리치리라. 원한은
원한으로 갚는 것이 상책이로다."
  이렇게 말하고 눅눅하거나 마른 숲을
검은 안개처럼 낮게 기며 빨리 뱀을   180
찾아내려고 한밤의 탐색을 계속한다. 얼마 후
기다란 몸을 서려 꾸불꾸불 미로를 만들고
그 한복판에 교활한 간계로 가득찬 머리를
두고 깊이 잠든 뱀을 발견한다. 아직은
무서운 그늘이나 음침한 동굴이 아닌,   185
독이 없는 부드러운 풀 위에서 두려움 없이
또 두려움 받지도 않고 자고 있었다. 악마는
그 입으로 들어가 가슴이나 머릿속, 그 짐승의
의식을 즉시 사로잡아 거기에 지적인 활력을
불어넣었다. 그러나 잠을 방해하지 않고   190
가만히 아침이 다가오기를 기다렸다. 이제
성스러운 빛이 에덴에 트기 시작하여,
이슬진 꽃들을 비추고, 꽃은 아침 향기를

숨쉴 때, 숨쉬는 만물은 대지의 대제단에서
창조주를 향하여 말없는 찬미를 올리고   195
기분좋은 향기로써 그의 코를 채운다. 이때
두 사람의 인간이 나타나 소리 없는 생물들의
합창에 소리를 맞추어 예배를 올린다.
그것이 끝나자, 향기도 바람도 상쾌한
아침 한때를 함께 즐긴다. 다음으로   200
날로 늘어나는 일을 오늘 어떻게 잘할 수
있을 것인가를 의논하니, 이는 너무나 일이
많아져 두 사람의 손으로는 그 넓은 원예를 하기
어렵기 때문이라. 하와가 우선 남편에게 말한다.
"아담이여, 우리가 언제까지나 이 동산을 가꾸고,   205
풀과 나무와 꽃을 돌보며, 우리의 유쾌한
일을 즐기는 것도 좋지만, 돕는 이가 없는 한은
아무리 부지런히 노력해도 일은 늘어나고
재배를 할수록 더욱 번성할 뿐입니다. 우리가
낮에 베고 깎고 묶은 것이 뻗어나서   210
하루 이틀 밤 사이에 비웃듯이 제멋대로
자라, 야생이 될 지경. 그러니 생각해보시거나
아니면 우선 내 마음에 생각나는 것을
들어보소서. 우리 일을 갈라서 합시다. 그대는
그대 좋은 곳, 또는 가장 필요한 곳에서   215
이 정자 둘레로 인동덩굴을 감아올리거나

휘감기는 담쟁이에 올라갈 길을 마련해주고,
나는 저기 도금양과 뒤섞인 장미숲에서
점심때까지 손질할 것이 있나 보겠나이다.
우리가 하루종일 함께 한곳에서 일하는 한   220
서로 얼굴을 쳐다보고 웃음 나누게 되고,
또 새로운 일이 생기면 그때그때마다 얘기를
하게 될 것이니, 우리의 하루 일이 방해되어,
일찍 일을 시작해도 별 효과 없이 저녁때는
맨손으로 돌아오게 될 것입니다."   225
　그에게 아담은 조용히 대답한다.
"둘도 없는 하와여, 오직 하나뿐인 친구여,
나에겐 견줄 바 없이 어떤 생물보다 더 다정한
이여! 그대의 제안 좋도다. 하나님이 우리에게
정해준 일을 어떻게 하면 잘 수행할 수   230
있는가를 잘도 생각했으니 그대를 칭찬하지
않고 지나쳐버릴 수 없도다. 집안일[28)]을
보살피고 남편의 좋은 일을 돕는 것보다
아름다운 것은 없으리라. 그러나 주께선
우리가 휴식을 원할 때, 그것이 먹을 것이든,   235
마음의 양식인 대화든, 얼굴을 서로
쳐다보며 달콤한 웃음을 교환하는 것이든,
그것을 방해하실 만큼 그렇게 엄격히 노동을
강요하지는 않으시리라. 웃음은 이성에서

흘러나오는 것으로 짐승에게는 주어지지 않는 240
사랑의 양식이로다. 사랑이야말로 인생의
가장 낮은 목적이 아니니까. 하나님께서 우리를
만드신 것은 성가신 노고를 위해서가 아니라
즐거운 이성과 결합된 즐거움을 위해서이니라.
머지않아 자손이 태어나 젊은 손이 우리를 245
도울 때까지는 이 길이든 나무 그늘이든
우리의 활동에 필요한 넓이쯤은 둘이 힘 합치면,
쉽사리 황무지가 되지 않게 할 수 있으리라.
그러나 지나친 담화에 싫증나면 얼마 동안 떨어져
있는 섯[29] 잠을 수 있으리라. 무릇 고독은 때로는 최선의 250
사교가 되고 잠깐 동안 떨어지는 것은 달콤한 귀환을
북돋우는 것이니. 그러나 내게서 떨어짐으로써 그대에게
해가 오지 않을까 하는 의심이 나를 사로잡는다.
우리에게 경고한 바를 그대는 알리라.
어떤 악한 원수가 우리의 행복을 시기하여 255
제 행복은 단념하고 간계로써 우리에게 재난과
수치를 주려고 어딘가 가까운 곳에서 망을 보며
제 소망을 성취할 수 있는 가장 좋은 기회를
엿보고 있음은 의심할 수 없는 일. 그러니 떨어져
있는 것은 위험, 함께 있으면 수시로 빨리 260
도울 수 있으니 우리를 속일 가망성 없으리라.
그의 첫 계획이 우리의 충성을 하나님에게서

제9편 85

떼어버리는 것이든, 결혼의 사랑을 방해하는 것이든
(우리가 받는 축복 중에서 이보다 그의 질투를
더 자극하는 것 없으니) 또는 더 나쁜 것이든 간에　　　　265
그대에게 생명을 주고 그대를 덮고 지켜주는
신실한 사람 곁을 떠나지 말라. 위험이나 치욕이
스며들 때, 아내는 자기를 보호하고 함께 최악을
견뎌주는 남편 곁에 머무는 것이 가장 안전하리라."
　순결하고 위엄 있는 하와는 마치 사랑하면서　　　　270
어떤 불친절을 당한 사람처럼 달콤하나
엄숙하고 침착하게 이렇게 대답한다.
　"하늘과 땅의 아들, 대지의 주인이여!
우리의 파멸을 노리는 적이 있다는 말
그대에게서 들었으니 잘 알고, 또 저녁 꽃들이　　　　275
오므라들 무렵에 막 돌아와 그늘 짙은 구석
뒤에 숨어 서서 떠나가는 천사에게서도
엿들었나이다. 그러나 하나님과 그대에 대한
지조를 유혹하는 적이 있다 해서, 그대의 의심 받을
줄은 상상조차 못했나이다. 우리에게는　　　　280
죽음이나 고통이 있을 수 없고, 그것을 받지도
않으며 또 물리칠 수도 있으니 적의 폭행을
그대 두려워할 것 없으리이다. 그러니 그대가
두려워하는 것은 적의 간계 탓이니, 이는
나의 확고한 신의와 사랑이 그의 간계로　　　　285

흔들리거나 유혹될 수도 있다는 의심에
불과하나이다. 아담이여, 어떤 연유로 그런 생각이
그대의 가슴에 깃들게 되었는지요? 그토록
그대에게 다정한 아내를 잘못 생각하시고."
  정다운 위로의 말로 아담은 대답한다. 290
"하나님과 인간의 딸, 불멸의 하와여, 그대는
죄와 가책이 없는 몸이니, 그대를 의심해서
내 곁을 떠나지 말라는 것 아니라 적이 노리는
그 시험을 피하자는 것이오. 유혹자는 비록
실패할지라도, 적어도 유혹당하는 자에게 295
오명을 씌우고, 신의도 결코 철석같을 수
없고, 유혹에 강할 수도 없다고 생각하게
하지요. 소용없는 줄 알면서도 그대는
가해지는 해악을 경멸하고, 노하고
분개하리라. 그러니 혼자 있는 그대에게서 300
이 같은 위해를 제거하려고 노력하는 나의
마음을 오해 말라. 적은 대담하지만 우리
두 사람에게 일시에 덤벼들지는 못하리라.
만일 그것이 가능할 경우에는 내게 먼저
공격을 가할 것이오. 적의 악의와 305
위계를 깔보지 말라! 천사를 속일 수 있던
그자이니 그 간악함을 알 만하지 않은가.
또한 남의 도움을 무익하다고 생각지 말라.

나는 그대 용모에서 힘을 얻어 여러 가지
덕을 늘리고 있나니, 그대 앞에서는   310
보다 현명하고, 보다 조심성 있고, 힘이 필요할
경우에는 보다 강해진다오. 그대가 보고 있을
때는 수치, 극복하고 이겨내야 할 그 수치는
극도의 용기를 일으키고 일으켜서 뭉쳐지도다.
그대의 덕의 시련에는 최상의 증인인 내가   315
있어, 그대의 시련을 함께 당하려는데
그대는 어째서 같은 생각을 안 느끼는가?"
 가정을 애호하는 아담은 걱정이 되어
부부의 사랑에서 이렇게 말했으나, 하와는
자기의 신의를 인정받지 못했음을 생각하고   320
부드러운 말투로 다시 이렇게 대답한다.
 "그처럼 교활하고 난폭한 적의 위협을 받는
좁은 지역에 살면서 어디 가서 만나든 같은
방어력을 가지고 혼자서는 막아낼 수 없는 것이
우리의 상태라면, 항상 해를 두려워할 것이니   325
무슨 행복이 있으리오? 그러나 해는
죄보다 앞서지 않는 법, 다만 적은 우리를
유혹하여 우리의 고결함을 나쁘게 평가하려 하지만,
그 더러운 생각은 우리의 이마에 치욕을
주지 못하고 추하게 제 자신에게로 돌아갈   330
것입니다. 그러니 무엇을 피하고 두려워하리오?

도리어 그의 추측이 어긋나 우리의 명예는
배가 되고, 마음에는 평화를, 그 사건을
내려다보시는 하늘에서는 은총을 받으리이다.
남의 도움 없이 혼자서 시련을 뚫고 나가지   335
못한다면, 신의니, 사랑이니, 덕이 무엇이리오?
그러니 슬기로운 창조주께서 혼자나 둘로는
안전을 유지하지 못할 만큼 우리의 행복된
상태를 불완전하게 해놓았다고 생각지 마소서.
만일 그렇다면 우리의 행복은 덧없고 그토록   340
위험하다면 에덴은 에덴 아니리이다."
　그녀에게 아담은 열렬히 대답한다.
"아, 여인이여, 만물은 하나님의 뜻에 의해
정해진 그대로가 가장 좋은 것. 그 창조의 손은
모든 창조물을 하나도 불완전하고 부족하게   345
하시지 않았으니, 하물며 인간을 그리했겠는가.
또한 그의 행복한 상태를 보호하며 외부의
폭력을 막아주는 자가 그러하겠는가. 위험은 내부에
있으나 제 힘으로 좌우할 수 있으니,
자기 의사에 반하여 해를 받는 일은 없으리라.   350
하나님께서 의지를 자유케 하셨으니,
이성을 따르는 자는 자유로우리라. 그는 이성을
바르게 만들어 항시 경계하고 주의하도록 하셨으니,
그렇지 않으면 외형이 아름다운 것에

유혹받아 하나님이 분명히 금지한 바를   355
행하도록 의지에 그릇 명령하고 그릇 전하리라.
그러니 불신이 아닌 친절한 사랑의 명령으로
나는 그대를, 그대는 나를 돌봐야 한다.
우리가 확고하게 서 있어도 흔들릴 가능성은
있으리라. 무릇 이성도 적에게 매수당한 외양만   360
반반한 것을 만나서 주의받은 대로
엄중한 경계를 하지 않고
저도 모르게 기만에 빠질 수도 있기 때문이다.
유혹을 구하지 말라. 그것은 피하는 것이
상책이고, 나하고 떨어져 있지만 않으면 능히   365
그럴 수 있으리라. 구하지 않아도 시련은
오는 것. 만일 그대의 충성심을 보이고 싶거든
먼저 그대의 순종을 보여라. 알 만한 자가
그대가 유혹을 받는 것을 보지 않고선 누가
증명하겠는가? 그러나 구하지 않는 시련을 만나는 것이   370
경계받고 있음보다 더 안전하다고
생각되거든 가라.[30] 억지로 머무는 것보다는
나가는 것이 나으리라. 그대 타고난 순결을 갖고
가라. 그대 덕에 의존하고 전력을 집중하라.
하나님은 그 본분을 다했으니 그대도 본분을 다하라."   375
　인류의 족장 이렇게 말하나, 하와는
겸손하면서도 고집스럽게 대답한다.

"그러면 그대의 허락도 얻었고 이처럼 주의도
받았으니, 특히 그대가 마지막에 말씀하신 말에 암시된,
우리가 시련을 구하지 않을 때,   380
우리는 어느 때보다도 대비심對備心이 약해진다 하시니
더욱 기꺼이 가렵니다. 또한 그렇듯 거만한
적이니 보다 약한 자를 먼저 찾지는 않을
듯하나이다. 그걸 바란다면 실패로 수치를
사게 될 뿐이니까요." 이렇게 말하고, 남편의 손에서   385
살며시 손을 빼고는 숲의 요정처럼 오레아드[31],
드리아드 또는 델리아[32]의 시종인 양 가볍게
숲으로 향한다. 그러나 그 걸음걸이와
여신 같은 몸매는 델리아처럼 활과
전통을 메지는 않았지만 거친 기술로   390
불을 사용하지 않고 만든, 또는 천사들이
가져다준 것 같은 원예도구를 갖고 있었다.
이렇게 단장한 그녀는 팔레스[33]나 포모나[34]
(베르툼누스[35]를 피했을 때의 포모나) 또는
주피터에 의해 프로세르피나[36]를 낳기 전의   395
무르익은 처녀 케레스와 같았다.[37] 아담은
그녀가 자기 곁에 있어주기를 바라며,
열렬한 시선으로 한참 동안 그녀를 바라보는 것이
기뻤으나, 빨리 돌아오라는 명령을 몇 번이고
되풀이했다. 그녀는 점심때까지 정자로 돌아와   400

점심식사와 식사 후의 휴식을 맞이하기 위해
최선의 준비를 다하겠다고 약속한다.
아, 너무나 속고 너무나 실수하는
불행한 하와여, 돌아올 심산이었지만,
일이 그렇게 뜻대로 되지 않았구나! 그때부터 그대는   405
이 낙원에서 다시는 맛있는 음식과
건전한 휴식도 못 가졌느니라. 그대의 길을 막고
순결과 충성과 축복을 빼앗고서 그대를
되돌려보내려는 복병이 향기로운
꽃과 그늘 속에 숨어 절박한 지옥의   410
원한을 품고 기다리고 있다. 이윽고
해뜨기 전부터 마왕은 겉으로는 단순한
보통 뱀의 모습으로 나타나, 다만 두 사람의
인간, 그러나 그들에게 포함된 온 인류,
그가 노리는 먹이를 어디서 찾을 수 있을까   415
하고 헤매고 있다. 정자와 들, 무성한
숲이나 상쾌한 정원 지역, 재미로
그들이 가꾸거나 심고 한 곳도, 샘가도,
또 그늘 짙은 개울가도, 그는 두루 찾았다.
그는 두 사람을 찾았지만, 요행히 하와가   420
혼자 있기를 바란다. 그렇게 바라기는 했지만,
그렇게 드문 기회를 맞을 가망은 없다.
하지만 뜻밖에도 원하던 대로

하와가 혼자 있는 것을 그는 보게 된다.
향기구름에 싸여, 반쯤 가려진 채 서 있었는데   425
그 주위에는 무성한 장미가 불타고 있다.
그녀는 가끔 몸을 굽혀 꽃대를 떠받쳤는데,
그 꽃들은 화려한 붉은빛, 보랏빛, 푸른빛,
황금빛으로 얼룩진 머리를 떠받치지 않으면
축 처져 있다. 그녀는 이것들을 도금양의   430
띠로 살며시 일으켜 세우지만, 자기 자신이
최선의 지주에서 멀리 떨어져, 폭풍은 가까웠는데,
지주도 받지 못하고 있는 아름다운 꽃임은
전혀 생각지 않는다. 마왕은 접근하여
삼나무와 소나무, 또는 종려나무 가지 우거진   435
숲을 이리저리 돌아다니다가, 하와가 가꾼,
양 둑을 감싼 무성한 수목과 꽃들 사이로,
유연하고 대담하게 숨었다 나타났다 하며
다가왔다. 이곳은 소생한 아도니스의 동산[38]이나
늙은 라에르테스의 아들[39]의 주인이었던   440
유명한 알키노오스[40]의 얘기에 나오는 정원보다도
또는 신화가 아닌 현명한 왕[41]이 아름다운
이집트 태생의 왕비[42]와 즐겼던 동산보다도
더 즐거운 곳이다. 마왕은 이곳을, 더욱
사람을 찬미한다. 마치 집이 들어차 있고   445
수채가 공기를 더럽게 하는 사람 많은 도시에

오래 살고 있던 자가, 여름날 아침 그곳을 떠나
상쾌한 마을과 이웃의 논밭에서 공기를 마시며
보게 되는 모든 것, 곡물이나 건초의 향기,
암소나 착유장搾乳場, 온갖 시골 풍경과   450
시골의 음향 따위에서 기쁨을 느낄 때와도 같다.[43]
때마침 아름다운 그녀가 요정처럼 걸어가니
즐거운 것은 그녀로 하여 더욱 즐겁고,
무엇보다도 그녀 얼굴엔 기쁨이 넘친다.
뱀은 이런 기쁨을 품고, 이 꽃다운 장소,   455
이처럼 일찍, 그것도 혼자 있는 하와의
상쾌한 일터를 바라본다. 천사 같지만
더욱 부드럽고 더욱 여성적인 그녀의 거룩한 모습,
그 우아한 순진성과 몸가짐의 자태, 또는
사소한 동작 등이 그의 악의를 억누르고,   460
거기에서 나오는 음흉한 간계의 힘을
달콤한 매력으로 빼앗는다. 그때에
이 악한 자는 자신의 악에서 떠나 한동안
적의도, 흉계도, 증오도, 시기도, 복수심도
삭인 채 멍하니 선善으로 돌아간다. 그러나   465
하늘 한복판에 있어도 항상 마음속에
불타는 지옥은 당장 그의 기쁨을 말살하고,
그 기쁨이 자기를 위한 것이 아님을
알게 되면 될수록 더욱 그를 괴롭힌다.

이리하여 그는 곧 흉악한 증오심을 되살려 470
해악의 온갖 생각을 기꺼이 불러일으킨다.
"생각이여, 너는 나를 어디로 이끌며,
그 무슨 달콤한 생각에 취하여 이곳에 오게 된
이유를 잊었느냐? 사랑이 아니라 증오를 위하여,
지옥을 낙원으로 바꾸거나 여기서 475
기쁨을 맛보고자 하는 것이 아니라, 모든
기쁨을 말살하기 위해 온 것이 아니냐.
파괴 이외의 다른 즐거움은 내게서 사라졌다면,
지금이라도 미소 짓는 기회를
놓지지는 않으리라. 유혹에 알맞게 혼자 있는 480
저 여자를 보라, 멀리 둘러봐도 남편은 가까운
곳에 없다. 그의 뛰어난 지혜, 불손한 용기,
흙으로 만들어졌으나 영웅 같은 그 체구의
힘을 나는 더욱 피하리라. 무서운 적, 불사신의
적, 나는 그렇지 않다. 하늘에 있었을 때에 485
비하면, 지옥은 나를 이토록 저하시켰고
고통은 나를 약화시켰도다. 그녀는 아름답고 거룩하다.
신의 사랑에 어울릴 만큼 아름다우나 두려움은 없다.
사랑과 아름다움에는 두려움이 있기
마련이지만, 더욱 격렬한 증오, 교묘하게 490
사랑을 가장한 것보다 격렬한 증오 없이는
접근하기 힘들지만, 이것이 바로 내가

그녀를 파멸시키기 위해 선택한 길이다."
 이렇게 말하고, 인류의 적은 뱀 속에 스며들어
사악한 동거자가 돼 하와를 향해 걸어간다.   495
그후처럼 땅에 엎드려 꾸불꾸불 물결치며
땅 위를 기는 것이 아니라, 기다란 몸을 서려
테에 테를 겹쳐서 쌓아올린 미로의
둥근 바닥 이루는 꼬리로 간다, 볏 달린 머리
높이 쳐들고 홍옥 같은 눈을 반짝이며,   500
푸른빛에 황금빛 번들거리는 목은 풀 위에
물결치며 빙빙 도는 소용돌이 속에 곧게
솟아 있는, 그 모습은 재미있고 유쾌했다.
그후 뱀의 종류로서 이만큼 아름다운 것
없었으니, 일리리아에서 헤르미오네와 카드모스가   505
변한 뱀[44]도, 에피다우로스의 신[45]도, 또는
암몬과 카피톨리누스의 주피터[46]가 변하여, 전자가
올림피아스[47]와 더불어, 후자가 로마의 정화인
스키피오를 낳은 그녀와 더불어 뱀이 되어
나타났을 때의 모습도 이만하지는 못했다.   510
접근하려다가 방해당하는 것을 두려워하는
자처럼, 처음에는 비스듬히 길 잡아 옆으로
나아간다. 마치 노련한 키잡이가 강어귀나
곶 가까이서 바람이 변함에 따라 자주
방향을 틀고 돛을 바꾸듯이, 그도 그렇게   515

방향을 바꾸며 그 꼬리로 구불구불 하와 앞에서
몇 번이고 멋대로 원을 틀고 그녀의 눈을
끈다. 분주한 그녀는 바삭거리는 잎들 스치는 소리
들었으나 개의치 않는다, 키르케[48)]가 변신한
짐승을 부를 때보다 더 온순하게 그녀 말에   520
따르는 각종 짐승들이 들판 여기저기서 놀며
그런 소리 내는 것을 늘 들어왔기에.
뱀은 더욱 대담하게 부름 받지 않았는데도
흠모하는 눈초리로 그녀 앞에 나선다. 몇 번이고
우뚝 세운 볏과 에나멜처럼 반들반들 윤나는   525
목을 굽혀 아양을 떨듯 그녀가 밟은 땅을
핥는다. 그 상냥하고 말없는 표정은
하와의 눈을 끌어 그 장난을 보게 한다.
그녀의 관심을 얻은 것이 기뻐서 그는 그 혀를
도구 삼아 또는 유성有聲의 공기를 충격하여   530
그 기만에 가득찬 유혹을 이렇게 시작한다.
"놀라지 마소서, 여왕이여, 오직 하나의 경이로운
그대 혹시 놀라셨다면. 더구나 하늘과 같이 온유한
그 얼굴에 멸시의 표정 띠지 마시며,
이렇게 접근하여 싫증을 느끼지 않고 그대를   535
바라보고, 이렇게 혼자 있어 더욱 엄숙한
그대의 이마를 두려워하지
않는다고 불쾌히 여기지 마소서. 아름다운 조물주와

흡사한 어여쁜 자여, 모든 생물들,
그대에게 내려준 모든 것들이 그대를 바라보며,   540
황홀한 눈으로 그 하늘의 아름다움을 찬미하나이다.
보기에 가장 좋은 것은 널리 찬미받게 되나,
여기[49] 이 황폐한 지역, 거칠고 천박하여
그대의 아름다움을 반도 식별 못하는 짐승들 사이에서
한 사람[50]을 제외하고는 누가 그대를 보리까,   545
(그 한 사람은 누군가?) 그대는 신들 중의
여신으로 보이고, 수많은 천사들과 그 시종들에게
날마다 찬미와 섬김을 받아야 할 몸이니."
   유혹자는 이렇게 얼버무리며 서곡을 울린다.
그 목소리에 많이 놀라기는 했지만, 그 말은   550
하와의 가슴 깊이 스며들었다. 드디어
그녀는 놀라면서 이렇게 대답한다.
   "이 어찌된 일인가? 짐승의 혀에서 사람의
말이 나오고 사람의 마음이 표현되다니!
전자[51]는 하나님께서 창조의 날에 모든 분명한   555
소리를 못 내도록 만드셨으니 짐승에게는
적어도 허용되지 않았다고 생각했도다.
후자[52]는 짐승의 얼굴과 그들의 동작에
이성이 나타나는 일 많으니 어떨지 모르지만.
너 뱀이여, 너는 들의 짐승들 중에서 가장   560
교활하지만, 사람의 말이 너에게 주어진 줄은

미처 몰랐도다. 그러니 이 기적을 되풀이하여 말하라.
어떻게 해서 말 못하던 것이 말하게 되었고,
어떻게 해서 늘 보는 다른 짐승들 중에서
네가 이토록 나와 친밀해졌는가를.   565
말하라, 이런 놀라움은 마땅히 나의 관심을 끄는구나.”
　교활한 유혹자는 이렇게 대답한다.
"이 아름다운 세계의 여왕, 빛나는 하와여!
그대가 명령하는 바를 말하기는 어렵지 않으니
복종해야 마땅하리이다. 처음에는 길가의 풀을   570
뜯어 먹는 다른 짐승처럼, 내 음식이 그렇듯
내 사상도 비열하고 비천했으며 음식과
성性밖에는 아무것도 알지 못했고
높고 고상한 것은 전혀 이해하지 못했나이다.
마침내 어느 날 들을 헤매다가 우연히 멀리   575
한 아름다운 나무에 붉은빛, 금빛 찬란한
고운 색깔들이 섞여 있는 열매가 열려 있는 것을
보았더이다. 더 다가가보니, 그때 가지에서
풍기는 냄새 좋은 향기는 식욕에 상쾌하고, 감각을
기쁘게 하는 것이, 가장 달콤한 회향53)의 향기보다,   580
또는 놀이에 빠진 양이나 염소 새끼가 빨지 않아서
저녁때면 암양이나 염소의 젖꼭지에서
흐르는 젖54)보다도 더했나이다.
나는 이 아름다운 열매를 맛보고 싶은

나의 간절한 식욕을 주저 없이 채우기로 결심했나이다.   585
강력하게 사로잡는 자[55)]인 굶주림과 목마름은 그 열매
향기에 자극받아 매섭게 나를 사로잡았나이다.
곧 나는 이끼 낀 나무줄기에 몸을
감았나이다. 가지가 높이 뻗어 있어
그대나 아담도 손을 뻗쳐야 닿을   590
정도였기에, 나무 둘레의 온갖 다른
짐승들이 그것을 보고, 같은 욕망을 품고
동경하고 선망하며 서 있었지만, 손이
닿지는 않았나이다. 이윽고 나무 한가운데 이르러,
많은 과실이 매달려 눈앞에서   595
유혹하기에 배가 찰 때까지 주저 없이 따서
먹었나이다, 그때까지는 이런 기쁨을 풀밭이나
샘가에서 맛보지 못했기에. 드디어 포만을 느끼자,
곧 내 속의 이상한 변화를 알아볼 수 있었고,
내면적인 힘에 이성이 생길 정도에 이르렀나이다.   600
비록 이 모습 그대로였지만 또한 언어도 곧
갖게 되었나이다. 그로부터 높고 깊은 사색에
생각을 돌렸고, 넓은 마음으로 하늘과 땅과
중천에 보이는 모든 사물이 아름답고
선하다고 생각했나이다. 그러나 그 아름답고   605
좋은 모든 것이 그대의 거룩한 모습과
그대의 아름답고 빛나는 광채 속에 결합되어

있는 것을 보았나이다. 어떠한 아름다움도
그대와 동등하거나 버금가지도 못했나이다.
그래서 어쩌면 무례하겠지만 부득이 이렇게 와서 610
만물의 군주, 우주의 여왕이라고 선언된
그대를 바라보며 마땅히 찬미하나이다."
  악령에 사로잡힌 교활한 뱀이 이같이 말하니
하와는 더욱 놀라 무심결에 이렇게 대답한다.
"뱀이여, 너의 지나친 찬사 들으니, 처음에 네가 615
시험한 그 열매의 힘이 의심스럽도다. 그러나
말하라, 그 나무는 어디 있으며 여기서
얼마나 먼가를. 낙원에서 자라는 하나님의 나무들은 많고
여러 종류여서 아직 우리가 모르는 것이 있도다.
후에 인간이 늘어나 양식을 구하고 620
많은 손의 도움으로 이 자연의 소산을 헐어 내릴 때까지,
우리가 선택할 것이 이렇게 풍부하기 때문에,
과실의 태반은 손도 안 댄 채,
썩지 않고 항상 매달려 있도다."
  간사한 뱀은 즐겁고 기뻐서 말한다. 625
"여왕이여, 길은 손쉽고 멀지도 않나이다.
한 줄의 도금양 뒤, 샘가의 평지, 꽃 피는
몰약과 향유의 작은 숲 저쪽에 있나이다.
만일 나의 인도를 받아들인다면,
곧 그곳으로 모셔다드리겠나이다." 630

하와는 "자, 그러면 인도하라"고 말한다. 뱀은
하와를 인도하면서 재빨리 꾸불거리며 기어간다.
굽은 것도 곧게 보이며 신속한 재난을 향하여,
희망에 볏이 서고 기쁨에 빛난다.
마치 도깨비불, 야기夜氣에 응결하고 한기寒氣에   635
둘러싸인 기름기 있는 수증기로 된 그 불이
흔들리는 데에 따라 타서 불길 일고(흔히
악령이 여기 따른다고 하지만), 사람을 속이는
불빛으로 떠돌며, 불타서 당황한 밤의 길손을
길 잘못 들게 하여 웅덩이와 숲, 또 어떤   640
때는 큰 못이나 연못으로 이끌어, 거기에
휩쓸려 구원도 없이 사라지게 하는 것과도
같다. 그렇게 무서운 뱀은 번쩍이며, 우리의
속기 쉬운 어머니, 하와를 함정에 빠뜨려
모든 비애의 근원인 금단의 나무로 이끈다.   645
그걸 보고 그녀는 안내자에게 이렇게 말한다.
"뱀이여, 우리 여기 오지 않아도 좋았을 걸 그랬다.
여기에 열매 넘칠 만큼 많지만 내게는 소용없으니.
그 열매의 효능은 네 생각에 달린 것.
하지만 그런 결과를 가져왔다니 참으로 놀랍도다!   650
그러나 이 나무는 맛보거나 손대서는 안 되리라.
하나님은 그렇게 명령하시고 그 명령을
신의 소리의 외딸[56)]에게 남겼도다. 그 밖에는 우리 자신의 법으로 사나니[57] 이성은 우리의 법이니라."
이에 대해 유혹자는 교활하게 대답한다.
"그것이 사실이라면, 이 낙원의 나무 열매를
먹지 말라고 금해놓고도 땅과 하늘에서 만물의
주라고 하나님은 선언하셨나이까?"
그에게 죄 없는 하와는 이렇게 말한다.
"낙원의 나무 열매는 마음대로 먹어도 좋으나
낙원 한가운데 있는 이 아름다운 나무 열매에
대해서는 하나님은 '너희는 이것을 먹지 말라,
손대지도 말라, 그러지 않으면 죽으리라'고 말씀하셨도다."
이같이 간단히 말을 끝내자, 유혹자는 더욱
대담하게 인간에 대한 열정과 사랑과 그의
피해에 대한 분개를 드러내 보이며 새로운
역할을 취하여[58] 격정으로 흔들리는 듯이
심란하면서도 우아하게 당장 어떤 큰일을
말하려 할 때처럼 거드름 떨며 몸을 흔든다,
마치, 지금은 잠잠하지만, 옛날에는 웅변이
성했던 아테네나 자유 로마의 유명한
변사[59]가 어떤 큰 문제를 말하려고 유유히 일어섰을 때,
먼저 그 모습이나 동작이나 몸가짐으로 청중을
매혹시키고, 정의의 열정 때문에 서두 끄는 것을
참을 수 없어 주제의 중심에서 말을 시작하듯이.
이 유혹자는 일어서서

움직이며 머리를 높이 들고 정열에 사로잡혀
이렇게 열변을 시작한다.
"아, 거룩하고, 슬기롭고, 지혜 주는 나무여,
지식의 어머니여! 만물의 근원을 알아낼 680
뿐 아니라 아무리 슬기롭게 보일지라도
그 지고한 자의 행적마저 더듬어 찾을 수 있는
그대의 힘이 지금 내 마음속에 명백히
느껴지도다. 이 우주의 여왕이여! 그 엄한
죽음의 위협[60] 믿지 마소서. 그대 죽지 않으리니. 685
열매를 맛본다고 죽음을 얻다니, 어찌 그러리오?
그것은 지혜뿐 아니라 생명도 주리이다.
위협하는 자 때문에 꺼리시나이까? 나를 보소서.
나는 손대고 맛보았으나, 살았고, 또한 내 분수보다
높은 것을 시도하여 운명이 정한 것보다 690
더 완전한 생명을 얻었나이다. 짐승에게 허용된 것이
인간에게 금지되리오? 하나님이 이런 사소한
죄에 노여움을 터뜨릴 리 있으리오? 오히려 그대의
불굴의 힘을 찬양치 않으실지? 죽음이 무엇이든 그
죽음의 고통에 위협받으면서도, 보다 행복한 삶으로 695
이끌 선악의 지식을 얻는 데 주저하지 않는
그대의 힘을 찬양치 않으리오? 선의 지식은
마땅한 것. 악이란 것도, 만일 악이
실재한다면, 피하기 쉬우리니 알아서 무방하리다.

그러니 하나님이 그대들에게 해를 준다면,
그것은 정당하지 못한 일. 정당하지 못하다면
이미 하나님이 아니니 두려워 복종할 것
없으리이다. 죽음의 공포가 도리어 그 공포를
제거할 것이외다. 그런데 왜 금했을까? 그의
숭배자인 그대들을 다만 위협으로 낮고
우매하게 두어두고자 한 것일까? 하나님은
아시리다, 그대들이 그것을 먹는 날, 밝게 보면서
실은 어두운 그대들의 눈이 완전히 열리고 밝아져
신들같이 되고 신들처럼 선악을 알게 되리라는
것을. 내가 사람과 같이 내적인 존재가 되었은즉
그대들이 신들과 같이 됨은, 내가 짐승에서 인간이 되고
그대들이 인간에서 신이 됨은 사리에 맞는 일. 나는
짐승에서 인간, 그대들은 인간에서 신, 그러니 그대들이
죽게 되면 인간성을 벗고 신성을 입을 것이니[61], 무섭지만
바람직한 것, 그 죽음이 나쁜 것 가져오지 않으리라.
그런데 신이란 도대체 어떤 존재이기에
인간이 그들 음식과 똑같은 것을
먹어도 신이 될 수 없단 말인가. 맨 처음 신들이
그 유리한 입장을 활용하여 만물이 그들에게서
나왔다고 우리에게 믿게 하지만, 나는 그것을
믿지 않나이다. 이 아름다운 대지는 햇볕을 받아
만물을 생산하지만 신들에게서는 아무것도

생산되지 않기 때문이니아이다. 만물이 그들 것이라면
그것을 먹으면, 그들의 허락 없이도, 즉시 지식을 얻도록
선악의 지식을 이 나무에 집어넣은 것은 누군가. 725
인간이 이렇게 알게 된다고 해서 어디에 죄가
있단 말인가. 만물이 그의 것이라면 그대들이
얻은 지식이 어찌 그를 해치고, 이 나무가
그의 뜻을 거슬러 무엇을 주리오? 혹은 질투일까?
질투가 신의 가슴에 깃들 수 있을까? 이런 더 많은 730
이유로 이 아름다운 열매의 필요성이 설명되도다.
인간의 여신이여, 손을 뻗쳐, 마음대로 맛보시라."
 말이 끝나자, 간계에 찬 그 말은 아주
쉽사리 그녀의 가슴에 들어간다. 그녀가 바라다보는
그 열매에 사로잡혀 그녀는 눈으로 그걸 735
쏘아보았다. 이성과 진리가 아울러
내포된 듯 생각되는 교묘한 말이 아직도
귀를 울린다. 그러는 동안 점심때는
점점 다가와 맹렬한 식욕이 눈을 뜬다.
그 열매의 달콤한 향기에 이끌려 740
그것은 이제 손대고 맛보고 싶은
욕망을 불러일으키며 그녀의 선망의 눈을 유인한다.
그러나 선뜻 손 내밀 수 없어 우선
잠시 망설이며 이렇게 혼잣말을 한다.
 "너의 힘 위대하도다, 정녕 선한 열매여, 745

인간과 상관없지만 찬양할 만하도다.
오랫동안 금지됐던 그 맛, 최초의 시식은
말 못하는 자에게 웅변을 주고, 언어 없는
혀에 너를 찬미하는 말을 가르쳤도다.
너를 맛보지 못하게 하는 하나님도 너의 찬미를   750
우리에게 숨기지 못하고 너를 이름 지어
지식의 나무, 선악의 나무라 부르시리라.
그리하여 맛보지 못하도록 금하지만, 그의 금지가
너를 더욱 탐나게 하는구나, 네가 전하는
선과 우리의 부족함을 보여주며. 모르는   755
선은 얻을 수 없고 얻어도 모른다면
전혀 얻지 않은 거나 다름없으리라.
요컨대 아는 것을 금하는 것이 아니고
무엇이랴. 선을 금지함은 슬기로움을
금지하는 것. 이런 금지는 유효하지 않도다. 그러나   760
죽음이 우리를 사후의 끈으로 묶는다면 마음의
자유가 무슨 소용이랴? 이 아름다운 열매를
먹은 날에는 정죄로 우리가 죽게 된다고?
그렇다면 뱀은 왜 안 죽을까. 그는 먹고도 살고,
또한 알고 말하고 그때까지 사리분별 없던 것이   765
이치를 알고, 분별한다. 우리에게만 주기 위해
죽음을 만들었는가. 짐승에게 주기 위하여
우리에게는 지혜의 먹이를 금지하는 것인가?

분명 짐승만을 위한 것으로 보인다. 그러나 최초로
맛본 한 짐승은 인간에게 친밀하고 허위와　　　　　　770
위계 없는, 의심받지 않는 보고자로서 아낌없이
기꺼이 제가 받은 선을 전하고 있도다.
그런데 내 무엇을 두려워하랴? 아니 이처럼
선과 악을 모르는 상태에서 어떻게 하나님이나
죽음, 율법이나 형벌이 두려움을 알 수 있겠는가.　　　775
모든 것의 치료제[62)]로서 이 거룩한 열매가
여기서 자라며 영리하게 하는 힘[63)]도 있고 보기에도
아름다워 미각을 돋우는구나. 그러니 손을 뻗쳐 몸과
마음을 아울러 배불린들 무슨 방해가 되랴."
　이렇게 말하면서, 그녀는 악의 시간[64)]에　　　　　　780
무모하게 손을 뻗쳐 열매를 따서 먹었다.
대지는 상처를 느끼고 자연은 제자리에서
만물을 통하여 탄식하며 모든 것이 상실됐다고
비애의 징표를 드러낸다.[65)] 죄악의 뱀은
살며시 숲으로 돌아갔으나, 하와는 아무것도 모른 채　　785
그 열매 먹는 데에만 정신을 쏟고 있다.
그녀는 그때까지 사실에서든 지식의 높은
기대에 대한 상상에서든 열매에서 이런 쾌락을
일찍이 맛본 것 같지 않고, 또 신성을
얻는 듯한 생각까지 들었다. 그녀는　　　　　　　　　790
한없이 탐식하면서 죽음을 먹는 줄

몰랐다. 드디어 배가 부르고 술처럼
취하여 즐겁고도 상쾌하게
혼잣말처럼 유쾌히 이렇게 말한다.
"아, 낙원의 나무들 가운데서 가장 지고하고   795
고결하고 소중한 자여, 지식을 주는 축복의
나무여, 지금까지 알려지지 않았고 이름도 없이,
그 아름다운 열매를 목적 없이 창조된 듯이
매달고 있던 나무여. 앞으로는 날마다 적당한
찬미의 노래 부르며 일찍이 너를 손질하고   800
돌보며 만인에게 자유로이 제공된 충만한
가지에서 풍성한 열매를 따리라. 그리하여
너를 먹어 지식이 성숙하고 만물을 아는
신같이 되리라, 비록 다른 것들이 줄 수 없는 것을
애석히 여긴다 해도. 이 선물이   805
그들의 것이라면, 여기서 이렇게 자라지는
않았을 것이니, 경험이여, 다음으로 내가
힘입을 최선의 안내자여, 네가 나를 인도하지 않으면
나는 여전히 무지하리라.
너는 지혜의 길을 열어 그것이 숨어   810
있더라도 그 가까이 다가가라. 어쩌면
나도 숨은 것.⁶⁶⁾ 하늘은 높고 멀어, 거기서
지상물을 분간할 수 없다. 다른 걱정 때문에
우리의 위대한 금제자禁制者는 주위에 많은

첩자들을 두고서 마음 편히 끊임없는 감시를   815
잊고 있을지도 모른다. 그러나 아담에게는
어떻게 해야 하나? 그에게 지금까지의 변화를 알려주고,
완전한 행복을 나와 함께 나누도록 할까,
아니면 뛰어난 이 지식을
공유자 없이 나 혼자서만 차지할까? 그렇게 되면   820
여성으로서의 결함을 보충하게 되고, 더욱 그의
사랑을 끌면 그와 동등하게[67] 될지도 모르고,
한층 바람직한 일이기는 하지만, 언젠가는
그보다 더 우월하게 될지도 모른다. 뒤떨어져서야
누가 자유로우랴, 그러니 이것도   825
좋은 일이로다. 그러나 하나님이 혹시 보셔서 죽음이
닥쳐오면 어쩌나? 그때는 나는 더이상 없고
아담은 다른 하와와 결혼하여
그녀와 즐겁게 살겠지, 나는 사라질 테니.
생각하는 것부터가 죽음이다.[68] 그러니 마음을   830
확고히 하고 아담과 화복을 나눠야겠다.
사랑이 지극하니 그와 함께라면 어떤 죽음도
견딜 수 있으리라. 그가 없으면 살아도 죽음이다."
    이렇게 말하고 그 나무에서 발을 돌린다.
그러나 내부에 있는 힘에 대해서인 양   835
우선 허리 굽혀 절을 한다. 그 힘이 있음으로써
신들의 음료, 신주神酒에서 나온 지식의 즙이

그 나무 속에 흘러들었다. 그동안 아담은
그녀가 돌아오기를 기다리며, 가끔 추수꾼들이
수확의 여왕[69]에게 하듯이, 그녀의 머리를   840
장식하고 전원의 일을 찬미하고자
가장 좋은 꽃으로 화관을 짠다. 큰 기쁨을
안고 늦게 돌아오는 그녀에게서 새로운
위안을 기대하며 그는 기다렸다. 그러나 그의
마음은 가끔 불길한 예감이 들어 불안했다.   845
그는 가슴의 동요를 느끼며 그녀를 맞으러 나간다.
그날 아침 헤어질 때, 그녀가 간 길이니
그는 시식의 나무 곁을 지나지 않을 수 없다.
거기서 나무에서 막 돌아오려는
그녀와 만났다. 그녀의 손에는   850
부드러운 미소 짓고 달콤한 향기 코를 찌르는
아름다운 열매가 달린 갓 꺾은 나뭇가지가
들려 있었다. 성급히 다가온 그녀의 얼굴에서는
사죄의 말이 서론으로 흘러나오고[70] 부드러운
목소리에 실어 변명을 이렇게 늘어놓는다.   855
  "아담이여, 내가 늦게 돌아옴을 이상하게 여기시나이까?
그대 곁을 떠나 있으니, 그대가 그리웠고
그 시간 너무 길게 생각되었나이다. 그것은
지금까지 몰랐고 두 번 다시 느껴서는 안 될
사랑의 고뇌였나이다. 다시는, 경험 없이 경솔하게 굴었던,   860

그대 곁을 떠나 있는 고통을 되풀이하지 않겠나이다.
그러나 그 원인은 듣기만 해도 기이하고
수상하나이다. 이 나무는 들은 바와 같이
맛보면 위험한 그런 나무도 아니고 또
미지의 악으로 길 열어주는 것도 아니고, 865
눈을 뜨게 하는 영험이 있어 맛보는 자를
신처럼 되게 하옵니다. 이미 맛보아 그렇게 된
자 있더이다. 현명한 뱀은 우리처럼 금지되지
않았든지 또는 순종하지 않았든지,
그 열매를 먹었으나, 우리가 위협받은 것처럼 죽지 않고 870
도리어 그후로는 사람의 말과 사람의 생각이
부여되어 추리력도 놀라울 정도여서, 말재주도
훌륭히 나를 설복시켰으므로 결국 나도 맛보고
그 효험이 말과 조금도 다름이 없다는 것을 알았나이다.
전에 어두웠던 내 눈은 열리고, 875
정신은 퍼지고, 마음은 넓어져 신성에
가까워졌나이다. 그것을 내가 구한 것은 주로
그대를 위한 것이니, 그대가 없으면 아무
소용 없나이다. 행복은 그대와 나누어 가질 때
행복이지, 그대와 공유하지 못한다면 곧 귀찮고 880
싫증날 것이외다. 그러니 그대도 맛보소서, 같은
사랑과 함께 같은 운명과 기쁨이 우리를 결합하도록.
그대 맛보지 않는다면 서로 다른 위계로 헤어져,

내가 그대 위하여 신성을 버리고자 해도
이젠 늦어서 운명이 허락하지 않으리이다." 885
　즐거운 얼굴로 하와는 이렇게 말했으나
그 볼에는 불안의 빛이 타올랐다.
아담은 하와가 저지른 죽음의 죄를
듣자마자, 곧 놀라고 당황하여 얼빠진 채
서 있다. 차디찬 전율이 혈관에 흐르고 890
마디는 모두 풀렸다. 힘없는 손에서
하와를 위하여 만든 화관은 떨어지고
장미는 시들어 꽃잎이 흩어졌다.
그는 말없이 창백한 얼굴로 섰다가 우선
자신을 향하여 마음속의 침묵을 깨뜨렸다. 895
　"아, 창조의 극치, 하나님의 모든 창조물 중
최후 최선의 작품, 보기에도 생각하기에도
뛰어나게 만들어진 거룩하고 성스럽고
선하고 사랑스럽고 어여쁜 피조물이여!
그대 어찌하여 타락했는가,[71] 어찌하여 갑자기 900
타락하여 더럽혀지고 꽃이 지고 죽음이 찾아오게
했는가. 어찌하여 엄한 금령을 어겼으며,
어찌하여 거룩한 금단의 열매를 범했는가.
그대는 아직은 알려지지 않은 어떤 저주받은
적에게 속았고 나도 그대와 함께 멸망했도다. 905
그대와 같이 죽으려는 것이 나의 확실한

결심이니, 그대 없는 이 세상 나 혼자
어찌 살 것인가. 그대와의 달콤한 교제와
이토록 깊이 맺어진 사랑을 버리고 이 황량한
숲속에 남아 어떻게 다시 살리오? 910
하나님이 제2의 하와를 창조하고 내가
또하나의 갈빗대를 내놓는다 해도 그대의 죽음은
내 마음에서 사라지지 않으리라. 아니 자연의
사슬이 나를 끄는 것을 느끼노라. 그대는 나의
살 중의 살, 뼈 중의 뼈, 그러니 축복이든 915
화든 그대 몸에서 떨어질 수 없도다."
 이렇게 말하고 나서, 그는 슬픈 낙담에서
회복한 사람처럼 어지럽힌 마음을 가라앉히고
모든 것을 체념한 듯 조용한 심정으로
하와를 향해 말을 보냈다. 920
 "모험을 좋아하는 하와여, 그대 대담한 행동을 하여
대단한 위험을 자초했도다. 절제에 바쳐진
그 거룩한 열매, 다만 탐욕스러운 눈으로 보는
것만도 죄스러운 일인데, 하물며 손대지 말라는
금제가 주어졌는데도 그것을 맛보다니. 그러나 925
과거를 되돌리고 행한 일을 취소할 자 누구랴?
전능의 하나님도 운명도 그럴 수 없으리라.
그러나 어쩌면 그대는 죽지 않으리라.
어쩌면 사실 이제는 그리 나쁘지 않을 수도.

시식 끝난 열매는 우리가 맛보기 전에 먼저 930
뱀에게 더럽혀져 속되고 부정해졌도다.
그러나 그는 아직 죽지 않고 살고 있도다.
그대 말대로 살아서 인간처럼 고급의 생명을
누리고 있으니, 이것은 우리도 그같이 맛보고
그에 상당한 향상을 하도록 이끄는 935
강한 유혹이 되도다. 향상된다면 신이 되거나
천사 아니면 반신이 되리라. 지혜로운 창조자,
하나님께 위협은 될망정 우리는 그의
최고의 창조물이고 이토록 높은 위엄을 갖추어
만물 위에 놓여 있으니 정녕 멸망시키지는 940
않으리라. 만물은 우리를 위해 창조된
의존적 존재이니 우리가 멸망하면 함께
멸망할 것이 틀림없도다. 그러면 하나님은 애써
만드신 것을 파괴하고, 좌절하고, 이룩했다 망쳐놓는
헛수고로 그칠 것이다. 하나님에게는 있을 수 945
없는 일이로다. 그의 힘으로 다시 창조할 수는
있겠지만 우리를 멸망시키는 일은 꺼리시리라.
그렇지 않으면, 적은 우쭐하여 이렇게 말하리라.
'신의 총애 받는 그들의 상태 무상하구나. 오래
그를 기쁘게 할 자는 누굴까? 처음에는 나를 950
파멸하더니 이제는 인간을. 다음에는 누굴까?'라고.
그러니 적에게는 용납될 수 없는 조롱거리.

그러나 나는 그대와 운명을 같이하고 형벌을
같이하련다. 만일 죽음이 그대와 짝이 된다면 죽음은
내게 생명이리라. 이토록 강하게 내 마음속에, 955
자연의 사슬이 나를 내 것으로, 즉 그대를
내 것으로 끌어당김을 느끼도다, 그대는
나의 것이기에. 우리 형편은 갈라질 수 없는 하나,
한몸. 그대를 잃는 것은 나 자신을 잃는 것."
　아담이 이렇게 말하자, 하와는 대답한다. 960
"아, 훌륭한 사랑의 빛나는 시련,
뚜렷한 증거, 높은 귀감이여! 경쟁하도록 나를
끌어들이지만 그대의 완전함이 없다면 내가
어떻게 그에 미치리오. 아담이여, 나는 그대의
옆구리에서 나왔음을 자랑하고, 우리의 결합에 965
대하여 한마음 한 영혼이라고 말씀해주심을
기쁘게 들었나이다. 죽음이나 죽음보다 무서운 것이
이토록 깊은 사랑으로 맺어진 우리를
가를 바에야 차라리 이 좋은 열매를 맛보고,
그것이 죄라면 한 형벌, 한 죄를 나와 함께 970
나누겠다는 결심을 말씀하셨으니, 정녕 그대는
오늘 훌륭한 증명을 주신 것이외다. 그 열매의
효험은, 직접 간접으로 선에서 다시 선이
나오는 것이니, 그대 사랑의 기쁜 시련을
보여주었나이다. 그렇지 않으면 이렇게 975

뚜렷이 알려지지 않았으리다. 위협받은 죽음이
나의 시도에 뒤따르리라고 생각했다면,
나는 혼자서 그 해악을 받고 권하지 않았을 것이외다.
그대의 평화에 해로운 일을 강요하느니
차라리 버림받고 죽는 편이 나으리이다, 980
더욱이나 이토록 진실하고 충실하고
비길 데 없는 그대의 사랑을 확인했으니.
그러나 그 결과는 딴판으로 다를 듯,
죽음 아닌 생명이 증대되고, 눈은 열리고,
희망과 기쁨은 새롭고, 그 맛이 너무 고상하여, 985
전에 내 미각을 상쾌하게 하던 것이
이에 비하면 아무 맛도 없고 쓰디쓴
듯하외다. 내 경험 따라, 아담이여, 죽음의
공포는 바람에 내맡기고 마음껏 맛보소서.”
  이렇게 말하고서 그녀는 그를 얼싸안고 990
기쁨의 눈물을 조용히 흘린다, 그가 그의 사랑을
이토록 높여 그녀 위하여 하나님의 노여움이나
죽음을 택하려는 데 심히 감동하여. 그 보답으로,
이런 나쁜 응낙에는 이런 보답이 무엇보다
어울리지만, 그 가지에서 그녀는 그 유혹적인 995
아름다운 열매를 아낌없이 따서 준다.
그는 속은 것은 아니나[72] 어리석게도 여인의
매력에 끌려 선한 지식을 버리고 망설임 없이

그것을 먹는다. 대지는 다시 고통에 몸부림치듯
내장에서부터 흔들리고 자연도 다시 한번   1000
신음한다. 하늘은 흐리고 뇌성은 나직이 울며
치명적인 원죄⁷³⁾가 이루어짐을 보고
슬픔의 눈물을 흘린다. 그러나 아담은
아무 생각 없이 배불리 먹는다. 또한 하와도
사랑의 친교로 그를 위로하려는 듯   1005
조금 전에 혼자 저지른 죄를 두려움 없이
되풀이한다. 이제 두 사람은 새 술에
취한 듯이 환락에 젖으니, 마음속에 깃든
신성神性에서 날개 생겨 대지를 차고
날 것만 같다. 그러나 그 허위의 열매는   1010
우선 다른 작용을 드러내어 육욕을
충동한다. 그는 음란한 시선을
하와에게 던지기 시작했고, 그녀도 그에게
음탕하게 보답을 하니 둘은 다 같이
음욕에 불탔다. 드디어 아담은   1015
하와를 유혹하여 희롱한다.
 "하와여, 그대의 미각이 정확하고
훌륭하며, 지혜도 적지 않다는 것을 내 이제야
알겠노라. 맛도 두 가지 뜻⁷⁴⁾으로 쓰이기에
미각도 슬기롭다고 일컫는 것이오. 오늘의   1020
그대의 조달이 훌륭하니 나 그대에게

118

찬사를 돌리는 것이오. 우리 지금까지 이 아름다운
열매를 먹지 않는 동안 많은 쾌락을 잃었고,
지금까지 다른 열매 맛보긴 했지만, 참맛을
몰랐었소. 만일 이런 쾌락이 금지된 것에 들어 있다면 1025
이 한 나무 말고 열 나무라도
금지되었으면 좋겠소. 자, 충분히 원기회복이
되었으면 이런 맛좋은 식사 후에 어울리도록
우리 함께 즐깁시다. 처음 그대를 보고 결혼한 날 이후
온갖 완전으로 장식된 그대의 미가 1030
지금껏 이처럼 내 감각을 불태워 그대를
향유하려는 열정을 일으킨 적은 없었소.
이제 더욱 곱게 보이는 것은 영목靈木의 덕이리라."
  이렇게 말하고서 애정에 넘치는 마음으로
추파를 던지며 희롱하니, 하와도 그것을 1035
알아차리고 그 눈에서 정욕의 불을 쏟는다.
그가 그녀의 손을 잡고 머리 위로 푸른 지붕이
뒤덮인 그늘진 둑으로 이끌어가니 꺼림칙한 일
전혀 없다. 사랑의 금침은 삼색 제비꽃과
팬지, 수선화와 히아신스를 수놓은 것, 대지의 1040
맑고 그지없이 부드러운 무릎에. 거기서
그들은 죄의 표지, 죄의 위안으로 사랑과
사랑의 유희에[75] 마음껏 도취한다, 정욕의
유희에 싫증나 이슬 같은 잠에

빠질 때까지. 곧 기분을 들뜨게 하는 1045
상쾌한 증기로 그들의 마음을 희롱하고
내부의 힘을 그르친 그 허망한 열매의 힘은
이미 발산하고, 부자연한 독기에서 나와서
죄의식에 찬 꿈에 괴로움을 받는 거친 잠도
빨리 지나버리니, 그들은 마치 불면에서 일어나 1050
서로를 바라보며 곧 그들의 눈이 어떻게
열리고 마음이 흐르는가를 안다. 베일처럼
그들을 덮어 악을 모르게 하던 순진은 사라지고
올바른 신뢰와 타고난 정의와 염치심은
그들에게서 떠나 그들은 알몸으로 1055
죄스러운 부끄러움에 머무를 뿐이다.
몸은 가렸어도 그 옷은
더욱 드러낸다. 힘센 단 사람,[76)]
헤라클레스[77)] 같은 삼손이
블레셋의 창부 들릴라[78)]의 무릎에서 1060
일어나자, 그의 힘이 꺾였듯이
그들은 모든 미덕을 잃고 알몸이 되었다.
말없이 당황한 기색으로 한참 동안
멍청히 앉아 있었다. 아담은
그녀 못지않게 부끄러웠지만 결국은 1065
마지못해 이렇게 말을 꺼낸다.
　"아, 하와, 그대는 불행하게도 누구에게서

배웠는지는 알 수 없지만, 인간의 목소리
흉내내는, 우리의 타락에는 진실이지만 우리의
기대된 상승에는 허위인, 그 거짓된 버러지[79]의   1070
말에 귀기울였도다. 과연 우리의 눈은 열렸고,
선과 악은 알게 되었소만, 잃은 것은 선이고
얻은 것은 악일 뿐이오. 이것이 아는 것이라면
악한 지식의 열매로다. 그 지식으로 우리는
이렇게 알몸으로 존귀와 순결을 잃었고,   1075
진실과 결백을 잃었으며, 평시의 우리의
장식은 이제 오염되고 더럽혀졌으며 우리의
얼굴에는 부정한 음욕의 표징이 뚜렷해졌소.
거기에는 재난이 비축되고, 재난의 으뜸인
수치까지도 쏟아져나오도다. 그러니 그 밖의   1080
재난이야 말해 무엇하리. 이후 하나님이나 천사의 얼굴을 어떻게
보랴, 기쁨과 황홀로써 그렇게 자주 우러러보았던
그 얼굴을. 그 하늘의 모습들이
이 지상의 것을 견딜 수 없이 찬란한 빛으로
눈부시게 하리라. 아, 어두운 숲속의 빈터,   1085
별도 햇빛도 들지 않고 높은 숲이 저녁처럼 어둡게
넓은 그늘을 펼치는 그런 곳에서 호젓이
야인野人으로 살았으면. 나를 덮어라,[80] 소나무여!
삼나무여! 수없는 가지로 다시는 그들이
보이지 않는 곳에 나를 숨겨라. 그러나 지금   1090

우리의 처지 궁하니, 무엇보다 먼저 최선의
방편을 고안하여 가장 부끄럽고, 보기 흉하게
여겨지는 각자의 부분을 서로 가리자.
어떤 나무의 넓고 매끄러운 잎을
꿰매 허리에 둘러 중앙 부분을   1095
덮으면 새로 찾아올 손님인 수치도
거기에 앉아 우리의 부정을
더럽다고 꾸짖지는 않으리라."
　두 사람은 이렇게 상의하고 깊은 숲속으로
들어간다. 그들은 이윽고 거기서 무화과나무[81])를   1100
골랐다. 열매로 이름난 그런 나무가 아니라,
오늘날 인도인에게 널리 알려진 나무로
말라바르나 데칸[82])에서 넓고도 길게 양팔 벌리듯
가지 펴고 그 구부러진 잔가지는 땅에 뿌리를 내려
어미나무 둘레에서 자라고, 높이 뒤덮인   1105
반달 모양의 그늘 사이로는 메아리치는 길이
뚫린 그런 나무. 가끔 더위를 피해
서늘한 그곳을 찾는 인도인 목자들은 숲이
무성한 나무 사이에 뚫린 구멍을 통하여
방목하는 가축떼를 지킨다. 아마존족의   1110
방패[83])만큼 넓은 그 잎을 그들은 따 모아
재간껏 엮어 짜서 허리에 두르나, 그들의
죄와 무서운 수치를 가리기에는 빈약한

가리개다. 아, 최초의 알몸으로 있을 때의
영광과는 너무나 다르구나! 섬의 나무 사이나   1115
숲이 우거진 바닷가에서 이들처럼 새털로 만든[84]
넓은 허리띠를 두르고 나머지 몸은 모두 드러낸
아메리카의 야만인을 최근에 콜럼버스는
보았다고 한다. 이처럼 나뭇잎을 두르니 얼마간
수치는 가려진 것처럼 생각되어도 마음은   1120
불안하고 편치 않아 그들은 앉아서 울었다.
눈에서는 비오듯 눈물이 쏟아질 뿐 아니라
속에서 강렬한 감정, 즉 분노, 증오, 불신, 혐의,
불화 등이 질풍처럼 불어닥쳐 지금까지 조용하고
평화로 가득찼던 심중을 세차게 뒤흔들어   1125
어지럽혔다. 이성은 다스리지 못하고
의지는 그 명령을 듣지 않고, 둘 다
육욕에 굴하니, 육욕은 아래로부터
지위를 빼앗아 지존한 이성 위에
군림하고 주권의 우위를 주장했다.   1130
이와 같이 어지러운 마음으로 아담은
모습과 태도를 바꾸어 끊어졌던
말을 다시 하와에게 시작한다.
 "만일, 그대가 불행한 오늘 아침 이상한
방랑의 욕망에 사로잡혔을 때, 내가 간청한 대로   1135
내 말에 귀기울여 나와 함께 머물렀다면

우리는 아직 행복했을 텐데. 지금처럼
모든 선을 빼앗기지도 않았고 알몸을 부끄러워도
슬퍼도 하지 않았을 텐데. 앞으로는
누구도 자신의 신의를 증명코자 필요 없는 1140
구실을 찾지 말자. 이런 증명을 열렬히
구함이 타락의 시초임을 깨달아라."
 하와는 즉시 비난하는 기색을 알아차리고
이렇게 말한다. "무슨 말씀 그렇게 하시나이까,
엄격한 아담이여! 그대는 그것이 나의 잘못이거나 1145
그대의 말씀대로 방랑의 의지 탓이란 말씀이옵니까,
아니면 자신의 탓이란 말씀이옵니까? 그대 가까이
있었더라면 그런 마음 안 일어났을는지
뉘 알리오. 당신이 거기 있었고 유혹이 여기
있었다 해도 교묘한 변설로 지껄여대는 뱀의 1150
간계를 간파하지 못했을 것입니다. 그가 내게
악의를 품고 해악을 가할 만한 원한의 이유가
상호간에 전혀 없었나이다. 내가 그대의 옆구리에서
갈라져나오지 않았어야 했나이까? 생명 없는 늑골로
여전히 거기서 자라는 것도 무방했으리이다. 1155
내가 이런 존재인데 왜 내 머리인 그대[85)]는 내가 가는 것을,
그대의 말씀대로 그런 위험 속에 빠져 가는 나를
절대 가지 말라 명령하지 않으셨나이까. 그때 그대는
너무 마음 약해서 반대하지 않고 도리어 허락하고 용인하고

쾌히 보내셨나이다. 만일 결연하게 그리고 확고하게   1160
거절했던들 나도 그대도 죄를 짓지 않았을 것이외다.”
  이때 비로소 화가 난 아담, 이렇게 대답한다.
"이것이 그대의 사랑이고 이것이 내 사랑에 대한
보답인가, 배은망덕한 하와여! 내가 아니라 그대가
타락했을 때 불변의 사랑을 확언했고 살아서   1165
영원한 행복을 누릴 수 있으나 자진하여
그대와 함께 죽기로 작정한 나에게. 그런데도
타락의 원인이 내게 있다고 비난받아야 하다니.
내가 마음 약해서 엄하게 거절하지 못했다고?
그 이상 어떻게 한단 말인가. 나는 그대에게   1170
경고도 했고 충고도 했으며 위험과 적이 숨어서
기다리고 있음도 말했도다. 그 이상은 강제뿐인데,
자유의사에 대한 강제가 이때는 있을 수 없다.
그러나 그대는 자신에 끌려 위험을 당하지 않고
영광스러운 시련거리를 찾을 것이라는   1175
생각을 한 것이오. 그대가 아주 완전해서
어떤 악도 감히 유혹하지 못할 것으로
너무 과찬한 것이 어쩌면 나의
잘못이었는지 모르오. 그러나 나는
그 잘못을 후회하오. 그것을 내 죄라 하여   1180
그대는 나를 책망하는 것이오. 이렇게
여자의 가치를 과신하여 여자의 의사에

제9편 125

권리를 맡기는 자는 이런 일 당하여
마땅하오. 여자는 억제를 참지 못하고 혼자
맡겨두면, 거기에서 재난을 만났을 때 먼저
남자의 마음 약한 관용을 책망하는구나."
 그렇게 그들은 서로 비난하면서 무익한
시간을 보낸다. 아무도 자책은 않고 헛된
언쟁만 일삼으니 끝이 없을 듯하다.

1185

제10편

줄거리

인간의 범죄가 알려지자, 낙원을 경비하던 천사들은 그곳을 떠나 하늘로 돌아와 자기들의 경비가 소홀하지 않았음을 증명하니, 하나님은 사탄의 침입은 그들의 힘으로는 막을 수 없는 것이라고 말하며 용서한다. 하나님은 범죄를 심판하기 위하여 성자聖子를 보내니, 그는 내려와 그 죄에 상당하는 선고를 내린 다음 두 사람을 가엾이 여겨 옷을 입혀 주고 하늘로 돌아간다. 그때까지 지옥문 앞에 앉아 있던 '죄'와 '죽음'은 놀라운 공감 감각에 의해 이 새로운 세계에 있었던 사탄의 성공과 거기서 인간이 범한 죄를 감지하고, 이젠 더이상 지옥에 갇혀 있지 않고 그들의 아버지인 사탄을 따라 인간의 세계까지 가기로 결심한다. 그들은 지옥과 이 세계의 왕래를 쉽게 하기 위해 사탄이 처음 간 노정을 따라 혼돈 위에 대로와 다리를 만든다. 그러고는 지구로 갈 준비를 하는 중 자신의 성공을 자랑하며 지옥으로 돌아오는 사탄을 만나 그들은 서로 축하를 나눈다. 사탄은 만마전萬魔殿에 도착하여, 만장의 회중 앞에서 자랑스럽게 인간에 대한 그의 성공을 이야기한다. 그러나 갈채 대신 회중으로부터 일제히 퍼붓는 야유의 소리를 듣는다. 그들은 천국에서 내린 형벌에 따라 그와 함께 갑자기 뱀으로 변한다. 그러고는 그들 눈앞에 드러나는 금단의 나무처럼 보이는 것에 속아, 탐욕스럽게 그 과실을 따려고 몸을 뻗쳐 먼지와 쓴 재를 씹는다. 죄와 죽음이 한 일에 대한 묘사와 하나님은 그들에 대한 성자의 최후 승리와 만물이 새로워질 것을 예언한다. 그러나 우선 천사들에게 명하여 하늘과 제 원소에 여러 가지 변화를 일으킨다. 아담은 자신의 타락상태를 점점 인식하며, 몹시 슬퍼하고 하와의 위안을 거절한다. 하와는 자기 고집을 주장하며 결국 그를 달랜 다음, 자기 자손들에게 내려질지도 모를 저주를 피하기 위하여 아담에게 난폭한 수단을 제의하지만, 그는 그보다 나은 희망을 품고 그녀의 자손이 뱀에게 복수할 것이라고 한 약속을 상기시킨다. 그러고서 자기와 함께 회개와 기도로써 노하신 하나님과의 화해를 추구할 것을 권한다.

그동안 낙원에서 사탄이 저지른 증오할 만한 1
극악한 행위와 어떻게 그가 뱀의 모습으로 하와를,
하와는 남편을 유혹하여 그 죽음에 이르는
열매를 맛보게 했는가 하는 사실이
하늘에 알려졌다. 도대체 만물을 감찰하는 5

하나님의 눈을 어찌 피하고, 전지하신
그 마음을 속일 자 어디 있으랴. 모든 일에
슬기롭고 옳으신 그는, 적이나 또는 가면 쓴
친구들의 어떠한 간계도 간파하고 물리칠 수
있는 온전한 힘과 자유의지로 무장한 인간의 마음을   10
사탄이 시험하는 것을 막지 않으셨다.
어느 누가 유혹해도 그 열매 맛보지 말라는
그 높은 명령을 지금까지도 그들은 알고 있으며
또한 기억하고 있을 것이다. 그러나 그들은 그 명령을
지키지 않았으니, 벌을 자초하여(그 밖에 무엇이 있겠는가)   15
겹친 죄[1]로 타락한 것은 마땅하다.
경비천사들은 인간의 타락 때문에 말없이
슬퍼하며 황급히 낙원에서 하늘로 올라간다.
그들은 이미 인간의 상태를 알고, 교활한
사탄이 어떻게 아무도 모르게 스며들었는지를   20
의아스럽게 여긴다. 불길한 소식이 땅에서 하늘문에
이르자, 곧 그 소식을 듣는 자 모두 마음
상하고, 그때 어두운 슬픔이 온 하늘에
어렸으나, 연민의 정과 섞여 그들의 축복을
침해하지 않는다. 새로 온 자들 주변에는   25
떼를 지어 하늘의 백성들이 모여 어떻게 되었는가를
듣고 알았다. 그들은 지존자의 보좌로 급히 달려가
정당한 변명으로써 자기들의 경비가

소홀하지 않았음을 아뢰고 쉽게 용인받았다.
그때 지극히 높고 영원한 아버지께서는 30
그 신비로운 구름 한가운데서²⁾
천둥소리³⁾ 같은 목소리로
이렇게 말씀하신다.
"여기 모인 천사들, 그리고 사명 다하지
못하고 돌아온 천사들이여, 지상에서 온 35
소식에 놀라지도 말고 걱정하지도 말라.
그대들의 정성 다한 경계로도 막을 수 없음은
유혹자가 지옥을 떠나 혼돈의 심연을 지났을 때
내 이미 그런 일이 있으리라고 예언한 바이다.
그때 나는 그가 승리하여 악의 사명 40
성취할 것이라고 말했다. 인간은 유혹과
아첨에 모든 것을 잊고, 창조주를 배반하는
허언을 믿었으나, 나의 섭리는 그들을 반드시
타락의 길로 걷게 하려는 것이 아니었고,
또한 조금이라도 자극을 주어 그의 자유의지를 45
움직여보려고도 하지 않았고,
평형의 상태에서 스스로 기울어지는 대로
버려두었다. 그러나 그가 타락했으니 이제는
그의 죄에 죽음의 선고 내릴 수밖에 없다.
그날 죽음은 경고되었지만, 그는 벌써 그것을 부질없고 50
공허한 것으로 생각하고 있다, 그가

두려워한 대로 즉각적으로 단번에 벌을 아직은 받지
않았기 때문에. 그러나 해지기 전에 당장 알 것이다,
관용이 면죄가 아니라는 것을[4]. 정의는 은혜처럼
경멸하고 돌아가지 않으리라. 그들의 죄를 심판하기
위하여 내 대리자인 아들 너 아니고 누구를 보내랴.
하늘과 땅, 지옥 등 일체의 심판을 너에게
넘기리라.[5] 인간의 친구이며 그 중재자인, 스스로
원하여 지명된 대속자인 동시에 구세주인, 타락한
인간을 심판하려고 스스로 인간이 된 너, 자비와
정의를 조율하게 하려는[6] 뜻에서 너를
보냄은 쉽게 이해할 수 있으리라."
  하늘의 아버지는 이렇게 말하고 그 영광을
오른손으로 찬란히 펼치면서 성자 위에
환한 신성을 빛나게 한다. 성자는 온몸에
성부의 모든 것을 찬란하게 드러내며[7]
거룩하고 조용하게 이렇게 대답한다.
  "영원의 아버지시여, 임무를 명하심은 당신의 일이고,
지고하신 당신의 뜻을 하늘과 땅에서
수행하는 것은 내 일이니 당신은 사랑하는
아들인 내 안에[8] 언제나 기쁘게 계시나이다.
나는 이 죄인들을 심판하기 위해 지상으로
내려가지만, 당신도 아시는 바와 같이 때가 오면
누가 심판 받든 최악의 재난이 내 몸에

내려질 것입니다. 당신 앞에서 이렇게 맹세한   75
나는, 이 마음 변함없이, 내게 전가되는 그들의
죄를 완화하기 위해 이 임무를 수행하겠나이다.
그러나 정의와 자비를 잘 조율하여 이를 아주
만족스럽게 드러냄으로써 당신을 만족시키리이다.
심판받는 그들 두 사람 이외에는 아무도 심판을   80
받을 바 아니니 시종도 하인도 필요 없나이다.
도망함으로써 모든 율법에 배반한 죄를 드러냈으니
제삼자는 궐석재판이 마땅하오니 뱀에게는
죄의 증명이 필요치 않으리이다."

   이렇게 말하면서 그는 그 높은 영광 곁에 있는   85
빛나는 자리에서 일어서신다. 그를 섬기는 좌천사,
능천사, 권천사, 주천사들이 그를 모시고 하늘문까지
이르러 내려다보니 에덴과 그 온 땅이 보인다.
그는 곧장 하늘에서 내려가셨다. 아무리
빠른 분초分秒의 날개 가지고 있어도   90
신들의 속력은 시간이 계산하지 못한다. 이제
해는 정오를 지나 낮게 서쪽으로 기울고,
부드러운 바람 때마침 일어나 땅에 부채질하여
서늘한 저녁[9]을 맞아들인다. 그때 성자는
노여워하시며 보다 서늘하고 온화한 심판관으로서,   95
죄의 중재자[10]로서 인간을 심판하러 오신다.
그들은 해가 질 무렵 동산을 거니시는

하나님의 음성이 포근한 바람에 실려옴을 듣는다.
그들은 이 소리 듣고 하나님을 피하여
수풀에 뒤덮인 나무 사이로 부부가 함께   100
몸을 숨겼다. 드디어 하나님은 다가와
큰 소리로 아담에게 이와 같이 말씀하신다.
"아담아, 어디 있느냐, 전에는 멀리서 내가
오는 것을 보고서도 늘 기뻐 맞이했는데
오늘은 여기서 보이질 않으니 어찌된 일이냐.   105
전에는 구하지 않아도 경의를 표하더니 이런
고적한 대접을 해주니 즐겁지 않다. 내가 온 것을
모르느냐, 무슨 변화가 생겨 이곳에 없는 것이냐,
무슨 이유로 못 나오는 것이냐, 어서 나오라!"
죄는 먼저 저질렀으나 머뭇거리는 하와를 데리고   110
면목 없어 괴로워하며 아담은 나왔다. 하나님에게도,
두 사람에게도, 그 표정엔 사랑의 빛 없다. 다만
나타나는 것은 죄와 수치, 동요와 실망, 분노와
완고, 그리고 증오와 간교일 뿐. 아담은
한참 동안 망설인 끝에 짤막하게 대답한다.   115
"동산에서 들었사오나 벌거벗은 알몸이라
그 목소리 두려워 숨었나이다."[11] 그에게
자비로운 심판관은 꾸짖지 않고 대답하신다.
"내 목소리 자주 들어도 두려워 않고 언제나
즐거워하더니, 어째서 오늘은 그렇게 두려워하느냐?   120

알몸이라고 누가 일러주더냐? 너희는
따 먹지 말라고 내가 일러둔
그 나무의 열매를 따 먹었구나!"[12]
  아담은 심히 괴로워하며 그에게 대답한다.
"아, 하늘이여, 내 오늘 심판관 앞에 서니   125
진퇴양난이옵니다. 모든 죄를 나 자신이
져야 할 것인지, 아니면 나 자신의 반쪽,
내 삶의 반려자를 고발해야 할 것인지. 그녀가
내게 충실한 한, 나는 그 실수를 감출 것이고
고발에 의해 죄를 폭로하지 않을 것이외다!   130
그러나 가혹한 필연과 불행한 강박감에 굴하지
않을 수 없나이다, 그렇지 않으면 죄와 벌이
아무리 견디기 어려운 것일지라도 모두
내 머리 위에 떨어질 것이오니. 비록 내가
입을 다물어도 주께서는 내 숨기는 것을   135
쉽게 간파하시리이다. 이 여인은 나의
내조자로 만드시어, 비길 데 없이 훌륭하고
잘 어울리는 만족스럽고 거룩하고 완전한 선물로서
주어진 것이었기에, 그 손에서 어떤 악이 나오리라
의심할 수 없었고, 그녀가 하는 일이 어떤 것이건   140
그녀가 행함으로써 올바르게 되는 것같이 생각되어,
그녀가 그 나무의 열매를 주기에 그것을
먹는 것이 좋을 듯싶어서 먹었나이다."

지고지존의 존재는 그에게 이렇게 대답하신다.
"신의 명령을 듣지 않고 그 여자의 말을   145
따르다니 그 여자가 너의 신인가, 그녀가
너보다 우월하거나 동등하기에 너의 남성다움과
신이 그녀 위에 세운 네 지위를 그녀에게
양보했는가. 그녀는 너를 위하여 너에게서
만들어졌고, 너의 완전은 그 진정한 위계에서   150
그녀보다 훨씬 우월하도다. 정녕 그녀는
아름답고 사랑스러워 너의 사랑을 끌지라도
복종해서는 안 되느니라. 그녀의 재능은
지배당할 것이지 지배할 것은 못 되느니라.[13]
그것은 너의 역할이요 위격位格이니라,   155
네가 너 자신을 잘 안다면."

 이렇게 말하고 하와에게 간단한 몇 마디 이른다.
"말하라, 여인아, 네가 한 일은 무엇이냐?"
 슬픈 하와는 부끄러움을 견디지 못하여 곧
참회하며, 심판관 앞에서는 대답도 못하고   160
말도 제대로 못한 채 얼굴 붉히며 대답한다.
"뱀이 나를 속여 나는 먹었나이다."[14]
 하나님께서는 이 말을 듣자 지체 없이
고발된 뱀을 심판하신다. 뱀은 짐승이기에
자기 몸을 재난의 도구[15]로 써서 그 창조의   165
목적으로부터 타락케 한 자에게 죄를 전가할

수는 없지만, 본성을 손상시킨 자로서
저주받는 것은 당연하다. 그 이상의 것은
인간으로서 알 바 아니고(그 이상은
알지 못하기 때문에) 그의 범죄가 바뀌지도 않는다. 170
그러나 하나님은 드디어 죄의 근원인
사탄에게 최선이라 생각되는 신비로운
말씀으로 처벌을 가한다.
즉, 이처럼 뱀에게 저주 내리신다.
"네가 이런 짓을 했으니 175
온갖 집짐승과 들짐승 가운데서 너는 저주를 받아,
죽기까지 너는 배로 기어다니며
흙을 먹어야 하리라. 너와 여자 사이에,
그리고 네 후손과 여자의 후손 사이에
원수가 되게 하리라. 너는 그 발꿈치를 물려고 하다가 180
도리어 여자의 후손에게 네 머리를 밟히리라."[16]
　이런 신명神命이 내려진 후, 그것이
실현된 것은 제2의 하와인 마리아의 아들
예수가 하늘에서 번갯불처럼 허공의 왕[17] 사탄이
떨어지는 것을 보았을 때다.[18] 그때 그분은 185
무덤에서 나와 타락한 모든 천사들을 멸망시키고,[19]
이를 널리 알리며 개선하여, 찬란하게 하늘로
올라와 오래 빼앗겼던 그 영토
대공大空의 전역에서 포로를 사로잡아 끌고 와서,[20]

마왕의 치명상을 예언한 그분은, 결국 그를   190
우리 발아래서 굴복시키시리라.[21] 다음으로
여자를 향하여 이렇게 선고 내리신다.
 "너는 아기를 낳을 때 너의 고생 더하게 되리라.[22]
너는 슬픔 속에서 아이를 낳으리라.
너는 너의 남편 뜻에 따르게 되며,   195
그는 너를 지배하리라."
 최후로 아담에게 선고를 내리신다.
"너는 아내의 말에 넘어가, '따 먹지 말라'고
너에게 명령한 나무 열매를 먹었으니
땅 또한 너 때문에 많은 저주 받으리라. 너는   200
생명이 있는 동안 고생 속에서
먹을 것을 구하게 되리라.
너는 들에서 나는 곡식을 먹게 될 터인데
땅에서는 가시덤불과 엉겅퀴가 돋아나리라.
너는 흙에서 난 몸이니 흙으로 돌아갈 때까지   205
이마에 땀을 흘려야 빵을 벌어먹을 것이다.
네가 어떻게 태어났는가를 알아라, 너는 흙이니
흙으로 돌아가리라."[23]
 심판자와 구주로서 파견된 그는 인간을
이렇게 심판하고서, 그날 선언된 당장의 죽음을   210
멀리 연기하셨다. 이윽고 그는 변하지
않을 수 없는 공기 속에서 알몸으로 서 있는

두 사람을 가엾이 여기사 스스로 마다않고
그후 종의 형체[24]를 취하기 시작한다. 그가
제자들의 발을 씻었을 때처럼,[25] 하나님의 가족의   215
아버지로서, 그들의 알몸에 짐승의
가죽으로, 또는 학살된, 또는 뱀처럼 허물 벗는[26] 가죽을
입히시고 적들에게 입히는 것도
주저하지 않으셨다.[27] 짐승의 가죽으로
그들의 외부를 가렸을 뿐 아니라, 그것보다   220
훨씬 더 추한 내부의 알몸까지도 그는
정의의 옷[28]으로 치장하여 하늘
아버지 눈에 띄지 않게 하셨다. 성자는
하늘로 재빨리 올라가, 옛날과 다름없는
영광으로 다시 받아주시는 축복의 가슴으로   225
돌아갔다. 그는 전능하시나, 인간에게 일어났던
일을, 유화宥和된 그에게 성자는 자세히
말씀드린다, 다정한 중재도 해가며. 한편
지상에 이런 죄의 심판이 있기 전에
지옥문 안에서는 죄와 죽음이 마주앉아   230
있었다. 죄가 열고 마왕이 지나간 이래
활짝 열린 채로 있는 문에서는 광란하는
화염이 멀리 혼돈계로 내뿜어지고 있었다.
'죄'는 이제 '죽음'에게 이렇게 말한다.
 "아, 아들이여, 우리는 어째서 쓸데없이 여기에   235

마주보고 앉아 있는가? 우리의 위대한 아버지 사탄은
다른 세계에서 번창하고, 사랑하는
자식들인 우리를 위해 보다 행복한 자리를
마련하고 있는데, 그는 반드시 성공하리라.
만일 운이 나빴다면 복수자에게 쫓겨 벌써 240
격분하여 돌아왔을 게 아니냐, 이곳만큼 그의
형벌과 복수에 적합한 곳은 없으니. 나의
심중에서는 새로운 힘이 일어나고 날개가
자라, 이 심연 건너 저편으로 넓은 영토 얻은 듯
느껴진다. 나를 끌어당기는 것이 무엇이든, 245
보이지 않는 전달이 같은 종류의
사물을 거리 상관없이 보이지 않는 친화력으로써
결합시키는 힘찬 공감력이든, 혹은 어떤
자연의 힘이든, 너는 내게서 떨어질 수 없는
내 그림자이니 나와 함께 가야만 한다. 250
무슨 힘이 죽음을 죄에서 떼어놓을 수 있으랴.
그러나 지나가기 힘들고 건너가기 어려운
이 심연을 넘어 그가 돌아올 때 곤란이
있을지도 모르니, 모험스러운 일이지만 너와 내 힘을
합하여, 그를 위해 지옥으로부터 지금 사탄이 255
세력을 떨치고 있는 신세계까지 이 큰 바다
위에다 길을 닦아보자. 이것은 그 운명이
이끄는 대로 교통하거나 이주하는 데 편리한

통로로서, 지옥의 대군들에게는
다시없는 공적의 기념비가 되리라. 260
이 새로운 인력引力과 본능이
이처럼 강렬하게 나를 이끄니
방향을 잘못 잡을 염려도 없으리라."
　야윈 그림자는 곧 그에게 이처럼 대답한다.
"가라, 운명과 강한 추세에 끌리는 대로. 네가 265
나를 인도하니 뒤떨어지거나 길을 잘못 들
염려 없으리라. 수없는 우리의 먹이인
시체에서 풍기는 냄새에 끌리고, 그곳에
살아 있는 모든 것에서 죽음의 냄새를 맡는다.
나는 네가 하려 하는 일에 기꺼이 참여하여 270
너와 같은 힘을 그 일에 기울이리라."
　이렇게 말하고서 그는 즐겁게 지상의
죽음의 냄새 맡는다. 마치 탐욕스러운 새떼[29)]가
몇백 마일 밖에 떨어져 있으면서도, 다음날의
혈전에서 죽게 될 산송장의 냄새에 끌려, 싸움이 275
벌어지기도 전에 미리부터 대군이 야영하는
싸움터로 날아오는 것과 같이. 이 무시무시한 형체의
죽음은 멀리서부터 냄새를 맡고 그 넓은 콧구멍을
어두운 공중으로 벌린다. 두 괴물은
지옥의 문을 빠져나와 280
어둡고 습기 있는 눅눅한 황량 광막한

혼돈계의 대혼란 속으로 헤어져 날아들어 힘차게
(그들의 힘은 막강했으니) 물위를 표류하며
거친 바다 위에 뜨고 가라앉는 것들, 단단한 것,
또는 연한 것, 물렁물렁한 것, 닥치는 대로   285
무엇이든 좌우에서 긁어모아
지옥의 입구 향하여 함께 나아갔다. 마치 두
극풍이 북빙양 위에서
맞부딪쳐 페조라[30]의 건너편 동쪽의 풍요한
카데이[31] 변두리로 통하는 상상의 길[32]을 막는   290
빙산을 끌어모아 가는 것 같다.
죽음은 긁어모은 흙을 자고 건조한 화석 같은
철퇴로 쳐서 굳게 한다, 마치 삼지창으로
쳐서 돋운 델로스의 부도浮島[33]처럼.
그 밖의 것은 그의 고르곤[34]과 같은 무서운   295
눈초리와 역청으로 단단히
동여맨다.[35] 지옥문만큼이나 넓고 지옥의
밑바닥에 이르기까지 깊숙이 파서 모은
모래자갈을 뭉쳐서 거품 이는 대심연 위에
높이 반달 모양으로 거대한 둑길을   300
그들은 쌓아올린다. 다리의 길이는
엄청난 것으로, 지금은 죽음에 빼앗긴
방비 없는 세계의 움직이지 않는 벽에
연결되어, 거기서 지옥까지 넓고 편편한

장애 없는 길을 이룬다. 만일 큰일을
작은 일에 비교한다면, 크세르크세스[36)]가 그리스의
자유를 속박하기 위해, 멤논[37)]의 궁전이 높이 솟은
수사[38)]로부터 바다까지 와서, 헬레스폰트[39)] 위에
다리를 놓아[40)] 아시아를 유럽에 연결하고
성난 파도를 여러 번 채찍질[41)]했던 것과 같다.
이제 그들은 놀라운 교량가설의 기술로써
이 일을 마쳤다. 이것은 소동치는 심연의
광랑狂浪 위에 걸쳐놓은 돌다리로서, 사탄의
발자취 따라 그가 처음으로 날개를 접고 내려앉아
혼돈에서 무사히 도착한 곳, 즉 둥근
이 세계의 노출된 외부에까지 이른다.
그들은 금강의 못과 사슬로써 이 다리를 모두
견고히 하여 영원히 움직이지 않고 흔들리지
않게 했다. 이리하여 좁은 장소에 이윽고
천국과 이 세계의 경계가 합쳐져 왼편에 있는
지옥에서부터 길게 뻗은 길이 그 사이에
끼어들었다. 눈앞에 있는 세 개의 다른 길은
각기 이 세 곳으로 통한다. 이제 비로소
그들은 낙원을 찾아 지구로 가는 길을
찾았다. 그때 보니, 사탄은 빛나는 천사의
모습으로, 백양궁으로 솟아오르는
태양과 함께 천심天心을 향해[42)]

인마궁과 천갈궁 사이를 나아간다.[43)]
그는 변신하고 오지만, 그의 사랑하는
자식들은 곧 자기들의 아버지임을 알아본다.
사탄은 하와를 유혹한 뒤 아무도 모르게
가까운 숲속에 숨어 모습을 바꾸고,
그 결과를 지켜보았다. 그녀가 아무것도
모르고 그 간계의 행위를 남편에게 되풀이함을
보았고, 헛되이 옷을 찾는 그들의 수치도
그는 보았다. 그러나 그들을 심판하러
하나님의 아들이 내려옴을 보았을 때,
그는 죄를 지은 까닭에 하나님의 노여움이
갑자기 어떤 벌을 가하지나 않을까 두려워,
도망치려는 것은 아니나, 그 현장을 피하기 위해
겁에 질려 달아났다. 그 일이 지나자 그는 밤에
돌아와, 불행한 부부가 슬픈 이야기 나누며
이런저런 한탄하는 소리를 듣고 가히 자기의
운명을 짐작할 수 있었다. 그것은 당장 일어날
일이 아니라 미래의 일이라는 것을 알고서,
그는 즐거운 소식 가지고 지옥으로 돌아온다.
혼돈의 기슭인 이 새로 만든 기이한 다리머리
근처에서 그는 뜻밖에도 자기를 마중나온
사랑하는 자식들을 만났다. 그들을 만나니 무척
기뻤고, 이 거대한 다리를 보고서 그 기쁨은

한층 더했다. 한참 동안
감탄하며 서 있노라니, 이윽고 요염한
그의 딸 죄가 침묵을 깨뜨리며 말했다.
"아, 아버지여, 이 다리는 당신의 위엄, 승리의
기념물이나이다. 당신은 이것이 당신의 것이 355
아닌 줄 아시지만, 바로 당신이 그 가설자이고
그 주무자니이다. 나는 마음속으로(내 마음은
항상 신비로운 조화로써 훌륭히 결합되어
당신 마음과 함께 움직이니) 당신이 지상에서,
지금 당신 얼굴에도 나타난 바와 같이, 360
그 일에 성공을 거두었음을 즉시 느꼈나이다.
당신과는 비록 몇 세계 떨어진 거리에 있었지만
그것을 마음속으로 느끼고, 이 아들과 더불어
당신 뒤를 따르기로 결심했나이다. 이런 숙명적
인과는 우리 셋을 결합시켰으나, 이제는 지옥도 365
그 경계 내에 우리를 억류할 수 없고, 또한
이 어두운 건널 수 없는 심연도 당신의 빛나는
발자취 따름을 막을 수 없으리이다. 당신은
지금까지 지옥문 안에 갇혔던 우리의 자유를
성취해, 우리로 하여금 멀리 여기까지 요새를 쌓게 370
하고, 이 어두운 심연에 놀라운 다리를 놓을 수 있는
힘을 주었나이다. 이제 이 세계[44]는 모두
당신의 것이고, 당신의 용기는 당신 손으로

이룩하지 않은 것을 얻게 했나이다. 당신의 지혜는
전쟁에서 잃은 것을 얻어 천국에서의 패배를   375
완전히 보복했나이다. 하늘에서는 못했지만,
이곳에 군림하여 다스리소서. 그곳[45]은 전투에서
판가름난 대로 승자인 그에게[46] 통치토록 하고, 그 자신의
판결로써 이 신세계를 양도하고 물러나, 그의 네모난
세계[47]와 당신의 둥근 세계[48]를 구분하여 차후로는 만물의   380
지배를 당신과 등분하든지, 아니면 그의 보좌에
위협 주는 당신이 되도록 힘써주소서."
 흑암의 제왕은 기뻐하며 이렇게 대답했다.
"내 아름다운 딸인 너, 그리고 내 아들이요
손자인 너, 사탄의 자손임을 훌륭히 입증했고   385
(전능한 천왕의 적이라는 이름을 나는
자랑하는 터), 나와 온 지옥의 나라에 충분히
공을 세웠다. 하늘문 가까이 승리의 행위로써
승리의 행위에 상응하고,[49] 영광스러운 과업으로써
내 과업에 상응하여 지옥과 이 세계를   390
왕래도 편한 한 나라, 한 대륙으로
만들었으니,[50] 내가 암흑을 뚫고 너희가 만들어놓은
길로 쉽게 내려가 동료 권자들에게
이 성공을 알리고 그들과 함께 기뻐할 동안,
너희 둘은 이 길을, 전부가 너희들의 것인   395
무수한 천체 사이로 뚫고서 곧장

낙원으로 내려가, 거기서 살며 행복하게
다스려라. 그리고 지상과 공중,
특히 만물의 유일한 영장으로 일컬어지는
인간에게 지배권을 행사하라. 우선 그를   400
너희들의 노예로 삼았다가 마지막에는
죽여버려라. 내 대신 너희들을 보내리니
지상의 전권자가 되어 내게서 나오는
비길 데 없는 힘을 행사하라. 내 공적에 의해
죄를 거쳐 죽음 앞에 놓이게 된   405
이 새로운 왕국의 유지는 전적으로 너희들의
협력에 달렸다. 너희들의 협력이
잘되면, 지옥은 아무런 해도 입지 않으리라.
가라, 굳세어라."
   이렇게 말하고 그들을 보내니, 그들은 빽빽한   410
성좌 사이를 헤치고 독을 뿌리며 급히
나갔다. 독기 입은 별들은 창백해지고
타격을 입은[51] 유성들은 실제로 빛을 잃고
일그러졌다. 사탄은 이쪽 지옥문을 향해 둑길을
내려왔다. 다리를 놓음으로써 갈라진 혼돈은   415
양쪽에서 울부짖고 그 분노를 비웃는 장벽에
튕겨 오르는 파도를 후려쳤다. 넓게 열린
경비 없는 문[52]을 사탄이 통과할 때, 사방은
모두 황량했는데, 이는 그곳에 배치된 자들[53]이

그 임무를 버리고 상층 세계로 날아가기도   420
하고 또 나머지는 모두 지옥 안쪽의
깊숙한 곳, 루시퍼의 도읍 자랑스러운 권좌인
만마전 성벽 주변으로 물러갔기 때문이다.
루시퍼라 부름은 사탄에 비교된 그 빛나는 별에
연유되는 것이다. 거기서 대군은 감시하고   425
있고, 우두머리들은 혹시 파견된
마왕에게 무슨 방해라도 있는가 염려하여
회의를 연다. 그리고 그가 떠날 때 그렇게
명령했기에 그들은 지켰다. 마치 타타르인이
아스트라칸[54]을 지나 눈 덮인 들판을 넘어   430
러시아의 적으로부터 퇴각할 때, 또는
박트리아 왕[55]이 튀르크의 초승달의 뿔[56]을
피해 알라듈왕[57]의 영토 저편의 황야를
모두 버리고 타우리스[58]나 카즈빈[59]으로 퇴각할 때처럼,
최근에 하늘에서 쫓겨난 이들 타락천사들은   435
지옥의 극지를 수만 리 버리고 떠나
엄중히 경계하며, 수도 근처로 물러나서
그들의 대모험자가 색다른 세계를 탐색하고
돌아오기만을 시간시간마다 기다렸다.
마왕은 최하급 천사의 비천한 모습으로   440
그들 눈에 띄지 않게 그 한복판을 지나
지옥의 대전당 입구에서 보이지 않게

자기의 높은 자리에 올랐다.
그것은 화려한 구조를 이루고 있는 천개 밑
위쪽 끝에 놓여 왕자의 광채를 쏟아내고 445
있었다. 그는 잠시 앉아서 보이지 않게
주위를 둘러보았다. 이윽고 그의 찬란한 머리와
별처럼 빛나는, 아니 그보다 더 찬란한
모습이, 타락 후 허용되어 남아 있는
그릇된 영광의 빛에 싸여, 마치 구름 450
사이에서 솟아나듯 나타났다. 이런 돌연한
광채에 지옥의 무리들은 모두 놀라
그쪽으로 눈을 돌려 기다리던
수령이 돌아온 것을 보고 일제히
환호성을 높이 올렸다. 회의를 열고 있던 455
우두머리들은 어두운 회의장에서 급히 일어나
그에게로 달려왔다. 똑같은 기쁨에 넘쳐
축하하며 그에게로 다가가니, 마왕은 손으로
진정시키며 이러한 말로 주의를 끌었다.
"좌천사, 주천사, 권천사, 역천사, 능천사들이여, 460
다만 권리에서뿐 아니라 실제로 소유할 수
있게 되었기에 이렇게 그대들을 부르며, 예상 밖의
성공을 거두고 돌아와 그대들에게 지금
선언을 한다, 이 미움받고 저주받은 지옥의 음부,
비애의 집, 우리 폭군의 지하 감옥에서 그대들을 465

당당히 데려가겠다고. 이제는 군주로서
큰 위험을 무릅쓰고 힘든 모험으로 얻게 된,
우리의 고향인 하늘에 못지않은, 한 넓은
신세계를 영유하라. 이야기를 하자면 길다,
내가 한 일, 괴로움 받은 일, 죽을 고생을 다해서 470
무서운 혼돈의 공허하고 광대무변한 심연을
건너간 일 등. 지금은 그 심연 위에 죄와
죽음의 힘으로 넓은 길이 깔려, 그대들의
영광스러운 진군을 촉진하지만, 나는 미지의 길을
더듬어 길도 없는 심연을 달려야만 했고, 475
원시 이진의 흑암과 황막한 혼돈의 뱃속에
뛰어드니, 그들은 그 비밀을 숨기려고
지고한 운명에 호소하여 떠들썩하게 고함치며
나의 미지의 여로를 방해했었다. 내가 어떻게 해서
그 이후 오랫동안 천국에 소문 퍼졌던 480
새로 만들어진 세계, 완전무결하여 경탄 없이
볼 수 없는 그 구조와, 우리가 하늘에서
쫓겨남으로써 그 안의 낙원에서 행복하게 사는
인간을 찾게 되었던가. 나는 그 인간을
기만하여 조물주로부터 유혹해냈는데, 사과를 485
유혹의 미끼로 이용한 것은 그대들을 한층
놀라게 하리라. 그만 신은 노해서, 실로
웃을 일이지만, 그 사랑하는 인간과 그 세계를

몽땅 죄와 죽음의 먹이로, 즉 우리에게
넘겨주고 말았으니, 우리는 위험도 노력도   490
두려움도 없이 그 안에서 노니며 살고,
그들이 만물을 지배하듯 인간을 지배할 것이다.
사실인즉 그는, 나로 하여금 타락한 인간뿐 아니라
나까지도, 아니 내가 아니라 그 모습을 빌려
내가 인간을 속였던 짐승 뱀까지도 심판했다.   495
내게 속하는 것은 적의敵意, 그는 그것을 나와
인간 사이에 놓을 것이니, 나는 인간의 발꿈치를,
그 자손은, 시기는 결정되지 않았으되,
내 머리를 해칠 것이다. 한 번의 상해,
아니 그보다 심한 고통이라도   500
그것으로써 누가 세계를 안 사겠는가? 내가
성취한 이야기는 이상으로 마치겠다. 남은 일은
신들이여, 일어나서 지복至福으로 들어가는 일이다."
   이렇게 말하고서 그는 잠시 서서 기다렸다.
그들의 환호와 드높은 갈채 소리가 귀에 가득   505
들려오지만, 반대로
들리는 것은 사방 무수한 혀에서 나오는
무시무시한 만인의 야유와 공공연한 비난 소리였다.
그는 의아해했으나 곧 그보다는 자기 자신에 대해
더 의아해했다. 그는 제 얼굴이 오그라져   510
야위고 모가 나고, 팔은 늑골에 달라붙고,

다리는 서로 비꼬이고, 드디어는 엎어진 채
쓰러져 배를 깔고 기는 기괴한 뱀이 됨을
느끼고, 반항했지만 헛된 일이었다. 그는 이제
한층 강한 힘에 지배당하고 그 심판에 따라   515
죄를 졌을 때의 모습으로 벌받는다.
그는 말을 하려 했으나 둘로 갈라진 혀가
서로 맞닿아 쉭쉭 소리만 반복되었다.
이는 그의 담대한 반역의 종범자從犯者로서
모두가 한결같이 뱀으로 변형되었기 때문이다.   520
머리와 꼬리가 뒤얽혀 꿈틀거리는 괴물로서
꽉 들어찬 전낭의 쉭쉭 하는 소음은
처절하다. 전갈과 독사, 무서운 양두사兩頭蛇,[60]
뿔 달린 뱀, 물뱀, 소름 끼치는 바다뱀, 그리고
열사熱蛇[61] (고르곤의 피가 떨어진   525
땅[62]에도, 사도蛇島[63]에도 이처럼 많은 뱀이 군집한
적은 없었다). 그러나 여전히 제일 큰 것은
한가운데 있는 그자로, 지금은 용이 되어[64],
태양이 피티아의 골짜기에서 진흙으로 만든
거대한 피톤[65]보다 더 크고, 또다른 자들보다   530
더 힘이 센 듯이 보였다. 그들이 모두
그를 따라 광막한 들로 나가니, 거기에는
하늘에서 떨어진 반역도배들 중 아직 남은
자들이 모두 경비 태세로 혹은 열을 갖추고 서서,

영광스러운 수령이 의기양양하게 나타나는 것을   535
보려고 희망에 들떠 기다리고 있었다. 그러나
눈앞에 나타난 것은 전혀 다른 광경,
흉측한 뱀의 무리다. 그들은 공포와 무서운
동정심에 사로잡혀 눈에 보이는 것과 똑같은
형체로 자기들도 변형되는 것을 느꼈다.   540
양쪽 팔이 축 처져 방패와 창이 땅에
떨어지고 동시에 몸이 쓰러져 쉬익 하는 괴이한 소리를
뱉어내며 무서운 형체로 변했다. 그들의 죄에서
그러했듯이 벌에서도 감염되어,
이와 같이 그들이 의도한 갈채는 폭발적인 야유로,   545
개가凱歌는 수치로 변하여[66] 자신의 입에서 자신에게로
퍼부어졌다. 아주 가까이에는 그들의 변화와 더불어
생긴 숲이 있었는데, 그것은 위에서 다스리는, 그들의
벌을 더 증가시키고자 하는 그의 뜻에 의한 것이었다.
낙원에서 자라던, 유혹자가 이용한 하와의   550
먹이와 마찬가지로 좋은 열매가 주렁주렁
열려 있다. 기이한 그 광경을 눈여겨
바라보며 그들은 생각했다, 한 그루 금단의 나무
대신 이제는 많은 나무가 솟아나
한층 재난과 수치를 더하려는 것인가 하고.   555
그러나 목을 태우는 갈증과 격심한 허기를
견디지 못해, 고통을 늘리기 위한 열매임을

알면서도 그들은 마음을 억제할 수 없어
무더기로 굴러가서 나무에 올라가 메가이라[67]에
얽힌 뱀의 머리채보다 더 빽빽하게 몰려 있다.   560
소돔[68]이 불탄 역청의 바닷가에 자라던 능금[69]처럼
아름다운 그 열매를 그들은 탐욕스럽게 따 먹었다.
이것은 촉각뿐 아니라 미각까지 속였으니
더욱 기만적이다. 그들은 어리석게도
단맛으로 식욕을 진정시키고자 과실 아닌   565
쓰디쓴 재를 씹으면서, 싫증난 미각은 침소리 내며
그것을 뱉어냈다. 허기와 갈증에 휘몰려
연거푸 먹어봤지만, 번번이 토했고 매우
불쾌한 맛으로 해서 비뚤어진 턱에는 재와
그을음이 찼다. 그들에게 패배당한 인간이   570
한 번 과오를 범한 것과는 달리, 그들은 자주
같은 망상에 빠졌다. 이렇게 오랜 동안의 기아와
끊임없는 야유 소리에 시달리고 지친 그들은
드디어 허락받아 본연의 모습으로 돌아갔다.
어떤 이의 말에 의하면, 그들의 자만과 인간을   575
유혹한 그들의 기쁨을 박살내기 위하여 해마다
며칠 동안 연례적인 굴욕을 당하도록 했노라고 한다.[70]
그러나 그들은 자기네의 포획물[71]에 대하여
어떤 전설을 이교도 사이에 퍼뜨려[72]
오피온[73]이라고 하는 뱀이 에우리노메[74](아마도 널리   580

잠식하는 하와[75]일는지도)와 함께 처음에는 높은
올림포스를 통치했는데, 그후 딕타이아[76]의 제우스가
출생하기 전에 사투르누스와 오프스[77]에게 쫓겨났다고
잘못 전해졌다. 이러는 동안, 지옥의 두 신은
너무도 빨리 낙원에 도착했다, 죄는 전에는　　　　　　585
잠재적이었으나 지금은 실제적인 몸으로 드러내
상주자로 살기 위하여. 그 뒤에는 죽음이 아직은
파리한 말[78]을 타지 않고
한 걸음 한 걸음 바싹 따라온다.
그에게 죄는 이렇게 말한다.　　　　　　　　　　　　590
"사탄의 둘째자식[79]으로 태어나 만물을 정복하는
죽음이여, 이제 우리의 제국을 어떻게 생각하느냐.
힘들여 수고한 끝에 얻은 것이지만, 훨씬 좋지 않으냐,
항상 지옥의 문턱에 앉아 이름도 두려움도 없이,
반쯤 굶주린 채 파수를 보고 있는 것보다는."　　　　595
　죄의 몸에서 태어난 괴물은 즉시 대답한다.
"영원한 기아로 고통을 받는 나에게는 낙원이나
천국이나 지옥이나 마찬가지. 먹이 많은 곳이
제일 좋은 곳. 여기에 먹을 것이 풍족하더라도,
이 밥통과 이 가죽 늘어진 거구를　　　　　　　　　600
채우기에는 아주 적은 셈이다."
　이에 패륜의 어머니는 이렇게 대답한다.
"그러면 우선 이 풀과 과실과 꽃을 먹어라.

다음으로는 짐승과 고기와 새를, 천한 음식
아니니. 그리고 무엇이든 시간의 낫[80]이 베는 것을   605
아낌없이 먹어라. 나는 대대손손
인간들 속에 살면서 그 사상, 용모, 언어, 행동
일체를 모두 감염시켜서 맛을 돋우어
너의 마지막 최선의 먹이로 만들리라."
 이렇게 말하고 그들은 만물을 파괴하거나,   610
죽게 하고, 또한 그것들을 성숙케 하여 조만간
파멸하도록 하기 위해 서로 헤어져 제 갈 길로
향한다. 전능자는 그것을 보시고 성인들에게
에워싸인 그 높은 자리에서, 빛나는 천사들을 향해
이렇게 선언하셨다.   615
 "얼마나 열심히 이 지옥의 개들이 저곳
세계를 망치고 부수려고 하는가를 보라.
나는 그것을 아름답고 선량하게 만들어, 아직
그 상태로 유지할 셈이었는데, 인간의 우매함이
이 파괴자들을 불러들였느니라. 지옥의 왕과   620
그 추종자들은 그 어리석음을 나에게
돌리려 하는데, 그것은 매우 쉽게 거룩한
곳을 영유케 하고 묵인하여, 나를 조롱하는
적에게 만족을 준 듯이 보이기 때문이니라.
마치 내가 열정의 발작에 도취하여 모든 것을   625
그들에게 양보하고, 분별없이 그들의

학정에 맡긴 것인 줄 알고 비웃는도다.
내가 그들 지옥의 개들을 그곳에 불러들여,
인간의 더러운 죄가 청순한 것에 떨어져
오점 찍힌 찌꺼기와 오물을 핥게 한　　　　　　　　　　630
연후에 먹고 마신 썩은 고기로 거의
터질 정도로 배를 채워주려 함을
그들은 모르도다. 만족스러운 아들이여,
너의 전승의 팔을[81] 한 번만 휘두르면 죄도 죽음도
입 벌리는 무덤도 결국은 혼돈 속으로 떨어져　　　　　635
영원히 지옥의 입을 틀어막고 그 게걸거리는
턱을 봉해버리리라. 그후 천지는 새로워지고
깨끗해져 더러움을 받지 않는
신성함에 이르게 되리라. 그때까지는
양자에게 선언된 저주가 세력을 떨치리라."　　　　　　640
　말씀 끝나자 하늘의 청중들, 노래로써
일제히 바다의 파도 소리처럼 드높이 할렐루야
부른다. "당신의 길 바르고[82] 만물에 내리시는
당신의 심판 옳도다![83] 누가 당신을
얕볼 수 있으랴?" 다음에는 인류의 회복자로 정해진　　645
성자를 찬미한다, "당신으로 인하여
새 하늘과 새 땅[84]이 대대로 일어나고, 또 하늘로부터
내려질 것이다[85]"라고. 그들의 노래는 이러했으니,
이때 창조주는 위력 있는 천사들을 불러내어,

현상에 가장 적합한 여러 가지 임무를 부여한다.   650
태양은 견딜 수 없는 추위와 더위로써 땅을
지배하고, 북에서는 노쇠한 겨울을
불러내고, 남에서는 하지의 더위를 가져오도록
움직이고 그렇게 비추라는 지시를 비로소
받았다. 창백한 달에게는 그 직분을   655
정하고, 그 밖의 다섯 별[86]에게는
유성으로서의 운동과 위치[87], 즉 십이궁의
육분의 일, 사분의 일, 삼분의 일,[88] 그리고
유독의 효험을 지닌 대좌戴座[89]에, 또 불길한 접촉의
위치[90]에 언제 만날 것인가를 정했다. 또 항성에 일러   660
언제 그 나쁜 힘을 쏟아낼 것인가, 어느 것[91]이
태양과 함께 오르고 내리고 하며
난폭한 행위를 시작할 것인가를 가르쳤다.
바람에 대하여 정한 것은 그 방향에 따라
언제 폭풍을 일으켜 바다와 공중, 육지를   665
뒤흔들 것인가 하는 것. 우레에게는 언제
어두운 하늘의 전당[92]을 무섭게 구르게 할 것인가를
정했다. 어떤 자의 말에 의하면 하나님이
천사들에게 지구의 지극을 태양축에서 이십 도가량
기울어지게 할 것을 명령하자,[93] 그들은 힘을   670
다하여 중심구를 비스듬히 밀었다고
한다. 또 어떤 자는 말하기를, 태양은 그와 같은

폭을 황도에서 방향 바꾸도록 명령을
받아,⁹⁴⁾ 아틀라스의 일곱 자매⁹⁵⁾를 수반하는
금우궁, 스파르타의 쌍자궁雙子宮,⁹⁶⁾ 675
하지선의 거행궁까지 올라가 거기서
전속으로 내려 사자궁,⁹⁷⁾ 처녀궁,⁹⁸⁾
천칭궁을 거쳐 산양궁에
이른다고 한다. 이는 각 지방에 계절의 변화를
주기 위한 것이니, 그렇지 않았다면 언제나 봄은 680
봄의 꽃으로 지상에선 미소 짓고, 극권의 저쪽 사람들
이외에는 밤과 낮이 같았을 것이다.
그들에게는 밤낮없이 태양이 비칠 것이며
낮은 태양은 멀리 떨어진 것을 보상하기 위해
그들이 보는 데서 항상 지평선을 돌고, 동도 서도 685
없을 것이니, 그 때문에 추운 에스토티란드⁹⁹⁾에서부터
남으로 마젤란해협¹⁰⁰⁾ 아래까지 눈은 없었으리라.¹⁰¹⁾
그 열매를 맛본 후 태양은 티에스테스의
향연¹⁰²⁾에서처럼 그 예정한 길에서 벗어났다.
그렇지 않으면 인간이 사는 세계가 죄 없다 해도 690
어떻게 지금보다 더 잘 혹한과 혹서를 피할 수
있었겠는가. 하늘에서의 이 변화, 늦기는 해도
바다와 육지에 같은 변화를 일으켰다—별의 독기,
썩어 해독 주는 구름과 안개, 뜨거운 증기 등.
이제 노룸베가¹⁰³⁾ 북방으로부터, 그리고 사모예드¹⁰⁴⁾의 695

해안으로부터 그 청동의 감옥을 부수고,
얼음과 눈, 우박, 사나운 질풍 및 모진 바람으로
무장하고, 북풍, 북동풍, 소리 높은 서북풍
및 북서풍이 숲을 가르고 바다를 뒤덮으면,
남쪽에서 역풍으로 그것들을 뒤집는 것은   700
세랄리오나산[105]에서 검은 뇌운을 타고
밀려오는 남풍[106]과 서남풍이며, 옆으로 가로지르듯
사납게 돌진하는 것은 일출과 일몰 때의
바람,[107] 옆으로 불어닥치는 동풍과 서풍,
동남풍[108]과 서남풍. 포학은 이와 같이   705
생명 없는 것에서 시작했다. 그러나 죄의 딸인 불화는
우선 이성 없는 것들 사이에
맹렬한 반감을 통하여 죽음을 들여왔다. 이제 짐승은
짐승끼리, 새는 새끼리, 물고기는 물고기끼리
싸운다. 모두 풀을 뜯어먹는 것을 그만두고[109]   710
서로 잡아먹었다. 인간을 크게 두려워하지 않고
그들을 피해 숨어서 무서운 눈으로 그들
지나가는 것을 노려본다. 이런 것은
밖으로부터 증가하는 비참함이었다. 아담은
아주 어두운 그늘에 숨어 이미 이러한   715
사실을 보고 슬픔에 빠졌다. 그러나
마음속으로는 더욱 불행을 느끼고 격정의
바다[110]에 흔들리며 슬픈 하소연으로

마음 편하고자 했다.
"아, 행복에 뒤따른 비참이여! 이것이   720
이 영광스러운 신세계의 끝이고, 지금까지 그
영광의 영광이던 나의 종말이란 말인가.
나는 지금 축복으로부터 저주받고, 전에는 바라보는
것이 행복의 극치였던 그분, 하나님의 얼굴에서
숨는다. 그 비참함이 여기서 그쳤으면 얼마나   725
좋으랴. 이런 보답 받아 마땅하니 참아야 하리라.
그러나 이것으로는 부족하다. 내가 먹고 마시고,
낳는 것은 모두 저주의 연장이로다. 아, 일찍이
즐겁게 들었던 '번식하고 번성하라'[111] 하던
그 목소리여, 이제 그 소리를 듣는 것은   730
죽음이리라. 대체 내가 무엇을 번식하고
번성하랴. 머리 위에는 저주밖에 없지 않은가.
언제까지나 계속해서 내가 갖다준 재난을
느끼며 내 머리를 저주하지 않을 자 어디 있으랴.
'더러워진 내 조상에 불행 있으라,   735
이로써 아담에게 감사하라'고 하겠지. 그
감사는 저주가 아니고 무엇이랴. 그러니 내게
머무는 자신의 저주와 내게서 나가는 일체의
저주는 무서운 반동으로 내게 되돌아와 자연의
중심에 떨어지듯, 중심에 있으면서도 무겁게,[112] 내게   740
떨어지리라. 아 흘러간 낙원의 기쁨이여,

영원의 고애苦哀로 값비싸게 사들였던 그 기쁨이여!
창조주여, 흙으로 나를 인간으로 만들어달라고[113]
내가 간청하더이까? 어둠에서 나를 일으켜
이 즐거운 낙원에 놓아달라고 내가 원하더이까?　　　　745
내 뜻이 내 존재에 맞지 않으니 나를 본래의
흙으로 돌려보냄이 옳고 당연하리이다.
내가 받은 모든 것을 버리고 반환함이 바람직한
일일 것이외다. 내가 바라지도 않은 선을 지킬
조건이 너무나 어려워 이행할 수 없으니　　　　750
그것을 버리면 그것으로 형벌은 충분할 터인데
어째서 끝없는 고난의 의식을 더해주시나이까?
당신의 정의는 이해하기 어렵나이다.
그러나 지금 와서 이런 말 해보아도 실은
이미 늦은 일. 그 조건이 제시되었을 때,　　　　755
어쨌건 거절했어야 할 일이었나이다.
너는 그것을 받아들이고, 선을 향유한 후에
그 조건을 탓하느냐? 하나님은 너를 너의
양해도 없이 만들긴 했으나 만일 네 아들이
배반하여 힐책받고 반박하면 어쩌려느냐.　　　　760
'왜 나를 낳았나이까, 나는 태어나기를 원치
않았는데.' 너는 너를 멸시하는 이 오만한
변명을 용서하겠느냐. 그러나 네가 선택한 것
아니고 다만 자연의 필요에서 그를 낳은 것이다.

하나님은 당신 뜻대로 너를 만들어 당신 것으로　　　765
하고 당신을 섬기게 하셨다. 너의 보상은
그의 은총에서 나오는 것이니 당연히 형벌은
그의 뜻에 의한다. 좋다, 그의 명령에
복종할 것이니. 나는 흙이니 흙으로 돌아가라는
그의 선고는 정당하다. 아, 언제든지 올 테면 오라,　　　770
그 시간이여! 그 명령이 정한 것을 오늘로
집행하지 않고, 어째서 그 손은 망설이는
것일까. 나는 왜 살아남아, 죽음의 조롱 받으며
죽음 없는 고통의 길로 목숨을 이어가는가.
나는 참으로 기꺼이 내게 선고된 죽음을　　　775
맞아들여 무심한 흙이 되련다. 어머니의 무릎을
베고 눕듯 기꺼이 몸을 눕히련다. 거기서
편히 쉬고 편히 잠자련다. 이제는 무서운
그 목소리 귀에 들리지 않고, 나와 내 아들에게
일어날 더욱 무서운 재난의 예감도 나를　　　780
괴롭히지 못하리라. 그러나 하나의 의문이
나를 따른다. 나는 완전히 죽지 않고,
저 맑은 생명의 입김, 하나님이 불어넣은
인간의 영이 이 몸인 흙과 더불어
멸망치 않을 것이라니 이해할 수 없다. 그러면　　　785
무덤이나 또는 다른 음산한 곳에서 내가 산living 죽음을
죽을지 누가 알랴? 아, 사실이라면 무서운

일이다! 그러면 왜? 죄를 범한 것은 생명의
숨결뿐이랴. 생명과 죄 있는 자가 아니고
죽을 자가 어디 있겠는가, 육체에는 본래   790
그 어느 것도 없다. 그러니 나의 모든 것
죽으리라.[114] 그 이상의 것은 인간으로서는
알 수 없는 것이니 이것으로 의심을 풀어라.
만물의 주는 무한하지만 그 노여움 또한 그럴까?
그럴 수도 있겠으나 인간은 그렇지 않고,   795
죽음으로 정해졌다. 죽음으로 끝날 인간에게
어떻게 한없는 노여움을 내리랴. 하나님은 죽음을
숙음 없는 것으로 만들 수 있는가.
그것은 기이한 모순을 이루어, 힘이 아닌 약점을
드러내게 되니, 하나님 자신에게도 있을 수   800
없는 일이다. 그는 노여움으로 말미암아 벌받는
인간의 유한을 무한으로 연장하여 충족시킬
수 없는 자기의 위엄을 충족시키려 하는 것인가.
그것은 육체와 자연법칙을 초월하여 그의 선고를
넓히는 것. 이 밖의 모든 요인은 그 목적물의   805
수용력에 따라 작용하고 그 자체의 힘의
한도까지는 아니다.[115] 그러나 죽음은
내가 상상하는 바와 같이 감각을 빼앗는
일격이 아니라 오늘 이후 내 몸안으로도
몸밖으로도 이미 느끼기 시작한 끝없는   810

비참이다. 이것이 영원히 이어진다면
아, 그 공포는 무섭게 돌아와 방비 없는
내 머리에 요란한 소리 내며 떨어지리라.
죽음도 나도 다 같이 영원하고 또 실체 없는
존재. 그리고 나는 나 혼자가 아니니, 815
나로 하여 모든 자손은 저주받으리라.
아들들아, 좋은 유산을 남겨주게 되었구나,
아, 그것을 모두 써버리고 하나도 안 남길 수 있다면!
그렇게 상속권을 모두 빼앗기고서야
어찌 너희들 저주받은 나를 축복하겠느냐! 820
아, 어째서 온 인류가 한 사람의 과오로
죄 없이 죄 받아야 하는가, 죄가 없다면.
그러나 내게서 나가는 자들은, 마음도 의지도
모두 부패하여 나와 같은 행위를 할 뿐 아니라
하고자 하는 자들이 아니고 무엇이랴. 825
그러니 그들이 어떻게 용서받아 하나님 앞에
설 수 있단 말인가. 결국 나는 그에 대한
원한을 풀지 않을 수 없다. 나의 헛된
회피와 이론은 우여곡절을 거쳐 결국은
자신의 죄를 믿게 할 뿐이다. 모든 830
형벌이 나에게만, 전적으로 모든 부패의
근원이며 원천인 나에게만 내림은 지당하다.
하나님의 노여움도 그러하리라. 어리석은 소원!

너는 지구보다 더 무겁고 악녀와 나누어진다 해도
온 세계보다 더 무거운 그 짐을 질 수 있겠느냐.   835
이렇게 네가 바라는 것과 두려워하는
것은 한결같이 피난의 소망을 꺾고, 너를
과거에도 미래에도 유례없는 불행한 자로
결정한다. 죄나 처형이나 모두 비슷한 것은
사탄뿐. 아, 양심이여!   840
어떤 공포와 전율의 심연으로 나를
몰아넣는 것이냐. 빠져나갈 길
없는 이 심연, 다시는 떠오르지
못하게 깊이 가라앉는구나."
  아담은 이렇게 혼자 소리 높이 한탄한다.   845
고요한 하룻밤을, 인간이 타락하기 이전같이
상쾌하지도 서늘하지도 온화하지도 않고,
검은 공기와 습기, 무서운 암흑이 뒤따르는
이 하룻밤을. 이 어둠은 죄를 질책하는
그의 마음에 이중의 공포로써 만물을 나타낸다.   850
그는 땅에, 싸늘한 땅에 몸을 뻗고 누워서 가끔
자기의 창조를 저주하고, 그가 배반한 날에
선고받은 이래 죽음의 집행이 이후 지연됨을 역시
저주했다. "왜 죽음은 오지 않는가, 간절히
기다리던 일격으로 이 목숨을 끊기 위해.   855
진리는 그 약속을 지키지 않고 거룩한 정의는

의義의 걸음을 재촉하지 않는가? 죽음은 불러도
오지 않고, 하나님의 의는 기도를 올리고
울부짖어도 더딘 걸음을 서둘지 않는가?
아, 숲이여, 샘이여, 언덕이여, 골짜기여, 그늘이여! 860
언젠가 나는 너의 그늘에 다른 메아리로
화답하고 아주 다른 노래를 울리라고 가르쳤는데."
이렇게 괴로워하는 그를, 쓸쓸하게 따로 떨어져
앉아 있던 슬픈 하와가 보고서 가까이 와
상냥한 말로 그의 격정을 달래려 했지만, 865
그는 엄한 눈초리로 그것을 거절했다.
 "너 뱀이여, 내 앞에서 물러가라! 그 거짓되고
미운 너, 그와 짜고 나를 속였으니 그 이름
네게 적합하다. 애석하게도 네 모양이
뱀 같지 않고, 색도 같지 않으니, 흉중의 870
간계를 나타내어 이후 다른 생물로 하여금
너를 경계하도록 할 수 없겠구나. 너무나
하늘다운 모습이니 지옥의 간계를 숨기고
유혹할 만하구나. 너 아니었더라면
나는 행복했으리라. 너의 자만심과 헛된 방랑심이, 875
불안이 극에 달한 때에 내 경고를 물리치고
믿을 수 없는 것을 비웃지 않았더라면, 비록
악마 앞에서라도 나서고 싶어하지만 않았더라면.
그러나 너는 뱀을 만나서 속아넘어갔다.

너는 뱀에게, 나는 너에게. 나는 너를 현명하고
확고하고 완전하여 어떤 유혹에도 견뎌낼 수
있다고 믿었기에 내 옆에서 떨어져 있게 했다.
모든 것은 진실한 덕이 아니고 오히려 외관에 불과한 것.
모든 것은 내게서 빼낸, 본래 구부러진,
지금 보다시피 불길한 쪽으로 구부러진
갈빗대에 불과함을 깨닫지 못했다. 내 갈빗대의
정수에서 남는 것을 내던졌다고
생각하면 마음 편하다. 아, 어찌하여 최고의
하늘에는 남신들만 살게 하는 지혜로운 창조주인
하나님은 드디어 지상에 이 진기한 것, 이 고운
자연의 흠을 창조하였으며, 이 세계를 여자 없이
천사 같은 남자로만 곧 채우지 않았는가.
혹 인류를 생산하는 다른 방법을 몰랐던
것일까. 하나님이 이것을 아셨다면, 이러한
재난도, 여자의 유혹과 친교로 지상에
일어나는 무수한 혼란도 없었을 것 아닌가.
남자는 불행이나 과오를 초래하는 자 이외에
적합한 짝을 찾지 못하고, 또 더 그가 희망하는
여자가 완강하여 얻을 수 없는가 하면,
훨씬 못한 자가 그녀를 차지하고,
혹은 그녀에게 사랑이 있다 해도
부모에게 방해받거나 극히 행복한 자를

선택하여 만날 때는 이미 늦어서
자신의 증오요, 수치인 사나운
적과 혼인의 연분을 맺는다. 905
이리하여 인간의 생활에
한없는 재난을 불러일으키고,
가정의 평화를 깨뜨린다."
 아담은 말을 더 잇지 않고 그녀에게서
몸을 돌렸지만, 하와는 조금도 실망하지 않고 910
거침없이 눈물 흘리며 흐트러진 머리로 그의
발아래 낮게 엎드려, 그 발을 끌어안고, 평화를
구하며 슬프게 말한다.
 "나를 버리지 마소서, 아담. 하늘이여 살피소서,
내 가슴 가득히 남편을 위한 진실한 사랑과 915
존경심을 품고 있었으나 불행히도 기만당하여
나도 모르게 죄 범하였음을. 당신의 무릎을
껴안고 비오니, 계속 베풀어주소서, 내 생명인
당신의 상냥한 시선과 도움과 나의 다시없는
힘이며 의지인, 이 극도의 슬픔에서 당신의 조언을. 920
당신에게서 버림받으면 어디 가서 목숨을
부지하리까? 우리가 살아가는 동안
짧은 한때라 해도 우리 둘 사이에 평화를 있게
하소서. 해를 함께 받았듯 원한도 함께하여
분명한 운명으로서 우리에게 넘겨진 적, 925

그 간악한 뱀을 물리치소서. 이 불행 때문에
이미 타락한 나에게, 당신보다 더 불행한
나에게 당신의 증오를 가하지 마소서.
다 같이 죄를 범했어도, 당신은 하나님께만,
나는 하나님과 당신에게 죄를 지었으니, 930
심판정에 돌아가서 소리 높이
울부짖으며 하늘에 호소하리이다, 모든 형벌의
선고가 당신의 머리에서 옮겨져, 재난의
둘도 없는 원인인 이 나에게,
하나님의 분노가 정당한 대상인 935
나에게만 내리시리라고."
    하와는 울면서 말을 맺었다. 겸손한 그 태도,
죄를 자인하고 슬퍼하며 평화를 얻을 때까지는
흔들리지 않을 듯한 그 태도로 인해 아담의
마음속에는 연민의 정이 일었다. 곧 그녀에 대한 940
그의 마음은 누그러졌다. 조금 전까지는 자기
생명이요 유일한 즐거움이었고, 지금은 발아래
엎드려 슬퍼하며, 기분 상하게 굴었던 자기의
화해와 조언과 원조를 구하는 이 고운 것에
대해 무장을 푼 사람처럼 노여움을 모두 잊고 945
부드러운 말로 그녀를 격려한다.
    "모든 벌이 자신에게 내리기를 바람은
그전처럼 지금도 부주의하고, 자신도 알지 못하는

것을 굳이 바라기 때문이오. 아, 남의 벌은 말고 우선
제 몫이나 받도록 하오. 하늘의 벌을 아직   950
충분히 알지 못하는 자가, 나의 노여움도
받아내지 못하면서 그 노여움을 전부 감당할
수는 없으리라. 만일 기도로써 높은 결정을
변경시킬 수 있다면, 내가 먼저 그곳에 달려가
드높이 외치리라, 모든 벌이 내 머리 위에   955
내리고 내게 짐 지워 나를 위해 위험 앞에 나선
남자보다 약한 그대와 그대의 약함을
용서하라고. 그만 이젠 일어나 언쟁일랑 그치고
서로 책망도 말자, 책망받을 만한 것은 다른
곳에 있으니, 사랑의 일에나 힘쓰며, 어떻게 하면   960
서로가 재난을 분담하여 서로의 짐을 덜
것인가에 힘쓰자, 이날 선고된 죽음은 내가 보는
바로는 서둘지 않는 걸음 느린 재난, 우리의 고난을
늘리고 우리의 자손(아, 불행한 자손!)에게도 전해질
만큼 오랜 시일에 걸치는 죽음일 것이오."[116]   965
 하와는 기운을 되찾아 대답한다.
"아담이여, 나는 슬픈 경험을 통하여 내 말이
당신에게는 얼마나 경솔하게 들렸을까를
알겠나이다. 너무나 큰 과오였으니, 당연한
결과로 너무나 불행하게 생각되어 그런 말이   970
나왔나이다. 그런데도 죄 많은 이 몸이 당신의

용서를 받아 다시 일어서니, 내 마음의 유일한
만족인 당신의 사랑이 회복될 희망에 가득차,
죽거나 살거나 불안한 이 가슴속에 일어나는
모든 생각을 당신 앞에 숨김없이 털어놓겠나이다.   975
얼마만이라도 우리의 난경難境을 제거하고, 비록
가혹하고 슬프나 이와 같은 재난 속에서도
견디기 쉽고 택하기 쉬운 결말이 될까 하여.
만일 우리가 자손을 염려하여 마음이 괴로우면,
고난을 받으려 태어나 결국은 죽음의 먹이가 될   980
그들을(비참하도다, 제가 낳는 자가
불행의 원인이 되고 이 저주의 세계에
제 허리에서 고난의 족속을 낳아, 비참한 생애
끝난 뒤에 악한 괴물의 밥이 되게 하다니)
수태하기 전에, 아직 생기지 않은 불행한   985
그 족속을 낳지 않게 함은 당신의 힘으로
가능하리이다. 당신께 아이 없으니
아이 없이 지냅시다. 그러면 죽음은 포식을
허탕치고 우리 둘로써 그 굶주린
배를 채우려 할 것입니다. 그러나 서로 이야기하고   990
쳐다보고, 사랑하면서 사랑의 예법인 부부의
달콤한 포옹을 억제하고, 가망 없는
소망으로 가슴 죄며, 같은 소원으로 애타는
배우자 앞에 있기가 괴롭고 어렵다고

제10편 173

생각되시면, 그것은 우리가 두려워하는   995
어떤 것에 못지않은 고통일 것입니다.
그때는 우리 자신과 후손을 모두 즉시
두려움의 원인으로부터 해방시키기 위하여
당장 죽음을 찾을 것이며, 만약 찾지 못하면,
우리 손으로 죽음의 임무를 수행케 하사이다.   1000
우리에게는 죽음의 여러 길 가운데서
가장 짧은 길을 선택하여
파멸로써 파멸을 깨뜨릴
힘이 있는데, 어째서 우리는 언제까지나
죽음 이외에는 끝이 없어 보이는   1005
두려움 아래 떨며 서 있나이까."
　심각한 절망이 그 뒤를 이을 말을
끊어 그녀는 입을 다물었다. 너무나 죽음을
골똘히 생각하니 그 얼굴이 창백해졌다.
그러나 아담의 마음은 이런 권유에 흔들리지 않고,   1010
보다 주의 깊은 마음을 애써 돋우어 더 밝은
희망을 일으키며 하와에게 이렇게 대답했다.
　"하와여, 자신의 생명과 즐거움을 멸시함은
자신이 멸시하는 것보다 훨씬 높고 훌륭한 것이
자신에게 있음을 증명하는 것이오.   1015
그러나 그 때문에 자멸을 바라는 것은
그 높고 훌륭한 것을 헛되이 하고, 경멸이

아니라 과도하게 낙을 즐긴 그 삶과 기쁨을
잃고 몸부림치며 후회함을 의미하는 것이오.
만일 그대가 재난의 종말로서 죽음을 동경하고   1020
선고된 형벌을 피하려고 생각한다면, 하나님은
죄인이 앞지르는 것을 허용치 않고 현명하게
보복의 노여움으로 무장할 것이 틀림없소.
더욱이 내가 두려워하는 것은 그렇게 해서
강탈한 죽음은 정해진 죄로 갚아야 하는   1025
고통에서 우리를 풀어주지 않으리라는 것이오.
오히려 이런 배신행위는 지존에게 도전하는
결과가 되고, 죽음을 우리 속에 살려두게 할
것이오. 그러니 좀 안전한 결의를 찾읍시다.
그대의 후손이 뱀의 머리를 밟으리라는   1030
선고의 일부를 주의하여 상기할 때, 그 길이
내게는 보이는 듯싶소. 가엾은 보상이리다,
만일 그것이 내가 추측하는 대로 우리의
대적 사탄이 뱀이 되어 우리를 속인 것이
아니라면. 그 머리를 부수는 것이야말로   1035
정녕 복수가 될 것이오. 그러나 그대의 제안대로
우리가 자살하거나 또는 자식 없는 생애를
택하면 그런 것은 없어지고, 우리의 적은
정해진 형벌을 면하게 되고, 그 대신 우리
머리 위에 이중의 벌이 겹칠 것이오. 그런즉 이제는   1040

자해나 고의적인 피임避姙을 말하지 마오.
그것은 우리의 희망을 끊고, 다만 원한과 오만,
초조와 모멸, 그리고 하나님에 대한, 또는
우리 목에 메인 외로운 멍에에 대한
반항심을 나타낼 뿐이오. 얼마나 1045
온화하고 은혜로운 기색으로 노여움도
책망도 없이 하나님께서 들으시고 심판하셨는가를
생각하오. 우리는 즉각적인 파멸을 예기하고,
그것을 그날 죽음이라고 생각했는데, 보오,
그대에게 선고된 것은 다만 잉태와 출산의 1050
고통뿐이고, 그것은 곧 그대의 몸에서 나오는
기쁨의 씨에 의해 보상되리라. 나에 대한
저주는 옆으로 빗나가 땅에 떨어졌소.
일을 해서 양식을 얻는 것, 무슨 해가
되리오? 더욱 나쁜 것은 태만. 나의 노동은 1055
우리를 부양해주리다. 추위와 더위의 해를
입지 않도록 하나님은 때에 알맞게 배려하시어
우리가 원치 않아도 필요한 것을 준비하셨고,
심판하면서도 가엾이 여기시어 그 손은
값없는 우리에게 옷을 입혀주셨소이다. 1060
더군다나 우리가 기도를 올리면, 그 귀는 열리고,
그 연민의 정 더욱 기울어, 어떻게 하면 가혹한
계절, 비, 얼음, 우박, 눈을 피할 수 있는가를

가르치시리다. 하늘은 여러 가지로 면모를
바꾸어 이 산에 그것을 보이기 시작하여,   1065
바람 습하고 매섭게 불며 이 아름답게 펼쳐져 있는
나무들의 고운 머리채를 흩뜨릴 것이오. 우리는
마비된 손발을 편히 하려고 부득이 더 나은
집과 더 나은 온기를 찾아야 하고, 낮의 별[117]이
꺼져 발을 차갑게 하기 전에 집중된 광선을   1070
반사시켜 마른 물건을 태우거나 또는 두 개의
물체를 마찰시켜 불 일으키는 방법[118]을 알아내야
하리다. 마치 최근에 구름이 비벼대고, 바람에 밀려
격틸하게 충돌하여 사전斜電을 불붙이면,
그 옆으로 달리는 불길이 아래로 쫓겨 내려   1075
전나무나 소나무의 수지 많은 껍질을 태우고,
상쾌한 열을 멀리서부터 보내어 일광을 보충하는
것과 같으리다.[119] 이러한 불의 용법과 그 밖에 우리의
악행이 불러들인 재난을 구제 또는 치료하는 법을,
우리가 기도하며 은총을 구한다면, 그는 우리에게   1080
가르쳐주시리라. 그러면 우리는 두려워할 것 없이
하나님이 주시는 많은 위안에 힘 얻어 이생을
편안히 보내고, 우리의 최후의 안식처이고 고향인
흙으로 돌아가리라. 하나님이 우리를 심판할 곳으로
돌아가, 그 앞에 공손히 무릎 꿇고 엎드려   1085
겸허하게 우리의 죄를 참회하며 용서를

받고, 거짓 없는 슬픔과 온유한 겸손의 표상으로,
뉘우치는 마음에서 우러나오는 눈물로 땅을
적시고 한숨으로 하늘을 메우는 도리밖에
무슨 더 나은 길이 있으리오? 1090
그리하면 하나님은 틀림없이
노여움을 푸시고 상한 기분을
돌리시리라. 그 평온한 얼굴에
노여움이 가득차 아주 엄하게
보이실 때도, 빛나는 것은 은총과 축복과 1095
자비 이외에 또 무엇이 있으리오?"
 회개한 우리의 시조 이같이 말하니,
하와도 역시 뉘우친다. 곧 그들은 심판받은
곳으로 돌아가 하나님 앞에 공손히 엎드려,
함께 저희의 죄를 겸손히 고백하고 1100
용서를 빌며, 거짓 없는 슬픔과 온유한
겸손의 표상으로, 뉘우치는 가슴에서
우러나오는 눈물로 땅을 적시고,
한숨으로 하늘을 메웠다.

제11편

줄거리

하나님의 아들은 회개하는 우리 시조의 기도를 성부께 바치고, 그들을 위해 중재한다. 하나님은 성자의 뜻을 받아들이지만, 그들이 더이상 낙원에서 살아서는 안 된다고 선언한다. 그들을 낙원에서 추방하기 전에 먼저 아담에게 미래에 관한 일을 드러내 보여주기 위해 그룹천사대를 거느린 미가엘을 파견한다. 미가엘은 하늘에서 내려온다. 아담은 하와에게 어떤 불길한 징조를 보여준다. 그는 미가엘이 가까이 왔음을 알고 그를 맞으러 나간다. 천사는 그들의 퇴거를 선언한다. 하와의 비탄. 아담은 처음에는 애원하지만 결국은 복종한다. 미가엘은 그를 높은 산으로 데리고 올라가, 대홍수 때까지 일어날 일들을 그의 눈앞에 환상으로 펼쳐 보인다.

이렇게 그들은 겸손하게 회개하며 계속
기도를 드렸다. 높은 자비의 자리[1]로부터
회개에 앞서는 선행적 은혜[2]가 내려 그들의
마음에서 돌을 제거하고[3], 대신 새로운 재생의 살을
자라게 하니, 기도의 영[4]이 불어넣은 회오는
이제 말로 다 할 수 없는 탄식을 토해내며
소리 높은 웅변보다도 더 빠르게 하늘을 향해
날아올랐다. 그래도 그들의 태도는 하찮은
청원자 같지 않고, 그 청원도 장중하여
옛이야기에 나오는 옛 부부, 그러나 이들보다는
오래지 않은, 데우칼리온[5]과 순결한 피라가
물에 빠진 인류를 되살리려고 테미스[6]의 신전에서
기도를 올릴 때보다 더하다. 그들의 기도는
질투의 바람에 불려다녀도 길 잃지 않고
하늘로 날아올라 형체도 없이 하늘문을 지나,
황금의 제단의 훈향 이는 곳,
위대한 중재자[7]로부터 향내 듬뿍
받으며 성부의 보좌 앞에
이른다.[8] 기쁨의 성자聖子는
그 기도를 아버지께 바치고
인간을 위해 이렇게 중재를 시작했다.

"아버지시여, 당신이 인류에게 심으신 은총이
지상에서 열매 맺은 이 첫 이삭, 이 탄식과 기도를

보소서. 그것을 이 황금향로에 넣고 향을
섞어 당신의 사제인 내가 당신에게　　　　　　　　25
바치나이다. 회개로써 마음에 심은 당신의
씨앗에서 나온 열매[9]이니, 상쾌한 그 향기는
오히려 순결에서 떨어지기 전, 인간의 손으로
가꾸어 낙원의 모든 나무에서 자라게 한 열매보다
낫나이다. 그러니 이 기원에 귀기울이시고, 그 소리　　30
없는 한숨을 들으소서. 기도하는 말이 능숙하지
못하오면, 내가 그의 대언자 또는 화해자[10]로서
그를 대신하여 해명하겠나이다. 좋은 것 궂은 것
그의 일 모두를 내게 섭뭍여서, 내 공덕으로
그것을 완성하고, 내 죽음으로써 그것을　　　　　　35
보상하오리다. 나를 받아주소서,
내 안에 있는 인류를 향한 평화의 향기[11]를
받아주소서. 당신 앞에서 화해자로 살게 하소서. 적어도
그의 생애가 슬프지만 지속되어, 그의 운명인 죽음이
(그것을 취소하려는 것 아니라 완화하려고　　　　　40
이렇게 변호하는 것이지만) 지금보다 나은 삶으로
옮겨질 때까지 속죄받은 자들이 모두
나와 함께 기쁨과 축복 속에 살고, 나와 당신이
하나이듯 그들과 내가 하나 되게 하소서.[12]"
　그에게 성부는 밝은 표정으로 명랑하게 말한다.　　45
"적자인 아들아, 인간을 위한 너의 요구는

모두 이루어지리라. 네가 요구하는 것은 모두
내 섭리. 그러나 이 이상 그들을 낙원에
살게 하는 것은 내가 자연에 내린 율법이
금하노라. 조잡하고 불결하고 조화 잃은   50
혼합물을 모르는 저 순결한 불멸의 원소들은
이제 더럽혀진 그를 토해내고[13], 조악한
병원病源으로서 죽음의 밥이 되고, 최초로
만물을 교란하고 썩지 않는 것을 썩게 한
죄에 의해 파멸받도록 심히 조잡한 공기 가득찬   55
공간으로 그를 내쫓으리라. 나는 당초
두 가지 좋은 선물, 행복과 불사不死를 갖도록
그를 창조했도다. 전자는 어리석게도 상실되고
후자는 내가 죽음을 마련할 때까지 다만
고애苦哀를 영속시키는 데 도움이 될 뿐이니라.   60
이리하여 죽음은 최후의 구제가 되고,[14]
가혹한 시련 겪어 신앙과 신실한 과업에 의해
수련을 쌓는 삶을 누린 뒤, 의로운 자의 부활에
이른 그에게 새로운 천지와 함께 제2의 삶을
맡기리라. 그러나 하늘의 광대한   65
지역에 걸쳐 축복받는 자들을 모두
회의에 불러 나의 심판이 인류에게 어떻게
계속 진행되는지를 그들에게 보여주리라.
앞서 그들은 죄지은 천사를

처리함을 보고서, 그 지위
확고하지만, 더욱 확고히 하고 서 있도다."
  그의 말 끝나자 성자는 대령하고 있는
빛나는 사역자에게 신호를 내린다.
그는 나팔을 분다. 이 나팔소리는 아마도 이후 하나님이
강림하실 때 호렙에서 듣거나[15] 또는 최후의 심판 때[16]
다시 한번 울리리라. 천사의 나팔소리 온 지역에
울려퍼진다. 생명의 샘터[17] 애머랜드[18]의 그늘에
덮인 축복의 정자, 분수와 샘, 도처에서
기쁨 나누며 앉아 있는 곳에서부터
빛의 아들들은 서둘러 높은 명에 따라서
저마다 자기들 자리로 갔다.
이윽고 전능자는 지존의 보좌에서
그 높은 뜻을 이렇게 선언하신다.
  "아, 아들들아, 인간은 그 금단의 열매를
맛본 이래 우리 중 하나처럼 선과 악을
알게 되었도다.[19] 그러나 그들로 하여금
잃은 선과 얻은 악의 지식을 자랑케 하라.
만일 선만을 알고 악은 전혀 모르는 것으로
만족했더라면 더욱 행복했으리라. 그는 지금
슬퍼하고 뉘우쳐 회개하며 기도를 하고
있도다. 그것은 내가 그의 마음속에 불러일으킨 것.
그런 자극 그치고 혼자 있게 되면

그 마음은 변하기 쉽고 공허해지리라.
이제 한층 대담해진 그 손이 생명나무에도
뻗쳐 그 열매 따 먹고 영원히 살 수 있지 않을까
적어도 그렇게 망상하지 못하도록 그를 낙원에서
쫓아내어 그가 태어난 땅, 그 적합한
흙을 갈도록 명령하노라.[20]
　미가엘, 이 명령을 실행하라.
그룹천사들 중에서 불 뿜는 선발군을 이끌고,
악마가 인간을 대신해 또는 텅 빈 영토를
침범하기 위해 어떤 새로운 소동을 일으키지
못하도록 하라. 어서 서둘러 신의 낙원에서
죄지은 부부를 용서 없이 쫓아내라.
거룩한 땅에서 거룩하지 않은 것들을 몰아내고
그들과 그들의 자손에게 여기서 영원히
추방함을 선언하라. 그러나 엄중히 내리는 슬픈
선고에 낙심하지 않도록 (그들이 뉘우치고 눈물 흘리며
죄를 한탄하니) 모든 공포를
숨겨라. 만일 그대의 명령에 참고
복종하거든, 위안의 말 없이 추방할 수 없으니,
아담에게 미래에 일어날 일을 내가 그대에게
가르치는 대로 알려주고, 그 여자의
자손에게 내가 다시 내리는 약속도 아울러
일러주라. 이와 같이 슬프면서도 평온하게

그들을 내보내라. 또한 낙원의 동쪽
에덴에서부터 오르기가 매우 용이한 입구에
경계를 맡은 그룹천사와 두루 도는
화염검을 두어 일체의 접근을
엄히 금지하고 생명나무에   120
이르는 모든 길을 다 지켜라."[21)]
그러지 않으면 낙원은 악령들의
소굴이 되고 나의 나무들은
모두 그들의 밥이 되어 훔친 그 열매로
다시 한번 더 인간을 속일는지도 모르리라."   125
　그의 말씀 끝나자 미가엘 대천사는
경계심 깊은 빛나는 천사대를 거느리고
지체 없이 내려갈 준비를 한다. 두 얼굴의
야누스[22)]처럼 각기 네 개의 얼굴[23)]을 가졌고,
온몸에서는 아르고스[24)]의 눈보다 더 많은 눈들이   130
반짝였다. 아르카디아의 피리[25)]인
목적牧笛이나 그의 마술지팡이[26)]의 최면에도
현혹되지 않고 졸지 않는 그 눈들. 한편 거룩한
빛으로 세계를 다시 축복하려고 레우코테아[27)]는
눈을 뜨고 신선한 이슬로 땅을 향기롭게 했다.   135
아담과 최초의 부인 하와는 이제 기도를
마치고, 힘이 하늘로부터 가해지는 것을
느꼈다. 그것은 아직 공포 가시지 않은 채,

절망에서 솟아나는 새로운 희망과 환희.
그것을 하와에게 그의 기쁜 말로 되풀이했다.
"하와여, 우리가 향유하는 선은 모두가
하늘에서 내린다는 믿음은 주저 없이 인정하오.
그러나 우리에게서 무엇이 하늘로 올라가
지복하신 하나님의 마음에 관여하여 그 뜻을
기울이게 할 만한 것이 있다고는 믿기 어렵소.
그러나 기도나 인간의 짤막한 한 숨결이
하나님의 성좌에까지 올라가 이것이
이루어지리다. 내가 기도로써 하나님의
노여움을 가라앉히고자 하여 무릎을 꿇고
그분 앞에서 온 심정을 낮춘 이래 나는
하나님께서 너그럽고 온유하게 귀기울이심을
본 듯하고, 호의로써 들어주신다는 신념이
내게 생겼고, 내 가슴에는 평화가 되찾아들고,
그대의 씨가 우리의 적을 부수리라는 성약이
내 기억에 되돌아왔기 때문이오. 앞서는 놀라서
생각나지 않았으나 이제는 죽음의 고통[28]
가시고 우리는 살게 될 것이라는 확신을 갖게
되었소. 그러니 그대는 행복해지리라. 정당할손
그 이름 하와,[29] 인류의 어머니, 온갖 생물의
어머니, 그대로 인해 인간은 살게 되고
만물은 모두 인간을 위해 살게 되리라."

하와는 슬프나 온유한 태도로 그에게 말한다.
"당신의 내조자로 정해졌건만 당신의 함정이 된,
이 죄 많은 나에게 그런 이름을 붙임은
부당하옵니다. 나에겐 차라리 힐책과 불신과 모든　　　　　　　165
비방이 어울릴 듯하옵니다. 그러나 심판자의
용서는 무한하여, 만물에 최초로 죽음을
초래한 나에게 삶의 원천 되는 은총 내리시고,
당신의 사랑은 깊어, 다른 이름으로 불러 마땅한
나를 이처럼 고귀한 이름으로 불러주시네요.　　　　　　　　170
그러나, 들은 지금, 잠 못 이룬 밤 후이긴 하지만,
땀흘려 일하라고 우리를 부르나이다.
아침이 우리의 불안에 상관없이 미소 지으며
장밋빛 걸음을 옮기기 시작하는 것을 보시면
아시리이다. 나가소서, 앞으로는 결코 당신의　　　　　　　　175
곁을 떠나지 않으리이다. 우리 낮의 일터가
어디이건 이젠 해가 질 때까지 애써 일하도록
정해진 몸이오니, 우리가 여기에 살고 있는 한,
이 즐거운 곳에 무슨 고생 있으리오? 비록
타락했으나 마음 편히 여기서 사십시다."　　　　　　　　　180
　지극히 겸손한 하와 이처럼 말하며 소원하나,
운명은 이를 허용치 않았다. 자연이 우선 새와
짐승과 하늘에 맡겨 그 징조를 나타내니,
아침이 잠시 붉어진 뒤 하늘은 갑자기 어두워졌다.

가까이 제우스의 새[30]가 공중에서 내려와 깃 고운　　　　　185
두 마리 새[31]를 쫓았다. 언덕에서는
최초의 사냥꾼[32]인 숲을 다스리는 짐승이 숲에서
제일 온순한 한 쌍, 아름다운 암사슴과
수사슴을 쫓는다. 쫓기는 그들은
곧장 동쪽 문으로 도망쳤다. 아담은 눈치채고,　　　　　190
눈으로 그 쫓기는 것들을 바라보며
감동하여 하와에게 말했다.
"아, 하와여, 어떤 또다른 변화가 우리를
기다리고 있음을, 하늘은 그 목적의 전조를
말없는 자연의 징조로 우리에게 보임으로써, 또　　　　　195
며칠 동안 죽음이 면제되었다고 해서, 형벌에서 벗어난
것으로 알고 너무나 안심하는 것을 우리에게 경고하는
듯하오. 언제까지 살며 그동안 어떠한 생활을
할 것인지, 또 우리는 흙이니 흙으로 돌아가면
그것으로 끝이라는 것 이상을 누가 알리오?　　　　　200
그렇지 않다면 어째서 같은 시간에 같은 방향으로
하늘과 땅에서 쫓기어 도망치는 한 쌍의 사슴과 새가
눈에 보이겠소? 왜 한낮이 되기도 전에
동쪽이 어두워지고, 또 저쪽 서녘 구름에 한층
빛나는 아침 광선이 있어, 하늘에서 무엇인가를　　　　　205
싣고 창궁에 찬란한 흰 줄을
그으면서 천천히 내려오는 것이겠소?"

그의 말 틀림이 없었으니, 이는 지금 하늘의
천사대가 벽옥碧玉의 하늘을 가로질러 낙원으로
내려와 언덕 위에 멎었음이라. 만일 회의와 육체의   210
공포가 그날 아담의 눈을 흐리지 않았던들,
천사대의 출현은 더욱 찬란했으리라.
야곱이 마하나임에서 천사를 만나고,[33] 들에 그의
빛나는 수호자들로 천막 쳐졌음을 보았을 때도
이보다는 더 찬란하지 않았다. 또한 한 사람[34]을   215
습격하기 위해 전쟁을, 그것도 포고 없는 전쟁을
자객처럼[35] 기습적으로 일으킨 시리아 왕에 항거하여
화염의 불길로 진영이 뒤덮인 도단에서
불타는 산 위에 나타났을 때도 이보다는 못했다.[36]
천사장은 그의 부하 천사들을 각기 그 빛나는   220
위치에 남게 하여 낙원을 차지하게 하고,
그는 홀로 아담의 거처를
찾아 나섰다. 이것을 못 볼 리 없는
아담은 이 위대한 손님이
다가오는 동안 하와에게 이렇게 말했다.   225
"하와여, 어쩌면 우리를 멸망시키거나
우리가 지켜야 할 새 율법을 내릴지도 모를
놀라운 소식이 우리에게 전해질 듯하오. 저기
산들을 뒤덮은 찬란한 구름에서 천군 중
하나가 나오는 것을 보았소. 그 걸음걸이로   230

보아 비천한 자는 아니고, 하늘의 위대한
지배자이거나 좌천사 중 하나인 듯 그런
위엄에 싸여 오고 있소. 그러나 두려워할
정도로 무섭지도 않고, 또 라파엘처럼 털어놓고
이야기를 나눌 수 있을 만큼 사귐성이 있거나   235
온순하지 않고, 엄숙하고 고매하오. 예의를 잃지
말고 정중히 그를 맞아야 하오. 그대는 물러가오."
그의 말 끝나자 대천사 곧 다가왔다, 하늘의
모습으로가 아니라 사람을 만나려는 사람처럼
옷을 입고. 빛나는 무장 위에 자줏빛 갑옷,   240
옛날 휴전 때 왕자나 영웅이 입던
멜리보이아[37]나 사라[38]의 자줏빛보다도 더 선명했다.
그 옷감을 물들인 것은 이리스.[39]
별빛처럼 빛나는 투구를 벗으니
그는 청춘이 지난 인생의 한창때.   245
그 허리에는 빛나는 황도 한가운데[40]
있는 것처럼, 사탄이 몹시 두려워했던[41]
그 칼이 걸려 있고, 그 손에는 창이 있다.
아담이 머리 숙여 절을 하니, 그는 왕처럼 위엄
굽히지 않고 그가 찾아온 뜻을 이렇게 말했다.   250
 "아담이여, 하늘의 칙령에는 서두가 필요 없도다.
이 정도로 족하도다. 그대의 기도는 받아들여졌으며,
그대가 죄를 범했을 때 형벌로서 선고된 죽음은

오래도록 그 포획물을 얻지 못했으니,
하나님의 은혜로 주어진 그 기간에 그대는   255
회개하고 많은 선행으로써 한 가지 악행을
속전贖錢할 수 있다는 것이니라. 그러면 그대의 주님은
유화宥和하시고 죽음의 탐욕스러운 요구에서
그대를 구하리라. 그러나 이 낙원에서 사는 것은
더이상 허용되지 않도다. 나는 그대를 낙원에서   260
쫓아내어, 그대가 태어난 곳, 그 적합한
흙이나 갈도록 하러 왔노라."
  그 이상은 아무 말도 없다. 아담은 이 소식에
충격 받아 오관을 막는 비통함에
사로잡혀 떨며 서 있었다. 하와는 나타나진   265
않았지만 전부 다 듣고 소리 내어 슬퍼하니,
당장 그 숨은 곳이 드러났다.
  "아, 의외의 타격이여, 죽음보다 가혹하도다!
낙원이여, 나는 너를 떠나야만 하는가? 이렇게
너, 향토를 떠나야만 하는가, 이 행복한 길과   270
그늘과 신들이 살기에 어울리는 거처를? 여기서
슬프지만 우리 두 사람은 죽는 날까지
유예기간을 보내려고 했는데. 아, 꽃들이여,
다른 땅에서는 자라지 못하는, 이른아침 늦은
저녁 언제나 내가 찾던, 처음 봉오리 맺을   275
때부터 정성 들여 가꾸고 이름까지 붙여주었던

너희들인데 내가 없으면 누가 너를 일으켜
해로 향하게 하고 종류대로 배열하고
향기로운 샘에서 물을 떠다주랴. 끝으로
너 결혼의 정자여, 보기에 아름답고 향기 좋은   280
것으로 내가 장식해주었던 너와 어찌
헤어져 낮은 세계로 내려가 그 어둡고
거친 곳 어디를 헤매야 한단 말이냐.
불멸의 열매에 익숙한 몸이 어찌 다른
세계의 혼탁한 공기를 마시고 살아갈 수 있으랴."   285
  천사는 온유하게 그 말을 가로막았다.
"하와여, 슬퍼하지 말고 잃어 마땅한 것은 참고
체념하라. 그대 소유 아닌 것을[42]
지나치게 사랑하여 애태우지 말라. 그대와 함께
그대 남편도 가리니, 그대 가는 길 외롭지   290
않으리라. 그대는 남편을 따라야 하도다.
그가 사는 곳을 그대의 고향으로 생각하라."
  아담은 이 말을 듣고 그 냉혹하고 돌연한
낙심에서 회복한 듯 흐트러진 마음을 가다듬고
미가엘에게 겸손한 어조로 이렇게 말했다.   295
  "하늘의 영이시여, 좌천사 중 한 분이시든,
그중의 지존자이시든, 그 모습은 왕자 중의 왕자로
보이나니, 당신은 정녕 친절하게 말씀해주셨나이다.
그렇지 않으면 말로써 우리를

해치거나 행위로써 우리를 파멸시켰을 그 전갈을. 300
당신의 그 전갈은 비애와 상심과 절망 등
우리의 약한 마음이 견디어낼 수 있는,
즉 상쾌한 은신처, 우리 눈에 익은 유일한
위안처인 이 행복한 곳으로부터 떠날 것을
전해주셨나이다. 이 밖의 다른 곳은 모두 305
쓸쓸하고 살기에 불편한 듯이 보이고, 또한
우리를 모르며 우리에게 알려지지도 않았나이다.
만일 끊임없는 기도로써 전능하신 그분의 뜻을
바꾸어놓을 가망만 있다면 진력이 날 정도로
끈기 있게 졸라보겠나이다. 그러나 그 절대적 310
명령을 거역하는 기도는 바람을 거역하는
숨결처럼 헛된 것이어서, 되불어와 숨쉬는 자를
질식시킬 것이니, 나는 그의 대명에
복종하겠나이다. 가장 괴로운 것은 여기서
떠나면 그의 얼굴에서 가려져 315
그 축복의 얼굴을 뵈올 수 없다는 것이외다.[43]
이곳에 가끔 와서 그분께서 그 거룩한 모습을
나타내신 곳마다에서 예배를 드리며 나의
아들들에게 이렇게 말해줄 수 있었으면 좋으련만.
'이 산에 그분은 나타나셨더니라, 이 나무 밑에 320
서 계신 것이 보였고, 이 소나무들 사이에서
그의 음성 들려왔으며 여기 이 샘가에서

그분과 말씀 나누었더니라'고. 나는 많은 감사의 제단[44])을
풀과 흙으로 쌓아올리고, 개울에서
광채나는 돌을 갖다 쌓아올려, 대대로 남기는   325
기념으로 혹은 기념비로 삼아서, 그 위에다 향기로운
수액과 열매와 꽃을 바치겠나이다. 이제 하계로
가면 어디서 그 빛나는 모습을 찾고, 그의
발자취를 더듬으리이까? 그 노하신 모습을
피하고서도 다시 부름을 받아 생명이 연장되고   330
자손에 대한 약속을 받았으니, 이제 나는
기꺼이 그 영광의 옷자락 뵈오며,
멀리서 그 발자국 경배하리이다.[45])"
　자비로운 눈으로 미가엘은 그에게 말했다.
"아담이여, 그대는 알리라, 이 바위뿐만 아니라,   335
하늘도 온 땅도 그분의 것이라는 것을. 하나님은
육지와 바다와 하늘 그리고 온갖 생물에
편재하시어,[46]) 그 성덕으로 조장하고
따뜻하게 해주시니라. 온 땅을 그대에게 주시고
이를 다스리게 하셨으니 실로 경시하지 못할   340
선물이로다. 그러니 그의 임재하심이 이 낙원이나
에덴의 좁은 경지에 국한되었다고 생각지 말라.
아마도 이곳이 그대의 수부首府로서 여기에서
온 인류가 퍼졌을 것이고, 대지의 구석구석에서 이리로 와서
자기들의 조상인 그대를 찬양하며   345

숭배했으리라. 그러나 그대는 이 우월함을
잃고 그대의 아들들과 평등하게 살도록
낮은 세계로 내려졌느리라. 그러나 의심하지
말라, 하나님은 이곳에 계시듯 골짜기에도
들에도 계시니, 그대는 여기 있을 때나 다름없이 350
그분을 뵈올 것이고, 그 임재하심의 여러 표징을
나타내시며 선과 아버지의 사랑으로 끊임없이
감싸주고 성스러운 얼굴과 거룩한 발자취를
드러내 보이시리라.⁴⁷⁾ 그대가 이곳을 떠나기 전에 이것을
믿고 확인하도록, 그대와 그대의 아들들에게 355
장차 일어날 일을 보여주려고
내가 왔음을 알라.⁴⁸⁾ 하늘의 은혜는 인간의
죄악과 투쟁하는 것이니, 선과 악을 함께 들을
각오 하라. 이로써 참된 인내를 배우고,
순경에도 역경에도 한결같이 적당히 견디는 습성을 360
길러, 두려움과 경건한 비애를 기쁨에
조합하도록 하라. 그러면 편안한
생애를 보낼 수 있고,
모든 준비 잘 갖추어져 죽음이 왔을 때도
그것을 견딜 수 있게 되리라. 이 산에 365
오르라. 하와는 (내가 그 눈을 잠들게
했으니) 그대가 예견의 눈을
뜰 때까지 이 산 아래서 잠자게 하라, 그녀가

생명으로 형성되는 동안 그대가 잠자고 있었듯이."
아담은 감사하여 그에게 이렇게 대답했다. 370
"오르소서, 안전한 인도자여, 당신이 인도하는 대로
나는 따를 것이며, 아무리 가혹하다 해도
하늘의 손에 복종하고, 인내로써 이겨내기 위해
무장을 하고서 내 벗은 가슴을 재난 앞에 드러내며
노동에서 얻는 휴식을 취하리이다, 375
내 힘으로 그렇게 할 수 있다면." 이리하여
둘이 함께 하나님이 보이신 환상 가운데
오른다.[49] 그것은 낙원에서 제일 높은 산.
그 꼭대기에 보니 대지의 반구가
매우 선명하게 전망할 수 있는 최대의 범위까지 380
펼쳐져 있다. 황야의 유혹자[50]가 이유는 다르지만,
우리의 제2의 아담[51]을 데리고 가 온 세계의
왕국들과 그 영화를 보인 그 산[52]도 이보다는
높지 않고, 전망도 넓지 않았다. 거기에서
눈 아래로 펼쳐지는 것은 강대한 제국의 385
자리, 예나 지금이나 이름 높은 왕도의 옛터,
카다이[53]의 칸이 살던 캄발루[54]의 예정되었던
성벽, 또는 옥수스강[55] 기슭 티무르[56]의 궁전이
있는 사마르칸트[57]에서 중국의 여러 제왕들의
수도 베이징[58]까지, 거기서 대몽골의 아그라[59]와 390
라호르[60]까지 내려가서 황금의 케르소네스[61]에

이르기까지, 또는 페르시아 왕이 엑바타나[62])에
그리고 후에는 이스파한[63])에, 또는 러시아의
황제가 모스크바에, 또는 투르키스탄에서 태어난[64])
튀르크 황제가 비잔티움[65])에 자리잡던 곳까지   395
이른다. 또한 그의 눈으로 볼 수 있는 것은,
네구스[66])의 제국, 그 변경의 항구 에르코코[67])까지,
그리고 작은 해양국 몸바사, 킬로아, 멜린드[68])
오피르[69])라고 생각된 소팔라[70]) 및 콩고의 영토와
최남단의 앙골라까지 이르고, 그다음으로는   400
니제르강[71])에서 아틀라스산[72])까지, 그리고
알만소르[73])의 왕국들인 페즈, 수스,
모로코, 알제 및 틀렘센[74])까지 이른다.
다음으로는 유럽,[75]) 로마가 세계를 통치한 곳.
어쩌면 영안靈眼으로써 그는, 몬테수마[76])의 나라인   405
풍요로운 멕시코, 아타우알파[77])의 가장 부유한
나라인 페루의 쿠스코[78]), 아직 약탈당하지 않은
그 대도읍을 게리온의 아들들[79])이 엘도라도[80])라고
불렀던 기아나 등도 보았으리라.
그러나 미가엘은 더 고귀한 것을 보도록   410
아담의 눈에서 막을 제거했다.
이것은 밝은 시력을 약속한 허위의 열매가
만들어낸 것이었는데, 그는 보여줄 것이
아직도 많기 때문에, 앵초와 회향[81])으로

제11편 199

시신경을 정화하고, 생명의 샘⁸²⁾에서 세 방울을   415
주입했다. 이 성분의 힘이 깊이
심안心眼의 안쪽까지 뚫고 들어가니
아담은 이제 부득이 눈을 감고
쓰러져 완전한 실신상태에
빠졌다.⁸³⁾ 그러나 친절한 천사는   420
손을 잡아 그를 일으켜,
그의 정신을 이렇게 일깨운다.
"아담이여, 이제 눈을 뜨고 그대에게서 태어날
자들에게 그대의 원죄가 빚은 결과를 우선
보라. 그들은 금단의 나무에 손도 대지 않았고,   425
뱀과의 음모도 없었고, 그대와 같은 죄도
범하지 않았는데, 그대의 죄에서 타락을
얻어 더욱 난폭한 행위를 낳느니라."
 그는 눈을 뜨고 들을 보았다. 일부는
경작지여서 갓 벤 곡식 단이 거기에 있고,   430
그 밖에는 양의 목장과 우리가 있다.
풀과 흙으로 쌓은 소박한 제단이 지표地標처럼
들 한가운데 서 있다. 그 제단으로 곧
땀흘리는 한 추수꾼⁸⁴⁾이 손 닿는 대로
고르지도 않고 벤 푸른 이삭과   435
노란 다발의 첫 수확물을 가져왔다. 그다음엔 보다
온유한 목양자⁸⁵⁾가 양의 첫배 새끼 중에서

가장 좋은 것을 골라 가지고[86] 와서 내장과
지방엔 향을 뿌려서 쪼갠 장작 위에
올려놓고 올바른 제사를 올렸다. 440
그러자 곧 하늘로부터 은혜의 불이
섬광과 상쾌한 증기로 그 제물을
태워버렸다.[87] 그러나 다른 것은 성의가
부족해서 그렇게 되지 않았다. 그것을 보고
추수꾼은 속으로 노하여 몇 마디 이야기 끝에 445
돌로 목양자의 중복부中腹部를 쳐서 죽였다.
그는 쓰러져 백지처럼 창백해지며 솟구치는
피 쏟너니만 신음 속에 영혼이 나갔다.
그 광경을 본 아담은 심중으로 크게
놀라 천사를 향해 이처럼 급히 외쳤다. 450
"아, 스승이시여, 제물을 잘 바쳤건만 그 온유한
사람에게 큰 재난이 일어났나이다. 경건과
순결한 헌신이 이렇게 보답되나이까?"
미가엘은 감동하여 그에게 대답했다.
"아담이여, 이 두 사람은 형제이고 그대의 옆구리에서 455
태어날 자들이니라. 동생의 제물이 하늘에
용납된 것을 보고 시기하여, 의롭지 못한 것이[88]
의로운 자를 죽였느니라. 그러나 피 흘리는
일에는 복수가 따를 것이고, 피해자의 신앙은
인정되어 보수를 받게 되리라,[89] 여기서는 그가 죽어 460

먼지와 응혈凝血에 뒹굴지라도." 그 말에 우리 조상은 말한다.
"아, 슬프외다, 행위나 원인이 모두!
그러나 지금 내가 본 것이 죽음이나이까?
이렇게 나도 본래의 흙으로 돌아가야 하나이까?
아, 보기조차 더럽고 흉악하고 무서운 광경이며,   465
생각만 해도 무섭고 소름 끼치는 심정이외다!"
　미가엘은 그에게 말한다. "그대는 인간의 죽음의
최초 모습을 보았도다. 그러나 죽음의 모습은
여러 가지이고, 그 처참한 동굴에 이르는 통로도
여러 갈래니라. 모두가 음산하지만 내부보다 입구가   470
더욱 무서우리라. 그대가 보았듯이 어떤 자는
폭행이나 불·물·기근으로 죽기도 하고,
더욱 많은 자는 과음과 과식 따위의 무절제로
죽기도 하나니, 그로 인해 무서운 질병이
지상에 들어오리라. 그중에서 기괴한 것이   475
그대 앞에 나타나리라. 하와의
파계破戒가 어떤 불행을 인간에게 가져오는가를
그대에게 보여주기 위하여." 돌연 그의 눈앞에 나병자
수용소인 듯한, 슬프고 소란하고 어두운
한 장소가 나타났다. 그 안에 무수한 환자들이   480
누워 있다. 온갖 질병, 즉 소름 끼치는 경련,
찢는 듯한 고통, 가슴앓이의 발작, 각종의
열병, 발작, 간질, 격렬한 카타르,

장결석, 장궤양, 복통, 귀신 붙은 광증,
풀죽은 우울증, 달의 저주받은 착란증,[90]
살이 마르는 척수병, 허탈, 수종,
천식, 널리 만연하는 악성 유행병,
뼈마디가 쑤시는 관절염 따위들이다.
무섭게 뒹굴고 신음소리 처절했고, 절망은
분주히 병상에서 병상으로 돌아다니며 환자를
돌보았다. 그들 위로 죽음은 의기양양하게 창을
휘두르지만, 찌르는 것은 보류했다, 비록
그들이 가끔 최선 최후의 희망으로서 간절히
바라는데도. 이런 흉측한 광경, 돌 같은 마음인들
눈물 없이 오래 볼 수 있으랴. 아담은,
여자의 태생은 아니었지만,
참을 수 없어서 울었다.[91] 연민의 정이 그의 남성의
가슴을 눌러 잠시 눈물을 자아내게 했지만,
마침내 꿋꿋한 마음에 억제되어 간신히
말할 기운을 되찾아 탄식을 되풀이했다.
 "아, 비참한 인간, 얼마나 타락했기에
이러한 참상 속에 넘겨졌는가! 이럴 바엔
차라리 태어나지 않은 것이[92] 좋았으리라. 어째서
주어진 생명 이렇게 쥐어틀려 빼앗기는가?
아니 왜 이처럼 무서운 참상이 강요되는가?
무얼 받을지 알았더라면 주어지는 생명을

485

490

495

500

505

거부하거나 혹은 그것을 버리고자 하여 기꺼이
평화 속에 그대로 지냈을 것을. 하나님의 모습을
받은 인간은 전에는 그토록 훌륭하고 곧게
창조되었는데 그후 죄를 지었다 해서 이렇게   510
비인간적 고통 속에 보기 천한 수난으로
떨어져야 하는가. 인간은 어느 정도 하나님의
모습 지니고 있으니 이런 참상에서 벗어남이
도리가 아닌가, 창조주의 모습 때문에
그 고통을 면해야 할 것 아닌가?"   515
"그 창조주의 모습은" 하고 미가엘은 대답했다.
"그들이 스스로 타락하여 무절제한 식욕의
노예가 되고, 그들이 섬기던 그 주인의 모습,
주로 하와의 죄로 이끌었던 짐승 같은 악덕을
취했을 때, 그들을 저버렸도다. 그래서 그들이   520
비열한 형벌을 받게 되므로 하나님 아닌
자기 자신들의 모습을 추하게 했도다.
한편 순결한 자연의 건전한 법을
어기고 가공할 질병을 일으켜
그들이 자신 속의 하나님의   525
모습[93]을 존중치 않았으니 그것은 당연하니라."
"당연한 말씀" 하고 아담은 말하며 수긍했다.
"그러나 이 괴로운 길 이외에 다른 방도가
없나이까? 어찌해 우리는 죽음에 이르러

타고난 성질인 흙과 섞여야 하나이까?"

"있느니라" 하고 미가엘은 말했다. "그대 만약
'도를 넘지 말라'는 법을 잘 지키고 먹고 마시는
일에 절제를 배워 거기서 탐식의 쾌락이
아닌 알맞은 영양을 찾는 중에 그대의
머리 위로 세월이 흐른다면. 그렇게 살다가
마침내 무르익은 과실처럼 어머니의 무릎에
떨어지거나, 거세게 꺾이는 일 없이 편안히
성숙한 죽음에 이를 수도 있으리라.[94] 이것을
일컬어 노년이라 하노라. 그러나 그때가 되면
그대는 젊음과 힘, 아름다움을 잃고, 그것은
시들어 약해지고 백발로 바뀌며, 감각은
둔해지고, 자기 소유에 대한 모든 쾌감도
버리게 되리라. 희망과 환희에 찬 청춘의
기상 대신에 차갑고 메마른 우울한 무기력이
그대 핏속에 퍼져 그대의
활기를 꺾고 마침내 생명의 향기를
탕진시키리라." 이에 우리 조상은 그에게 말했다.

"이제부터 나는 죽음을 피하지 않고, 또 생명을
연장하려고도 하지 않겠나이다. 나의 정해진 생명을
반환하는 날까지 보존해야 하는 이 귀찮은 짐을
어떻게 하면 아름답고 편안하게 벗어버릴 수
있을 것인가를 생각하며, 끈기 있게 나의 사망의 날을

기다리겠나이다.[95]" 미가엘은 대답했다.
"생명을 사랑하지도 말고 미워하지도 말고 사는 한
잘살아라. 길고 짧은 것은 하늘에 맡겨라.
이번에는 다른 광경을 보도록 준비하라."
 그가 쳐다보니 넓은 들판이 보였다. 거기에는
각색 천막[96]이 있고 근처에는 풀 뜯는 가축떼가
있었다. 다른 천막[97]에서는 가락 고운 악기,
수금이나 풍금의 선율이 들려오고 금주琴柱와
현을 움직이는 사람도 보였다. 그 민첩한
솜씨는 높고 낮은 모든 조음 속에서
활기 있게 가로세로 울리는 둔주곡을
좇고 좇았다. 다른 편에서는 한 사람이[98]
서서 대장간에서 일을 하고 있었는데 묵직한
쇠와 놋 두 덩이를 녹여가지고 (우연한
불이 산과 골짜기의 숲을 다 태우고,
지맥으로 내려와 거기서 동굴 입구로
뜨겁게 흘러가는 곳에서 발견한 것인지 아니면
땅 밑을 흐르는 물에 씻겨 나온 것인지) 그는
그 쇳물을 준비된 알맞은 거푸집에 부었다.
그것으로 우선 그는 자기의 기구를 만들고
다음으로는 금속으로 주조하거나 새겨 만들
수 있는 것들을 만들었다. 그 뒤 이쪽 편에서는
다른 사람들[99]이 자기들의 거처인 부근의

높은 산에서 들로 내려왔다. 거동으로
미루어 의로운 사람들인 듯하고, 그들의 할일이란
바르게 하나님을 숭배하고 숨김없는
그의 성업을 알아보며, 끝내는 인간을
위하여 자유와 평화를 보존하는 일에 힘을   580
기울이는 것이었다. 그들이 들을 얼마 아니
걸어갔을 때, 보니 막사에서 보석과 음란한
옷차림에 화려한 미녀의 무리들[100]이 나왔다.
그들은 수금에 맞추어 부드러운 사랑의 노래를 부르며
춤을 추며 나왔다. 남자들은 근엄하지만   585
그들을 보고 거리낌없이 눈을 휘둘러보더니
이윽고 사랑의 그물에 단단히 걸려들어,
좋아하며, 각기 자기 마음에 드는 여자를 골랐다.
이렇게 그들이 사랑을 속삭이는 동안 이윽고
사랑의 선구자[101]인 저녁별이 나타났다. 그러자 모두   590
열 올리며 화촉을 밝히고 히멘[102]을 불러
찬미케 했으니, 히멘이 혼례식에 부름을 받은 것은
이것이 처음이니라. 향연과 음악으로 막사가 온통
떠나갈 듯했다. 이런 행복한 회견과 영원한 사랑과
청춘의 아름다운 사건, 그리고 노래와   595
화환과 꽃과 매혹적인 선율에 마음 끌려
아담은 곧 자연의 기호^{嗜好}인 기쁨을 받아들이고
싶어했다. 그는 그것을 이렇게 표현했다.

"나의 눈을 뜨게 한 참된 축복의 천사장이시여,
이 환상은 앞의 두 가지 것보다 훨씬 낫고, 600
미리 평화의 날의 희망을 나타내 보이는 듯하나이다.
앞의 환상은 증오와 죽음, 더 심한 고통이었고,
여기서는 자연의 목적이 다 이루어진 듯하외다."
미가엘은 그에게 말했다.
"자연에 적합한 것일지라도 제일 좋은 것을 605
쾌락으로 판단치 말라, 하나님과 유사하도록
거룩하고 순결하게, 보다 고귀한 목적을 위해
그대는 창조되었으니. 그대가 그토록 기쁘게 본
막사들은 악의 막사[103]로서, 그 안에서는 자기 형제들을
죽인 자[104]의 족속들이 살리라. 그들은 보기 드문 610
발명자로서 자기들의 생활을 빛낼 기술에만
힘쓸 뿐, 성령의 가르침 받긴 했지만
창조주를 염두에 두지 않고 그가 주신 물건도 그 은사로
인정치 않는도다. 그러나 그들은 아름다운 자손을
낳으리라. 그대가 본 아름다운 여인들 겉보기에는 615
비길 데 없이 쾌활하고 매끈하고 화려하여
여신 같지만, 여자들이 최고로 찬미하는 가정의
명예를 만드는 모든 선은 전혀 없도다.
다만 그들이 자라서 완전해지는 것은 다만 육체의
정욕과 노래하고 춤추고, 옷치장하고 혀 휘두르고 620
눈을 굴리는 것뿐. 그 종교적 생활로 해서

하나님의 아들[105]이라고 불리는 자들이,
이런 아름다운 무신자들의 간계와 미소에
어리석게도 모든 덕과 영예를 버리고
환락에 헤엄치며 (머지않아   625
마음껏 헤엄칠 수 있도록) 웃는도다.
그 때문에 세상은 곧 눈물의
세상이라 해서 슬퍼하지 않으면 안 되리라."
  이에 아담은 잠시 동안의 기쁨을 잃어버리고
말한다. "아, 애석하고 부끄럽도다. 잘살고자 그토록   630
훌륭하게 시작한 자가 빗나가 구부러진 길을
걷고 또 중도에서 기력을 잃게 되다니!
그러나 인간의 고애의 길은 여전히
여자에게서 시작된다는 것을 알겠도다."
  "남자의 나약한 느즈러짐에서 시작되느니라" 하고   635
천사는 말했다. "지혜와 하늘에서 받은 뛰어난
능력으로 그 지위를 잘 보존해야 하리라.
그러나 이제는 다른 광경을 볼 준비를 하라."
  쳐다보니 넓은 지역이 눈앞에 펼쳐져
있음이 보였다. 도시와 그 사이의 촌락들,   640
높은 문과 탑이 있는 인간의 도시, 무장한
군중, 살기등등한 사나운 얼굴들, 기골이
장대하고 용감무쌍한 거인들[106]. 기병과 보병들,
혹은 단독으로 또는 전열을 갖추어, 칼을

휘두르기도 하고 혹은 거품 뿜는 말을   645
몰기도 하는데, 할일 없이 모여 서 있는 자는
하나도 없다. 한편에서는 한 떼의 사람들이
비옥한 목장에서 골라 징발한 소떼, 좋은
황소와 암소, 그리고 양떼, 어미 양과 울어대는
새끼 양을 노획물로 삼아 벌판 너머로 몰고   650
간다. 목양자들은 목숨을 걸고 간신히 피하여
도움을 청하니 피 흘리는 소동이 일어난다.
패와 패가 어울려 잔인한 시합을 벌이니,
지금까지 가축이 풀 뜯던 곳은 이제 시체와
무기가 흩어져, 피비린내나는 황야가 된다.   655
혹은 강대한 도시를 에워싸 진을 치고
대포, 사닥다리, 갱도로 공격한다.
혹은 성벽에서 화살, 투창, 돌, 유황불로 방위한다.
어디서나 살육과 굉장한
전공이 보인다. 또다른 쪽에서는   660
홀을 든 전령자[107]가 도시의 문에서
회의를 소집하니, 즉시 근엄한 백발의
사람들이 무사들과 섞여 모이자 연설소리가
들린다. 그러나 곧 파쟁이 벌어져,
결국 중년 한 사람[108]이 일어나 탁월하고   665
슬기로운 동작으로, 정正과 사邪, 의와 종교,
정의와 평화, 하늘의 심판 등에

대해서 말했다. 늙은이도 젊은이도
그를 힐책하며 난폭한 손으로
잡으려 하는데 하늘에서 구름이 내려와　　　　　　　　　　670
아무에게도 보이지 않게 거기서 그를
채어가버렸다.[109] 이렇게 폭행과 압제와
무단이 온 들판을 뒤덮으니 피난처는
어느 곳에도 보이지 않는다.[110] 아담은 사뭇
눈물 흘리며, 안내자를 향하여 슬피 탄식하며　　　　　　675
말했다. "아, 이것이 무엇이오니까? 인간이 아닌
죽음의 사신들이 이렇게 잔인하게 죽음을
인간에게 주고, 형제를 살해한 자의 죄를
몇천 배로 늘리다니, 그들의 이런 학살은
형제간, 즉 인간 상호간의 행위가 아니오니까?　　　　　680
그렇다면 저 의로운 사람, 만일 하늘이
구하지 않았다면 그의 정의로 인해 멸망했을
저 사람은 누구이옵니까?"

　이에 미가엘은 이렇게 대답했다. "저들은
그대가 본 바와 같은 그 부적절한 결혼의　　　　　　　　685
산물이니라. 선과 악이 결합하여 서로 화합함을
싫어하면서도 경망하게도 혼합되면 몸과 마음이
모두 괴이한 기형아가 태어나느니라. 바로 그런
자들이 이 거인들, 이름 높은 자들이로다.
이 시대에는 힘만이 숭앙되어 이것이 용기 또는　　　　690

영웅적인 미덕으로 불렸느니라. 전쟁에 승리하고
국민을 복종시키고 무수한 살육으로 전리품을
가져오는 것이 인간의 무상한 영광으로
생각되고, 또한 개선의 영광 때문에 옳게
부르면 파괴자, 인류의 역병疫病인데도, 위대한   695
정복자, 인류의 보호자, 신, 신의 아들이라
불렸도다. 이렇게 지상의 명예와
영광은 얻어지고, 가장 명예가 될 만한 것은
안 들리고 말았다. 그러나 그 사람,[111]
그대로부터 일곱째가 되는, 그대가 본 바와 같이   700
혼탁한 세상의 유일한 의인, 대담하게도
혼자서 의롭다 하고, 하나님이 성자들을
거느리고 심판하러 오시리라는 그 몹시 혐오스러운
진리를 말했기 때문에 미움을 받고 그로 인해
적에게 시달림을 당했던 그 사람, 지존께서는   705
그를 날개 달린 준마와 향기 구름으로써 데려가,[112]
그대가 본 바와 같이, 영접하여 그의 죽음을
면해주시고, 높이 구원과 축복의 나라에서
하나님과 함께 걷게 하셨도다. 선인에게는
어떤 보상이 오고 그 밖의 사람에게는   710
어떤 형벌이 오는가를 보이기 위하여.
이제 그대는 눈을 돌려서 이것을 보라."
　바라보니 사태가 완전히 바뀐 것이 보인다.

전쟁의 놋쇠 목구멍$^{113)}$에서 흘러나오던 요란한 소리
그치고, 이제 형세는 일변하여 환락과 경기,   715
사치와 방탕, 축제와 무도, 멋대로 맺는
결혼과 매춘, 절세의 가인이 유혹하는 곳에
벌어지는 능욕과 간음 등이 있어,
술잔에서 내란으로까지 이르렀다. 드디어
한 거룩한 노인$^{114)}$이 그들 사이에 나타나   720
그 행위$^{115)}$에 대한 반감을 드러내고 그들의 길에
거슬리는 증언을 하였다. 그는 가끔
잔치나 축제, 또는 도처에서 열리는 집회에
나가, 마지 임박한 하늘의 심판 받기 위해
갇혀 있는 영혼들에게 하듯,$^{116)}$ 그들의 개심과   725
회개를 타이르나 아무런 효과도 없었다.
이것을 보자 그는 타이름을 그치고, 자기의
막사에서 멀리 떨어진 곳으로 옮긴 후,
산에서 키 큰 나무를 베어 거대한 배
한 척을 만들기 시작했다. 길이, 너비,   730
높이를 완척腕尺$^{117)}$으로 재어 역청을
바르고, 옆에 문을 만들어 사람과 짐승을
먹일 많은 양식을 저장했다. 때마침 보니
신기한 기적! 온갖 짐승과 새와 작은
곤충이 암수 일곱 쌍씩$^{118)}$ 와서, 시키는 대로   735
순서를 따라 들어갔다. 마지막으로 그 노인과

그의 세 아들이 네 아내와 함께 들어가니,
하나님께서 문을 꽉 닫으셨다.[119) 그러자 남풍이 일어
검은 날개를 펴고 떠돌면서 천하로부터
구름을 모두 한데 몰아왔다. 이를 보충하기 위해   740
산들은 안개와 검고 축축한 증기를 사뭇
올려보냈다. 이제 흐린 하늘은 검은 천장
같았다. 맹렬한 기세로 비가 쏟아지고
땅이 더이상 보이지 않을 때까지 계속
퍼부었다. 배는 둥실 떠돌며 부리 모양의   745
뱃머리로 안전하게 물결 위를 흔들리며
떠갔다. 그 밖의 모든 집들은 홍수에
잠기고 모든 영화와 함께 물속 깊이
굴러갔다. 바다가 바다를 덮으니 바다는
끝이 없었다. 그전에는 사치가 날치던 궁전에서는   750
바다의 괴물들이 새끼를 까고 살았다.
그토록 많던 인간들 중에서 남은 자는 모두
작은 배로 떠났다. 이때 아담은
자기 온 자손의 종말, 그토록 슬픈 종말,
인류의 종말을 보고 얼마나 탄식했던가.   755
다른 홍수, 눈물과 슬픔의 대홍수가
그를 빠뜨려 그의 자손들처럼
물속에 가라앉혔다. 이윽고
친절한 천사는 그를 일으켜세웠으나

눈앞에서 자식들이 한꺼번에
멸망당하는 것을 본 아버지처럼 슬퍼하는
그를 달랠 길 없었다. 그리하여 그는
천사에게 그 슬픔을 이렇게 말했다.
"아, 불길한 앞날의 환상이여! 차라리 미래를
모르고 살았더라면 더 좋았을 것을! 내 몫의
재앙만 짊어진다면 그날그날의 운명을 족히
견딜 수 있으련만, 몇 대代의 짐으로
나누어진 그것이 이제 한꺼번에 내게 내려,
내 예견에 의해 달도 차기 전에 태어나,
그것들이 있기 전에 반드시 있게
되리라는 생각을 갖게 하여 나를 괴롭히도다.
앞으로 누구도 자기와 자기 자손에게 일어날 일을
미리 알고자 하지 말라. 재난을 확인한다 해도
예견으로써 그것을 예방할 수 없고, 또한 미래의
재난을 실제로 느끼는 것 못지않게
그 예상에서도 견디기 어려운 고통을 느끼리라.
그러나 그러한 걱정은 이미 사라졌도다. 경고받을
사람도 이젠 없도다. 굶주림과 괴로움에서
벗어난 얼마 안 되는 자들도 물의 사막[120)]을
헤매다가 끝내는 멸망하고 말리라. 폭행과
전쟁이 지상에서 끝날 때 만사형통하고
평화가 인류에게 행복한 날을 계속 있게

해주기를 바랐지만 그것은 당찮은 소망이었느니라.
전쟁이 파괴를 가져오는 것과 마찬가지로
평화는 부패를 가져왔으니. 어찌하여 785
이렇게 되고 말았는가? 하늘의 안내자여,
말씀해주소서, 여기서 인류는 끝날 것인가를."
  이에 미가엘은 이렇게 말했다. "그대가 앞서 본
전승과 사치스러운 부귀를 자랑하는 자들은
당초에는 무용이 뛰어나고 위공도 790
높았으나 참된 덕이 결여되어 많은 피를
흘리고 많은 파괴를 일삼아 여러 나라를
정복했고, 그로 인해 세상의 명예와 높은 이름과
풍성한 노획물을 얻었으나, 그 길을 쾌락,
안일, 나태, 포식, 육욕으로 바꾸어, 드디어 795
음란과 오만이 평화 속에서 우의에 적대행위를
일으키게 되었느니라. 패자나 전쟁의 노예도
또한 그들의 자유와 함께 모든 덕과
하나님에 대한 경외심도 잃었도다. 그들의
거짓된 신앙은 격전중 침입자를 대적하는 데 800
하나님의 도움을 얻지 못했고,
그로 인해 열의도 식게 되니, 그후로는
안이하고 세속적으로 무절제하게 살게 되어
그들의 주가 허용한 향락에 젖어 지내리라.
절제를 시험받도록 대지가 내놓는 것이 그에 805

못지않게 많이 있을 것이니. 그래서 모든 인간은
타락하고, 부패하고, 정의와 절제, 진리와
신의 일체를 망각하리라. 그러나 단 한 명의
예외적인 사람 있으니, 곧 선례와 대조해서는 선하고,
유혹과 관습과 세속에 대해서는 분노하는,   810
어두운 세상의 유일한 빛의 아들[121]이니라.
비난과 멸시, 아니 폭행도 두려워하지 않고, 그는
그들의 사악한 길을 훈계하며, 참된 안전과
평화로 가득찬 정의의 길을 그들 앞에
제시하고 회개 없는 그들에게 닥쳐올 진노를   815
선언하며 도리어 그들의 조롱을 받지만,
하나님께서는 유일하게 살아 있는 의인으로 인정하고,
그 명령으로 그대가 본 바와 같이,
신기한 방주를 건조하여, 전멸로
정해진 세상에서 자신과 그 가족을   820
건지리라. 사람과 짐승 중에서
생명을 보존하도록 선택된 자들과 더불어
그가 방주에 들어가 안전하게 보호받자
하늘의 폭포가 모두 열려 주야로
지상에 비 쏟으리라. 심연의 샘은 모두   825
터져 대양大洋을 높이고 모든 경계
너머에까지 침범하여 결국 그 범람은
높은 산까지 오르게 되도다. 그때에

제11편 217

이 낙원의 산도 물결에 휩쓸려 뽑혀나가
뿔 모양이 홍수에 밀려, 그 푸른 것   830
모두 벗겨지고, 나무들은 물위에
뜨고, 큰 강¹²²⁾을 따라 입 크게 벌린
만¹²³⁾으로 들어가 거기서
뿌리를 내리고 염분 많은 벌거숭이 섬을
이루어 물개와 고래와 우는 갈매기의 집이 되리라. 835
그곳에 드나들거나
사는 사람이 없어, 아무것도 가져오는
것이 없으면, 하나님이 그곳에 신성을 부여하지
않음을 그대에게 가르치고자 함이니라.
이제 더 계속되는 광경을 보라."   840
　쳐다보니 막 물러가는 홍수 위에 방주가
떠 있는 것이 보였다. 구름이 날카로운
북풍에 쫓겨 달아나고, 수면은 바람에 말라¹²⁴⁾
시든 것같이 쭈글쭈글했다. 맑은 햇빛은
넓은 수면을 뜨겁게 응시하며, 마치 갈증이   845
심한 뒤와 같이 맑은 물결을 크게
흡수했다. 이리하여 물결은 물러나 괴어 있는
호수로부터 졸졸 흐르는 썰물이 되어
가벼운 걸음으로 깊은 곳에 이르렀다, 하늘의 창문¹²⁵⁾이
닫힘에 따라 수문도 막혔으니. 방주는   850
이제 떠 있지 않고 땅 위 어떤 높은 산¹²⁶⁾

등마루에 꽉 붙어 있는 것같이 보인다.
이제 산봉우리은 바위처럼 나타나고[127] 거기서
빠른 물줄기는 요란하게 물러나는 바다로
사나운 조수를 뒤따른다. 배에서 까마귀[128]
한 마리 곧 날아 나오고, 그 뒤를 이어
보다 확실한 사자인 비둘기[129]가 한두 번 나와 발붙일
푸른 나무나 땅을 찾는다.
두번째 돌아갈 때, 그 부리로
평화의 표상인 감람나무의 잎을 가져온다.
얼마 후 마른 땅이 나타나고
노인은 가족들과 함께 방주에서 내린다.
그리고 손과 눈을 쳐들어
경건히 하늘에 감사할 때, 그 머리 위로
이슬 맺힌 구름과 그 구름 속에 현란한
삼색 무지개[130]가 보인다. 그것은 하나님으로부터의
평화와 새로운 계약[131]을 예고하는 것.
이것을 보고 그토록 슬펐던 아담의
마음에 크나큰 희열이 넘쳐
그는 그 기쁨을 이렇게 나타냈다.
"아, 미래의 일을 현재처럼 나타내 보일 수 있는
하늘의 교사시여, 이 마지막 광경을 보고,
인간은 만물과 더불어 살며 그 종족을
보존할 것을 믿고 나는 소생했나이다.

사악한 아들들의 세계가 멸망하는 것을　　　　　　　875
슬퍼하느니보다 그처럼 완전하고 의로운
한 사람을 위해 하나님이 다른 세계를
일으켜 그 모든 노여움을
잊으신 것을 나는 기뻐하나이다. 그런데
저 하늘의 고운 줄무늬는 무엇입니까, 어서 말해주소서,　880
노여움을 푸신 하나님의 이마처럼 펼쳐진 것인지
아니면 저 비구름이 흐르는 옷자락이
다시 풀려 땅에 쏟아지는 일이 없도록
그 가장자리를 꿰맨 꽃실인지를."
　천사장은 그에게 말한다. "영리하게도 그대가　　　885
알아맞혔도다. 그래서 하나님은 기꺼이 그 분노를
가라앉히셨느니라. 비록 아래 세상을 내려다보시고
온 지구가 폭력으로 가득차고, 인간들이 저마다
썩어가는 것을 보았을 때, 심중으로 슬퍼하며
인간의 타락을 마음 아파하셨지만,[132] 그러나 그것들은　890
제거되고, 한 사람의 의인이 하나님 앞에서 은총을
입었으므로,[133] 그는 마음을 푸시어 인류를 말살하지 않고,
성약을 세워 다시는 홍수로써 땅을 멸하지 않고,
바다로 하여금 그 한계를 넘지 못하게 하며,
비를 내려 세계가 사람과 짐승이 함께 물에 빠지지 않게　895
하시리라. 그러나 그가 지상에 구름을 가져오실 때
그 속에 삼색 무지개를 두시어,

그것을 봄으로써 하나님의 성약을 생각나게 하시리라.
낮과 밤, 뿌리는 때와 거두는 때, 추위와 더위는
그 순환을 지키고,¹³⁴⁾ 마침내 성화^{聖火}에 만물이 모두   900
정화되어,¹³⁵⁾ 새로워진 그 천지에서 의인은 살게 되리라."

제12편

줄거리

천사장 미가엘은 대홍수 이야기에 이어 계속해 일어날 일을 말했다. 그리고 아브라함에 대해 이야기를 하는 중에 타락한 아담과 하와에게 약속했던 그 여자의 씨가 누구인지가 점차 밝혀진다. 그의 성육成肉과 죽음, 부활, 승천. 그가 재림할 때까지의 교회의 상황. 아담은 이 이야기와 약속에 크게 만족하고 위로를 받아, 미가엘과 함께 산을 내려온다. 하와를 깨웠는데, 그녀는 잠자는 동안 온화한 꿈으로 평온한 마음과 순종할 마음으로 누그러져 진정되어 있었다. 미가엘은 두 손으로 그들을 낙원 밖으로 인도한다. 그들 뒤에서는 화염검이 뒤흔들리고, 그룹천사들은 그곳을 수호하기 위해 각자 제자리를 잡는다.

여행중 길을 재촉하면서도 한낮에 휴식 취하는
사람처럼, 천사장은 여기 멸망한 세계와 회복된
세계 사이에서, 아담이 무슨 말을 꺼내지 않을까
하여 잠시 말을 멈추었다. 그러고 나서 곧 부드러운
어조로 새로운 이야기를 시작한다.
 "그대는 이와 같이 세상이 시작되고 끝나며,
인류가 제2의 줄기에서처럼[1] 나오는 것을 보았도다.
아직도 볼 것은 많지만, 내가 보건대, 그대
인간의 시력이 약화됐도다, 하나님의 일은 반드시
인간의 감각에 해를 입혀 피로하게 하는 것이리라.
지금부터 앞으로 일어날 일을
말할 것이니, 잘 주의하여 경청토록 하라.
이 인류의 두번째 근원은 아직 그 수가 적고
지나간 심판의 공포가 생생하게 그 마음에
남아 있는 동안 하나님을 두려워하고, 바르고
옳은 것에 크게 마음 쓰며 생활하고,
땅을 갈고 곡식과 술과 기름 따위의
풍성한 수확 거두며 급속히 번식하리라.
그리고 소떼나 양떼 중에서 송아지, 새끼 양,
새끼 염소를 제물로 바치고, 포도주를 가득 따라놓고
거룩한 제사 드리며, 족장의 통치 아래서
온 가족 온 부락이 평화롭게 죄 없는 기쁨에
싸여 영원토록 살리라. 마침내 오만하고

야심 있는 자[2]가 나와, 공정한 평등,
우애의 상태에 만족하지 않고, 자기 형제에게
부당한 주권을 참칭(僭稱)하고 화합과 자연의
법칙을 완전히 지상에서 쓸어버리고자 하리라.
포악한 그 주권에 복종하지 않으려는 자들을
전쟁과 적의의 올가미로
(짐승 아닌 인간을 사냥감으로 하여)
사냥하며, 하늘을 멸시하고 하늘로부터
제2의 주권을 요청함으로써, 그로 인해
주 앞에서 그는 위대한 사냥꾼[3]으로 불리리라.
비록 자신이 다른 반역은 힐책했지만,
그의 이름은 반역[4]에서 연유되도다.
그는 같은 야심으로 결합하여 자기와 함께
또는 자기 밑에서 압제 행위를 일삼으려는
일당과 더불어 에덴에서 서쪽으로 나가[5]
검은 역청의 물결이 땅 밑
지옥의 아가리에서 끓어오르는 들판을
찾게 되리라. 그들은 벽돌과 그 밖의 재료로
그 꼭대기가 하늘까지 닿는 도시와 탑을 세워[6]
이름이 좋건 나쁘건 상관하지 않고 스스로
이름을 얻고자 하리라, 아니면 그 이름
멀리 이국으로 흩어져 자기들의 기억
잃을까 해서. 그러나 가끔 보이지 않게

내려와 인간을 찾고 그 거처 사이를
거니시며 그들의 행위를 살피시는
하나님께서 곧 그것을 바라보시고, 그 탑이
하늘의 탑을 가로막기 전에 내려오시어 그 도시를   50
보고 비웃으시며,⁷⁾ 그들의 혀에 불화의 정신을
심고⁸⁾ 그들 본래의 언어를 완전히 빼앗아버리고,
대신 알지 못하는 말의 시끄러운 소음을
퍼뜨리느니라.⁹⁾ 갑자기 건축자들 사이에
무시무시한 잡소리가 요란하게 일어나,   55
서로 부르지만 알아듣지 못하고,
결국은 목이 쉬고 분개하여
하나님께서 비웃으신 대로 야단법석이
났느니라. 웃음소리 크게 나는 하늘에서
이 기이한 소동을 내려다보며   60
그 소음소리를 또한 듣는다.
이리하여 건축은 우습게 중단되고,
이 공사는 혼란¹⁰⁾이라 이름 지어지리라."
  이에 대해 아담은 인류의 아버지답게
불쾌하게 말했다. "아, 저주스러운 아들이여,   65
하나님으로부터 받지 않은 권위를 찬탈하여
젠체하고 동포 위에 군림하려 하다니.
그분이 우리에게 내리신 절대 주권은 짐승,
물고기, 새 등에 대한 것뿐이로다. 은사로써

우리는 그 권리를 보유하지만, 사람 위에   70
사람을 주인으로 두시지는 않으셨도다.
그런 이름은 자신이 보유하시고 인간은 인간으로서
자유로이 살도록 하셨도다. 그런데도 이 찬탈자는
인간에 대하여 그 오만한 침해행위를 그치지 않고,
그 탑은 하나님께 도전하듯 그분을   75
둘러쌌도다.[11] 가엾은 인간! 식량을 거기 실어올려
자신과 그 지각없는 군사들을 부양코자
함인가. 구름 위의 희박한 공기는 거친 내장을
괴롭히고, 빵이 아니라 호흡에 굶주림을 주리라."
   미가엘은 그에게 말했다. "정당한 자유를 억압하고   80
평안한 인간세계에 이러한 고통을 가져온
그 아들을 미워하는 것은 당연하도다. 그러나
그대의 원죄 이후 참된 자유가 상실되었음을
또한 알라. 그것은 항상 바른 이성과
붙어살며 갈라져서는 존재하지 않느니라.   85
인간의 이성이 어둡거나 또는 복종하지 않으면
즉시 터무니없는 욕망과 갑자기 높아진 감정이
이성으로부터 주권을 빼앗고, 지금까지
자유롭던 인간을 노예로 만드느니라. 그러므로
인간이 자신의 심중에 부합되지 않는   90
힘으로 자유로운 이성을 다스리게 하면,
하나님은 정당한 판단으로 그를 밖으로부터

폭군에게 복종시키고, 그 폭군들은 으레
인간의 외적인 자유[12]를 부당하게도 속박하느니라.
억압하는 자에게 변명이 되는 것은 아니나   95
억압은 반드시 있느니라. 그러나 때로
백성들은 이성이라는 덕으로부터 아주 낮게
타락하여, 악이 아닌 정의가 거기에
치명적인 저주까지 곁들여 그들의 외적인
자유를 박탈하느니라, 이미 그들의   100
내적인 자유는 상실됐으니. 방주를 만든 자의
불경스러운 아들[13]을 보라, 아버지에게 가한
그 모욕[14] 때문에, 타락한 자손 위에 내리는
'종들의 종'[15]이라는 무거운 저주를 들었도다.
이와 같이 이후의 세계도 그전처럼 악에서   105
더욱 심한 악으로 향하리니, 하나님은
마침내 그들의 죄에 질려서 그들로부터
몸을 피하시고 거룩한 얼굴을 돌리시리라.
그후로는 그들을 그 타락한 길에
그대로 버려두고, 한 특수한 백성,[16]   110
한 신실한 신앙인[17]으로부터 나올
백성을 그 밖의 모든 백성들 중에서 선택하여
그들로 하여금 간구케 하시려고 결심하리라.
그가 아직 유프라테스 이쪽에 살고
우상을 숭배하며 자라고 있을 때,[18]   115

사람들은(그대 믿을 수 있겠는가) 그토록
어리석어져서, 대홍수를 피한 족장[19]이
아직 살아 있는 동안에, 살아 계신 하나님을
버리고 나무나 흙으로 만든 것을 신으로
숭배했도다. 그러나 지극히 높으신 하나님은 120
그를 환상으로 불러내어 그의 아버지의 집과
친척과 거짓 신들로부터 그가 보여줄
땅으로 인도하여 그에게서 위대한 백성을
일으키고 또 그에게 축복을 내려[20],
그의 씨로부터 만민은 축복을 받게 되리라.[21] 125
어느 땅인지도 모르나[22] 확고히 믿고서
그는 곧 따른다. 그가 어떠한 믿음으로써
자기 신들과 친구들과 고향 갈데아[23]의
우르[24]를 버리고, 이제 여울을 건너 하란[25]으로
들어가는가를 그대는 못 보아도 나는 보노라. 130
그 뒤로는 소와 양, 그리고 수많은
노예들의 괴로운 대열이 따른다. 가난한 방랑은
아니어도, 그의 모든 부를 자기를
부르신 하나님께 맡기고 미지의 나라로
향해 가더니, 이윽고 그는 가나안[26]에 도착한다. 135
세겜[27]과 그 부근 모레[28]의 광야에 그의 천막이 쳐져
있는 것이 보이도다. 거기에서 성약으로
받는 것은, 그의 자손에게 주는 선물인

그 모든 땅, 북으로는²⁹⁾ 하맛³⁰⁾에서부터
남쪽 광야³¹⁾까지(아직 만물에 이름 없지만, 나는   140
이름을 부른다), 동으로는 헤르몬산³²⁾에서부터
서쪽으로는 대해³³⁾에 이르도다.³⁴⁾ 내 가리키는 대로
헤르몬산과 저쪽 바다를 바라보라. 해안에는
가르멜산³⁵⁾이 있고, 이쪽에는 두 원천³⁶⁾의
흐름인 요단강이 있으니, 진정한 동쪽   145
경계³⁷⁾니라. 그러나 그의 아들들은 저 긴
산허리, 스닐³⁸⁾까지 퍼져 살도다. 지상의
온 백성이 그의 씨에 의해 축복받는다는
것을 명심하라. 씨란 그대의 대구주大敎主,³⁹⁾
뱀의 머리를 상하게 할 자니라. 머지않아   150
그것은 그대에게 명시되리라. 때가 되면
믿음 있는 아브라함⁴⁰⁾이라 불릴 축복받은
족장이 믿음과 지혜와 명예에서 자기와
유사한 한 아들⁴¹⁾과 그 아들에게서 손자⁴²⁾를
두게 되리라. 그 손자는 불어난   155
열두 아들⁴³⁾과 함께 떠나, 가나안으로부터
이후 이집트라고 불리는, 나일강으로 갈라진
땅으로 가리라. 그 강이 흘러, 일곱
강구에서⁴⁴⁾ 바다로 흘러드는 것을 보라. 그는
기근 때에 막내아들⁴⁵⁾, 곧 훌륭한 공적으로   160
높은 자리에 중용되어 이집트 왕의 나라에서

제2인자가 된 그 아들의 초청을 받아,
그 땅에 머물려고 오리라. 거기서 그는
죽고 그의 종족으로 번성하여 한 국민이 되므로
다음 왕이 수상히 여겼도다. 숙객자로서는   165
그 수가 너무 많아 왕은 과도한
번식을 막기 위해 매정하게 그들을
손님에서 노예로 만들고, 또 어린
남아를 죽이리라.[46] 이때 그 백성을
노예로부터 해방시켜 되찾으려고   170
하나님이 보낸 두 형제(그 이름은
모세와 아론[47])에 의해 그들은 다시 돌아오리라,
영광과 성과물을 가지고[48] 그들의 약속된
땅으로. 그러나 하나님을 아는 것과
그 사명을 존중하는 것을 거부하는 불법의   175
폭군[49]들은 우선 엄한 심판과 응징을 필연코
받게 되리라. 강은 흐르지 않는 피로 변하고,[50]
개구리, 이, 파리는 진저리나게 몰려들어
온 궁전과 땅에 가득차고, 가축은 열병과
전염병으로 죽고, 왕과 그의 백성들은 종기와   180
농포膿疱로 온몸이 부어오르리라. 우박 섞인
우레와 불 섞인 우박이 이집트의 하늘을
찢고, 땅에 굴러, 그 굴러가는 곳마다
파멸되도다. 그 멸망을 면한 풀, 과실, 곡물은

검은 구름장처럼 떼 지어 몰려오는 메뚜기에게
먹히고 지상에 푸른 것이라고는 하나도
남지 않으리라. 암흑, 만지면 손에 쥐어질 듯한
암흑이 왕의 온 국토를 뒤덮고 사흘을
지워버리도다. 마지막에는 한밤의 일격으로써
이집트의 모든 초생아初生兒를 죽이리라.⁵¹⁾ 이렇게
열 가지 재앙으로써 큰 악어⁵²⁾는 마침내
길들여져, 그 숙객들의 떠남을 허락하고,
그 완강한 마음이 때로는 겸손해지나 얼음처럼
녹은 후 다시 굳어져, 마침내 격분하여
금방 내보낸 자들을 추격하니 바다가
그의 군사를 삼키고, 마치 마른 땅 걸어가듯
모세의 지팡이에 질려서 갈라진
두 수정벽⁵³⁾ 사이로 그들을
지나가게 하도다. 이리하여 구원받은 자들은
해안⁵⁴⁾에 이르니라. 하나님은 이런 굉장한
힘을 그의 성도⁵⁵⁾에게 주시리라. 하나님은
천사의 자태로 임재하지만 그들보다 앞서
구름과 불기둥에 싸여 가시리라. 낮에는
구름으로 밤에는 불기둥으로 그들의 가는 길을
인도하고, 완고한 왕이 쫓는 동안에는
그들의 뒤로 숨기도다. 밤새도록 그는
추격하지만, 어둠이 그 사이를 가로막아

새벽까지 접근하지 못하게 하도다.
그때 하나님은 불기둥과 구름 사이로
굽어보시며, 그의 전군을 괴롭히고 전차 바퀴를   210
건들건들하게 하리라. 명령에 따라 모세가 다시
그의 권능의 지팡이를 바다 위에 뻗치니,
이에 바다는 복종하여, 그들의 전투대열 위로
파도는 되돌아와 그 군사들을 삼키도다.[56)]
그리하여 선민은, 가장 가까운 길은   215
아니지만, 황야[57)]를 지나 해안으로부터 무사히
가나안으로 나아가도다. 그러지 않으면
가나안에 들어가자마자 가나안 사람을
놀라게 하여, 전쟁 경험이 적은 그들이
전쟁의 위협 받고 두려운 나머지 오히려   220
치욕의 노예생활을 택하여 이집트로 되돌아갈까
함이로다.[58)] 전쟁에 익숙하지 않으면, 경솔에
이끌리지 않는 한, 생명은 귀한 자에게나
천한 자에게나 다 같이 소중한 까닭이로다.
또한 그들은 넓은 황야에 머물러, 이것을   225
성취하리라. 거기서 그들은 나라를 세우고
정해진 율법으로 다스리도록 열두 지파로부터
원로의회[59)]를 선출하리라. 하나님은
하늘에서 내려와 시나이의 흐릿한 산꼭지를
진동시키며 우레, 번개, 드높은 나팔소리로   230

그들에게 율법을 선포하시리라. 일부는 인간의 정의에
관계되는 것이요, 일부는 종교의식에 관계되는
것이므로, 그들에게 예포와 표상에 의해 뱀을
짓찧도록 예정된 그 씨가 어떠한 방법으로 인류 구원을
성취할 것인가를 알려주리라.[60] 그러나 하나님의   235
목소리는 인간의 귀에는 무섭게 울리도다.
그들은 모세가 거룩한 뜻을 그들에게 전하여
공포를 멈춰주기를 바라도다. 중보자 없이는
하나님에게 접근할 수 없음을 알고 있기에,
모세는 그들의 소원을 받아들여, 그 높은 임무를   240
상징적으로 취하리라. 그것은 보다 위대한
자를 소개하고자 함이니, 그는 그날을
예언할 것이고, 예언자들도 모두
저희 시대에 위대한 메시아의 때를 노래하리라.[61]
이렇게 율법과 의식이 이루어지니, 하나님은   245
그의 뜻에 순종하는 자들을 극히 만족히
여기시고 황송하게도 성스러운 그분께서 하찮은
인간과 함께 살기 위하여 그의 성막聖幕[62]을 그들
사이에 세우게 하셨느니라. 그분의 명령으로 황금
입힌 백향목의 성소가 세워지고, 그 안에   250
한 언약궤가 있어서 그 속엔 그의 십계,
언약의 기록이 보관되고, 그 위로 두 빛나는
그룹의 날개 사이에는 황금의 시은좌施恩座가

있도다. 그 앞에서는 일곱 등불[63]이
마치 황도대에서처럼[64] 하늘 불의 상징으로
켜져 있을 것이요, 그들이 여행할 때를 제외하고는
낮에는 구름이, 밤에는 빛나는 불빛이 장막 위에
머물리라. 마침내 그들은 천사의 인도를
받아 아브라함과 그 후손에게 약속된 땅으로
오느니라. 그 밖의 것 말하려면 이야기가
길어지리라. 얼마나 많은 전쟁을 겪게 되고,
얼마나 많은 왕들이 멸망당하며, 점령될
나라는 얼마며, 또 해는 어떻게 온종일
중천에 정지하며, 밤이 어떻게 그 당연한
노정을 연장하는가를. 사람의 목소리가
이렇게 명령하리라, '태양아, 기브온[65]에 서라,
너 달아, 아얄론[66]의 골짜기에 멈춰라!
이스라엘이 승리할 때까지'[67]라고. 이렇게
외치는 것은 아브라함의 3세,[68] 이삭의 아들,
그에게서 나와 가나안을 얻을 온 자손들이니라."
　여기에서 아담은 말했다. "아, 하늘의
사신, 어둠을 비추는 자여, 당신은 고마운 일,
특히 의로운 아브라함과 그의 씨에 관한 것을
알려주셨나이다. 비로소 나는 참된 눈을
뜨고[69] 내 마음이 자못 편안해짐을 알게
되었나이다. 전에는 자신과 온 인류의 장래를

생각하고 괴로워했는데. 그러나 이제 만백성이
축복받을 그의 날을 보게 되니, 금지된
수단으로 금지된 지식을 구한 나에게는 정녕
분에 넘치는 은총이옵니다. 그러나 아직은 어째서 280
하나님이 황송하게도 지상에서 함께 사실 그들에게
그토록 많은 갖가지 율법을 주셨는지 알 수
없나이다. 그 많은 율법은 그만큼 죄가 많다는
것을 입증하는 것, 그렇다면 어떻게 하나님이
그들과 함께 사실 수 있겠나이까?" 285

  미가엘은 그에게 말했다. "그들 사이에서 죄가
득세할 것은 분명하도다, 그대의 아들들이니.
그래서 율법을 내리시는 것이니라,
죄를 자극하여 율법과 싸우게 함으로써
그들의 원죄를 드러내 보이기 위해서. 290
즉, 율법은 죄를 드러내지만 약한 속죄의
표징[70]인 소와 양의 피에 의하지 않고는 죄를
제거할 수 없음을 깨달을 때, 보다 고귀한 피,
정의가 불의를 위해 바쳐져야 한다는 결론을
그들은 얻게 되리라. 이로써 그들은 믿음으로 말미암아 295
그들에게 귀속되는 의로써 하나님께
의롭다 함을 얻고 양심의 평화도 누릴 수 있게
되느니라. 율법은 의식에 의해 양심을 달래지
못하고, 또한 사람은 그 도덕의 임무를

완수할 수 없고, 이를 완수하지 못하면
살 수도 없도다. 그러므로 율법은 불완전하게 보이고,
다만 때가 오면 보다 나은 계약으로
그들을 내주기 위해서만 주어지는 것이니라.[71]
그때까지는 피상적 형식으로부터 진리로,
육에서 영으로, 엄격한 율법의 부과로부터
풍성한 은혜의 자유로운 향수享受로, 노예의
공포로부터 아들로, 율법의 과업으로부터
신앙에 이르는 수련을 쌓아야 하리라.
그런 까닭에, 모세는 하나님의 지극한 사랑을 받지만
다만 율법의 사역자[72]에 불과하니, 그의
백성을 가나안으로 인도할 수 없고, 이방인들이
예수라 부르는 여호수아[73]만이 그 이름과 임무를
맡으리라. 그는 원수인 뱀을 죽이고, 이 세계의
광야를 거쳐 오랫동안 방황하던 인간을 영원한
안식의 낙원으로 편안히 데리고 가리라.
그러는 동안 그들은 지상의 가나안에 자리잡고
오래도록 살며 번창하리라. 그러나 백성의 죄가
그들의 사회적인 안정을 방해하고 하나님을
노하게 하여 그들에게 적을 일으키리라.
하지만 하나님은 처음에는 판관들에 의하여,
다음에는 왕의 통치 밑에서 회개하는 자들을
자주 구원하리라. 왕들 중의 제2세,[74]

신앙에도 무공에도 이름 높은 자가 불변의 약속,
즉 그의 왕위 영원히 계속되리라는 성약을
받으리라.[75] 모든 예언자들도 같은 노래 부르리라.[76]   325
다윗(나는 이 왕을 이렇게 부르지만)의
줄기에서 한 아들, 그대에게 예언된
그 여자의 씨가 나오리라. 그는 아브라함에게는
만백성이 그에게 의존하리라 예언되고, 왕들에게는
그 통치 한없을 것이므로 최후의 왕이라고   330
예언된 자. 그러나 우선은 유구한 왕통이
계속되리라. 부와 지혜로 이름 높은
그의 다음 아들[77]은 그때까지 장막에서 방황하던
구름에 덮인 법궤를 영광스러운 신전에 모시리라.[78]
그후로는 반은 선이요, 반은 악이라고   335
기록될 자들이 뒤따르겠지만, 악의 명단이
더 길리라.[79] 그들의 가증스러운 우상숭배와 그 밖의
과실은 백성들이 범하는 죄의 총화에
가중하여 하나님을 노하게 하니,[80] 그는 그들을 버리고,
그 나라의 도시, 신전, 거룩한 법궤, 그리고   340
모든 성물을 그 오만한 도시, 그 높은
성벽이 결국은 혼란으로 끝나게 되는 것을 본
저 바빌론이라는 도시의 조롱과
밥이 되게 하리라. 그곳에 그들을 포로로 잡아
칠십 년간[81] 살게 한 후, 자비와 하늘의   345

날들처럼 정해진, 다윗과 맺은 그 언약[82)]을
잊지 않고 그들을 다시 데려오리라.[83)]
하나님이 앉히신 그들의 주인인 왕들의 허락을 얻어
바빌론에서 돌아오자, 그들은 우선
성전을 고쳐 세우고,[84)] 얼마 동안은 초라한 대로   350
온건하게 살았지만, 결국은 부와 인간의 수가
늘어 파쟁을 일삼게 되리라. 우선 사제들,
제단을 섬기고 무엇보다 평화에 힘써야 할
사람들 사이에 분쟁이 일어나리라.
그 파쟁은 신전까지 더럽히고, 마침내   355
홀을 빼앗고, 다윗의 아들들을 존중하지 않으리라.
그후 그것이 이국인[85)]에게 넘어간 것은
기름부음 받은 참된 왕 메시아가 그 권리를
빼앗긴 채 태어나기 위함이로다.
그러나 그의 탄생시에 이전에는 보이지 않던   360
별이 하늘에서 그의 나심을 고하고, 유향과
몰약과 황금을 바치려고 그의 처소를 찾는
동방의 박사들을 인도하리라.[86)] 한 장엄한
천사가 그의 나신 곳을, 밤에 파수를 보는
순진한 목자들에게 고하니, 그들은 기꺼이   365
그곳으로 급히 달려가 하늘의 합창단이
부르는 축가를 들으리라.[87)]
그분의 어머니는 처녀, 그 아버지는

지극히 높으신 이의 힘이로다.
성자는 세습의 왕위에 올라, 그 넓은 세상을
통치구역으로 삼아 다스리고,
그 영광은 하늘에 돌리리라.[88]"

그의 말 끝나자, 아담은 너무나 기쁨이 넘쳐
슬플 때처럼 눈물에 젖어 감히 말도
못하고 간신히 이렇게 속삭인다.
"아, 복음의 예언자여, 지극히 높은 희망의
완성자여! 내 이제야 확실히 깨달았나이다,
한결같은 마음으로 여태껏 헛되이 찾은, 우리가
크게 기대하던 그분이 여자의 씨라 불리는 그 까닭을.
동정녀 성모여, 만세! 하늘의 사랑으로서는 높으나
내 허리에서 그대는 나오고, 그대의 태에서 지극히
높으신 하나님의 아들 나오시리라. 이리하여
신과 인간이 연합하니, 뱀은 이제 치명적인
고통으로 그 머리에 상처 입을 각오를 해야 하리라.
말하소서, 언제 어디서 싸워, 어떤 타격이
승리자의 발꿈치를 상하게 할 것인가를."

미가엘은 그에게 말했다. "그들의 싸움을 결투와
같은 것으로, 또는 머리나 발꿈치의
부분적 상처로 생각지 마라. 성자가 인격과 신격을
겸하는 것은 보다 강한 힘으로 그대의 적을
격파하고자 함은 아니니라. 사탄도 그렇게

패망하지는 않으니, 비록 하늘에서의 추락으로
극심한 상처를 입었을망정, 그대에게
죽음의 상처 못 줄 정도는 아니니라. 그대에게
구주로 오시는 이가 이것을 낫게 하시리라,   395
사탄을 멸함으로써가 아니라 그대와 그대의 씨에서
그가 한 일을 멸함으로써, 그것은 다름아니라 그대가
이행치 못한 것, 즉 죽음의 벌로서 가해진
하나님의 율법에 순종함으로써, 그리고 그대의 죄와
거기에서 나오는 그들의 죄에 적합한 형벌인   400
죽음의 고통을 받음으로써만 완수되느니라.[89]
그럼으로써만 높은 정의는 충족되리라.
사랑만으로 율법을 완성할 수 있지만, 그는
순종과 사랑으로 하나님의 율법을 완성하리라.[90]
그분은 육신으로 오셔서 치욕적인 삶과   405
저주의 죽음[91]으로 그대의 형벌을 대신 받으시고
그의 속죄를 믿는 모든 자에게 영생을
선포하리라. 그분의 순종은 신앙으로 전가되어
그들의 것이 되지만, 그분의 구원은
그들 자신의 행위(비록 법적으로는 옳아도)가   410
아니라, 그분의 공덕[92]이니라. 따라서 그는
미움과 모독을 받으며 살고, 강제로 잡혀서
심판받고, 수치스럽고 저주스러운 죽음의
선고 받고, 자신의 백성들 손으로 십자가에

못박혀, 영생을 가져오기 위해 죽임을   415
당하시리라. 그러나 그는 그대의 적들, 그대를
거역하는 율법과 온 인류의 죄를 자기와 함께
십자가에 못박으시리라, 그 자신의 속죄를
옳게 믿는 자를 다시는 해치지 못하도록.
그렇게 죽지만, 그는 곧 부활하리니, 죽음은   420
오래도록 그에게 주권을 행사할 수 없으리라.
사흘째 새벽이 돌아오기 전에 샛별은
그가 여명의 빛처럼 새롭게 무덤에서
일어나심을 보리라. 인간을 죽음에서 구해내는
그의 속죄, 인간을 대신하는 그의 죽음,   425
생을 부여받은 자는 누구도 그것을 간과할 수 없고,
믿음으로 선행을 쌓으면 그 은혜를 받으리라.
이와 같은 하나님의 행위는 그대의 운명,
즉 영원히 생을 잃고 죄에서 죽어야 하는
그 죽음을 취소하리라. 이 행위가   430
사탄의 두 개의 주무기인 죄와 죽음을 깨뜨려,
그 머리를 상하게 하고 그 힘을 부수리라.
그리고 일시의 죽음이 승리자나 그가 속죄하는
자의 발꿈치에 주는 상처보다 훨씬 더 깊이
그 머리에 가시를 꽂으리니, 그것은 잠 같은 죽음, 435
영생으로 옮겨가는 고요한 이동이니라.
부활 후, 그는 생존시에 항상

그를 따르던 자들, 즉 그의 제자들에게
몇 번 나타나 보이실 뿐, 이 지상에는
오래 머물지 않으리라.[93] 그와 그의 구원에 대하여   440
그들이 배운 것을 온 백성에게 가르치고,
믿는 자에게는 흐르는 물로써 세례를 주는
책임을 맡기셨으니, 이는 죄책감을 씻어
순결한 생활로 이끌고 또 그런 일 있으면
속죄자의 죽음과 같은 죽음을 가질 마음의   445
준비를 갖추게 하는 표시니라. 그들은
만백성에게 가르치리라, 그날부터 구원은
다만 아브라함의 허리에서 난 아들들에게뿐
아니라, 세상 널리 아브라함의 모든 신앙의
아들들에게도 전파될 것이니, 그리하여   450
만백성은 그의 씨로 인해 축복받으리라.[94]
그때에 성자는 자기의 원수와 그대의 원수 위로
개선하여[95] 공중을 지나 승리를 안고 하늘들 중의
하늘로 오르시리라[96]. 거기서 공중의 왕, 이 뱀을
기습하고, 사슬로 묶어 그의 온 영토 안을   455
끌고 다니다가, 기절시켜버리리라. 그러고는
영광 속에 드셔서, 하나님의 오른편 자기 자리로
돌아가, 하늘의 모든 이름 위에 높이 들리시리라.[97]
그리고 이 세계의 붕괴가 준비되면,
영광과 권력을 가지고 하늘에서 내려와   460

산 자와 죽은 자를 심판하시리라.
또한 믿음이 없이 죽은 자를 심판하시고, 믿음 있는
자에겐 보답을 주어, 하늘에서건 땅에서건,
그들은 축복을 받으리라. 그때 지상은
온통 낙원이 되고, 에덴보다 훨씬 행복한 장소,   465
보다 행복한 날들이 되리라.⁹⁸⁾"

  천사장 미가엘은 이렇게 말하고 입을 다물었다,
세상의 대종말에 임하는 듯. 우리의 조상은
환희와 경이에 가득차 이렇게 대답했다.
"아, 무한한 선, 끝없는 선이시여!   470
이 모든 선을 악에서 나오게 하고, 악을
선으로 바꾸시다니. 창조에 의해 비로소
어둠에서 빛을 가져오게 했던 것보다
더 놀랍도다! 이제 나는 어찌할까, 내가 범하고
내가 초래한 죄를 회개할 것인가, 혹은 거기서   475
더욱 많은 선이 솟아나올 것을 더 기뻐할 것인가.
하나님께는 더 많은 영광이, 인간에게는
하나님의 더 많은 은혜가, 그리고 노여움 위엔
자비가 충만하리라. 그러나 말하시라, 만일
우리의 구주가 다시 하늘에 오르시면,   480
진리의 적들인 믿음 없는 무리들 가운데 남는,
소수의 믿음 있는 자들은 어찌될 것인가를.
그때는 누가 그의 백성을 인도하며

보호하리오? 그가 받은 대우보다 더 나쁜
대우를 그 제자들이 받지는 않겠나이까?"
"분명히 그러리라"고 천사는 말했다. "그러나
그는 하늘에서 그 백성들에게 아버지의
약속[99]이신 보혜사[100] 성령을 보내시리라. 그는
아버지의 영으로서[101] 그들 사이에 살고,
사랑을 통해 역사役事하는[102] 신앙의 율법을
그들의 마음에 새겨넣고 그들을 온갖
진리의 길로 인도하며, 영의 갑옷[103]으로 무장시켜
사탄의 공격을 물리치고 그의 불화살[104]을
끄게 하시리라. 인간이 거역하는 일, 비록 죽음에
이르는 것일지라도 그는 두려워하지 않고, 이런
잔인한 행위에 대해서는 마음속의 위안으로써
보답받고, 때로는 그 위안의 힘으로 지극히
거만한 박해자까지도 놀라게 하시리라. 그 영은
우선 만백성에게 복음을 전하도록 그가 보낸
사도들에게, 다음은 세례 받는 모든 자들에게
베풀어져 놀라운 은사를 받게 되니, 그들은
온갖 방언을 말하고 그전에 주께서
하신 것처럼 온갖 기적을 행하게 되리라.[105]
이리하여 그들은 여러 나라 백성들 가운데
대다수가 하늘에서 내려온 기쁜 소식(복음)을
받아들이도록 하리라. 드디어 그들은 사명을

완수하고, 달려갈 길 잘 달려[106] 교리와 전기[107]를 써서
남기고 죽으리라. 그러나 그들이 경고한 바와 같이
그들 대신 늑대들[108], 그 사나운
늑대들이 교사들을 대리하여 일체의 성스러운   510
하늘의 비밀을 자신의 소득과 사악한 야심의
이익으로 바꾸고, 다만 쓰인 순수한 기록에만
남아 있는 진리를 미신과 전통으로 더럽히리라,
영이 아니고는 이해할 수 없는데도.
그들은 이름과 장소와 칭호를 이용하고,   515
언제나 영의 힘으로써 행한다고 허언하면서,
이것들을 속된 권리에 결부시키고자 하리라.
그들은 모든 믿는 자에게 한결같이 약속되고
부여된 하나님의 영을 독차지하려 하도다.
그리고 그것을 구실로 영혼의 법을 육신의   520
권리로서 인간들의 양심에 강요하리라,
기록에 남겨진 것도, 심중의 영이 마음에
새긴 것도 아닌 그 율법을. 은혜의 영을
강요하고 그 배필인 자유를 구속하는[109]
것 외에 그들이 할 수 있는 것이 무엇이랴?   525
남의 것이 아닌 자신의 신앙으로써 서도록 세워진
살아 있는 성전[110]을 허무는 것 아니고 무엇이랴?
지상에서 신앙과 양심을 배반하고서 허물 없다는
말 들을 자 누구랴? 그러나 그렇게 하는

자 많으리라. 그 때문에 영과 진리를   530
꾸준히 숭배하는 자에게 무거운 박해가
미치리라.[111] 그 밖의 대다수는 외형적인
의식과 표면적인 형식으로 종교가 충족된다고
생각하리라. 진리는 비방의 화살에 맞아
물러서고, 신앙의 과업은 찾아보기 어려우리라.   535
이렇게 세상은 선인에게는 불행, 악인에게는
행복,[112] 각기 제 짐에 눌려 신음하며[113]
진행되다가, 결국은 의로운 사람에게 휴식이
돌아가고 악한 자에게 보복이 돌아가는
날이 오리라. 그때는 앞서 그대를 구원하기 위해   540
약속된 자, 그 여자의 씨가 다시 오시는 날,
그때는 희미하게 예언되어 있지만,
지금은 그대의 구주로
또는 주로 알려지고, 마지막에는
하나님의 영광을 옷 입듯 입고   545
하늘로부터 구름을 타고 나타나,[114]
그가 사탄을 그 그릇된 세계와 함께
멸망시키면, 불타는 덩어리로부터
새 하늘과 새 땅이 솟아나고,
정의와 평화와 사랑에 뿌리박은   550
무한한 날의 세상이 돌아와, 영원한
환희와 축복의 열매 맺히리라."

그의 말이 끝나자, 아담은 마지막으로 이렇게
대답했다. "축복받은 예언자여, 당신의 예언은
이 변천하는 세계와 시간의 흐름을, 시간이   555
멈출 때까지 순식간에 측정했나이다. 그 너머는
온통 심연이요 영원이니, 그 끝을 볼 수 있는
눈은 없나이다. 크신 교훈 받아 마음
편안하고, 이 몸에 담을 수 있는 한도껏
지식을 얻었으니, 이젠 여기서 떠나겠나이다.   560
그 이상을 바라는 건 나의 어리석음이외다.
나는 이제 알았나이다. 복종하는 것이 최선임을,
또한 두려운 마음으로 오직 한 분이신
하나님을 사랑하고, 그 앞에 있는 듯이 걷고,
그 섭리를 항상 지키고, 모든 성업에   565
자비로우신 그분에게만 의존하고 선으로써 항상
악을 정복하고,[115] 작은 일로써 큰일을 성취하고,[116]
약하게 보이는 것으로써 세상의 강한 것을,
어리석은 유순으로써 세상의 슬기로운 것을
뒤집어놓는다는 것을,[117] 더구나 진리를 위한   570
수난은 최고의 승리에 이르는 용기이고,
믿는 자에겐 죽음이 생명의 문[118]이라는 것을.
영원히 축복받는 나의 구세주라고 지금 내가
인정하는 그분의 본보기에서 이것을 배웠나이다."
    그에게 천사도 마지막으로 대답한다.   575

"이것을 배웠으니, 그대는 지혜의 극치에
이르렀도다. 이보다 더 높은 것은 바라지 말라,
모든 별의 이름을 알고, 모든 하늘의 능력들,
모든 심연의 비밀들, 모든 자연의 일들,
하늘과 공중과 땅이나 바다에서의 하나님의   580
위업들을 알더라도, 또한 이 세상의 온갖 부를
다 향수하고, 모든 지배권, 즉 한 나라를
다 얻더라도. 다만 그대의 지식에 부합되는
행위를 더하고, 이에 믿음을, 믿음에 덕을,
덕에 인내와 절제를, 절제에 사랑을, 그 밖의   585
일체의 영혼인, 자비라는 이름으로 불리는 사랑을 더하라.[119)]
그러면 그대 이 낙원을 떠나도 마다하지 않을
것이니, 한층 행복한 낙원을 그대 마음속에
갖게 되리라. 정해진 시간이 우리의 출발을
재촉하니, 이젠 이 전망의 꼭대기에서 내려가자.   590
내가 저 산에 진치게 한 수비대들을 보라.
그들이 진군을 기다리도다. 그 선두에선
불칼이 이 이동의 신호로 맹렬히 휘둘리고 있으니,
이젠 더이상 머무를 수 없도다.
가서 하와를 깨워라. 나는 그녀를 또한 온화한   595
꿈으로 진정시키고, 미리 선을 예고하여
그 영을 온유한 순종의 길로 나아가게 했노라.
적절한 시기에 그대가 들은 바를 그녀에게

들려주어라. 특히 그녀의 신앙에 관계되는
지식, 즉 앞으로 나올 (여자의 씨로 말미암은   600
것이기에) 그녀의 씨에 의해 온 인류에게
부여되는 위대한 구원을. 그리하여 그대들
많은 세월을 똑같은 한 신앙 안에서
살도록 하라. 지나간 죄과는
슬픈 일이나 행복한 종말을   605
생각하고 한층 더 기뻐하라."
　말 끝내고, 둘이 함께 산을 내려온다.
내려와 아담이 하와가 자고 있는 정자로
앞서 달려가보니, 그녀는 깨어 있어
슬프지 않은 말로 그를 맞이했다.   610
"어디서 돌아오셨고, 어디 가셨던가를 나는
알겠나이다. 하나님은 잠 속에도 계시어,
내가 슬픔과 마음의 괴로움에 지쳐 잠든 후
은혜롭게도 꿈을 보내시어 가르쳐주시고
위대한 선을 보여주셨나이다. 그러니 나를   615
인도하소서, 나에겐 주저할 것 없으니. 당신과 함께하는
것은 이곳에 머무르는 것이나 마찬가지이나이다.
당신 없이 여기 머무는 것은 본의는 아니나
여기서 떠나는 것. 그대는, 내 임의의 죄로 인해
여기서 쫓겨나는 그대는 내게 천하의 만물,   620
온갖 장소. 이런 위안을 굳게 믿고 그것을 가지고

떠나렵니다. 나로 인해 모든 것 잃었어도
내 성약의 씨가 모든 것 회복하리라는
그런 은총을 하찮은 나에게 주셨으니."
  우리의 어머니 하와가 이렇게 말하니, 아담은 625
듣고 매우 기쁘나 대답하지 않는다. 바로 곁에는
천사장이 서 있고, 저쪽 산에서는 그룹천사들이
정해진 위치에 따라 찬란한 진열을 가다듬고
내려와 땅 위를 유성처럼 미끄러져 가기 때문이다,
마치 강물에서 피어오르는 이른 저녁 안개가 630
늪 위를 흘러, 집으로 돌아가는 농부의
발꿈치에 붙어 가듯이. 선두에 높이 쳐들려
휘둘리는 하나님의 칼이 그들 앞에서
혜성처럼 강하게 빛났다. 그것이 타는
열과 리비아의 불타는 대기와도 같은 증기로써 635
그 온화한 풍토를 찌기 시작했다. 갈 길
서두르는 천사는 망설이는 우리의 양친을
두 손으로 붙잡고 동쪽 문으로 곧장 이끌어,
빨리 벼랑 밑 들판에 내려놓고는
사라졌다. 그들은 고개를 640
돌리고, 지금까지는 그들의 행복한
처소였던 낙원의 동쪽을 바라보았다.
그 위에서는 불칼이 휘둘리고, 문에는
무서운 얼굴과 불의 무기들 가득했다.

그들은 눈물이 절로 흘렀으나, 곧 닦는다. 645
안주의 땅을 선택하도록 온 세계가 그들 앞에
전개되어 있다. 섭리는 그들의 안내자.
그들은 손을 마주잡고 방랑의 걸음 느리게,
에덴을 통과하여 그 쓸쓸한 길을 갔다.

주註

제7편

1) **하늘에서 내려오라** 시의 주제가 하늘에서 땅으로 내려오기 때문이다.

2) **우라니아** '하늘에 있는 자'라는 뜻. 그리스신화에서 우라니아는 천문(天文)을 관장하는 뮤즈, 즉 시의 여신이었다. 그러나 밀턴이 여기서 부르는 우라니아는 그 뜻 그대로 하늘에 있는, 창조 때에 수면에 운행했던(「창세기」1장 2절) 성령이다. 밀턴이 우라니아를 부르는 이유는 창조의 대업을 그리는 데 영감을 얻고자 함이요, 또다른 하나는 그 자신이 하늘 높이까지 올라가고자 함이다.

3) **페가소스** 그리스신화에 나오는 날개 달린 말로, 신들이 있는 하늘까지 올라가 나중에는 제우스의 뇌전을 짊어졌다고 한다. 밀턴은 페가소스도 미치지 못하는 높이, 즉 하나님의 보좌가 있는 최고천에까지 올라갔다.

4) **올림포스의 산을 넘어** 올림포스산은 그리스 북부에 있고, 남부의 헬리콘산과 더불어 시신(詩神)이 사는 곳이었다. 고전시인들은 시신에 의존하여 고작 이 산봉우리까지밖에 못 올라갔지만, 밀턴은 우라니아, 즉 성령의 영감을 받아 옛 시인들이 미치지 못하는 높이까지 날아오른다. 그러니까 올림포스의 산을 넘어 날아오른다는 말은 고전시인 특히 호메로스 이상의 영감을 얻었다는 뜻이다.

5) **전능의 아버지 앞에서** "땅이 생기기 전부터 내가 세움을 받았나니 아직 바다가 생기지 아니하였고 큰 샘물들이 있기 전에 내가 이미 났으며 산이 세워지기 전에, 언덕이 생기기 전에 내가 이미 났으니 하나님이 아직 땅도, 들도, 세상 진토의 근원도 짓지 아니하였을 때에라. 그가 하늘을 지으시며 궁창을 해면에 두르실 때에 내가 거기 있었고 그가 위로 구름 하늘을 견고하게 하시며 바다의 샘들을 힘있게 하시며 바다의 한계를 정하여 물이 명령을 거스르지 못하게 하시며 또 땅의 기초를 정하실 때에 내가 그 곁에 있어서 창조자가 되어 날마다 그

의 기뻐하신 바가 되었으며 항상 그 앞에서 즐거워하였으며 사람이 거처할 땅에서 즐거워하며 인자들이 기뻐하였느니라"(「잠언」 8장 23~31절).

6) 하늘들 중의 하늘 최고천이라고도 하고 정화천이라고도 하는, 창조주의 성전이 있는 곳을 가리킨다.

7) 내 본래의 고장 지구를 가리킨다.

8) 벨레로폰 전설에 의하면 벨레로폰은 페가소스의 등을 타고 하늘에 오르려다가 떨어져 절름발이가 되어 홀로 알레의 들판을 방랑하다가 죽었다 한다.

9) 알레의 들판 '방랑의 땅'이라는 뜻. 소아시아의 동남부에 있었던 황야다.

10) 일상의 세계 지상의 세계를 뜻한다. 『실낙원』의 주제는 몇 편을 제외하고는 대부분이 지상의 것에 국한되어 있다.

11) 악운의 날과 사나운 혀를…에워싸여도 왕정복고 이후의 밀턴 자신의 처지를 말한 것이다. "사나운 혀"란 밀턴 당시의 왕당파들이 밀턴에게 퍼부은 비난을 의미한다. 그 다음 줄에 나오는 "어둠"은 그 자신의 실명과 그 시대의 암흑상을, "위험"은 왕정복고 이후 체포되어 감금되었던 일과 처형될 뻔했던 일을 가리킨다.

12) 그러나 나는 외롭지 않다…나를 찾아주니 뉴턴(Thomas Newton)이 저술한 밀턴의 전기 『밀턴의 생애 Life of Milton』 가운데 다음과 같은 구절이 있다. "……시신(詩神)이란 무엇이냐고 물었을 때 밀턴의 미망인은 '그것은 하나님의 은혜, 밤마다 그이를 찾아갔던 성령입니다'라고 대답했다." 이것은 유명한 일화로, 밀턴은 특히 밤에 하늘의 영감을 받은 시인이었음을 말해준다.

13) 트라키아의 가인(歌人) 오르페우스를 말한다. 오르페우스는 트라키아 여인들의 미움을 샀기 때문에 바쿠스(디오니소스)제 때 술에 취한 트라키아 여인들이 그의 몸을 찢고 머리를 강에 처넣었다. 그의 어머니 칼리오페도 그를 구할

수 없었다.

14) 로도페　트라키아에 있는 높은 산이다. 오르페우스는 이 산의 동굴에서 살고 있었다.

15) 뮤즈　오르페우스의 어머니인 칼리오페를 가리킨다. 그녀가 자기 아들을 구출하지 못했던 것과 같은 불행이 그 자신에게 닥쳐오지 않기를 염원하는 뜻이 내포되어 있다.

16) 금단(禁斷)의 나무 "선악을 알게 하는 나무의 열매는 먹지 말라. 네가 먹는 날에는 반드시 죽으리라 하시니라"(「창세기」 2장 17절).

17) 루시퍼 "너 아침의 아들 계명성이여 어찌 그리 하늘에서 떨어졌으며 너 열국을 엎은 자여 어찌 그리 땅에 찍혔는고"(「이사야」 14장 12절). 여기 나오는 계명성(루시퍼)은 실은 바빌론 왕을 비유한 것이었으나 초기 기독교의 교부들이 반역 이전의 사탄이 루시퍼처럼 빛나는 천사였다고 해서 그의 별칭으로 삼았다.

18) 그의 형장으로 떨어지고 "예수께서 이르시되 사탄이 하늘로부터 번개같이 떨어지는 것을 내가 보았노라"(「누가복음」 10장 18절).

19) 이곳이 알지 못하는 "그것은 바람이 지나가면 없어지나니 그 있던 자리도 다시 알지 못하거니와"(「시편」 103편 16절).

20) 나의 말 "또 그가 피 뿌린 옷을 입었는데 그 이름은 하나님의 말씀이라 칭하더라"(「요한계시록」 19장 13절). 신약에서도 성자를 "말씀(로고스)"이라는 칭호로 불렀다. 「요한복음」 1장 1절 참조.

21) 말하여 이루어라　창세기에서는 하나님이 말하면 즉각 일이 성취되었다고 기록되어 있다. 「창세기」 1장 3절 참조.

22) 만물을 덮는 창조의 힘으로 가득 채운다는 것을 의미한다. "천사가 대답하여 이르되 성령이 네게 임하시고 지극히 높으신 이의 능력이 너를 덮으시리니. 이러므로 나실 바 거룩한 이는 하나님의 아들이라 일컬어지리라"(「누가복음」 1장 35절).

23) 내가 뜻하는 그것이 곧 운명이니라 운명이란 사물의 본질을 뜻하거나 또는 모든 사물의 기원이 되고 그 밑에서 행동하는 일반적인 법칙을 뜻하는 것이다. 이런 운명이 전능의 힘에서 우러나오는 한 하나님의 뜻에 지나지 않는다. 그러므로 만물의 운명은 하나님의 뜻에 의해 결정된다고 할 수 있다.

24) 그들은 지존자에게는 … 노래했다 "지극히 높은 곳에서는 하나님께 영광이요 땅에서는 하나님이 기뻐하신 사람들 중에 평화로다"(「누가복음」 2장 14절).

25) 노래했다 "그때에 새벽별들이 기뻐 노래하며 하나님의 아들들이 다 기뻐 소리를 질렀느니라"(「욥기」 38장 7절).

26) 전능의 힘을 두르고 "주께서 나를 전쟁하게 하려고 능력으로 내게 띠 띠우사 일어나 나를 치는 자들이 내게 굴복하게 하셨나이다"(「시편」 18편 39절).

27) 구리로 된 두 산 사이에 "내가 또 눈을 들어 본즉 네 병거가 두 산 사이에서 나오는데 그 산은 구리 산이더라"(「스가랴」 6장 1절).

28) 영광의 왕 "문들아 너희 머리를 들지어다. 영원한 문들아 들릴지어다. 영광의 왕이 들어가시리로다. 영광의 왕이 누구시냐 만군의 여호와께서 곧 영광의 왕이시로다"(「시편」 24편 9~10절).

29) 중심과 극점 혼돈계에는 중심도 없고 극점도 없다. 여기서는 혼돈계의 한없는 혼란을 지상에 비유해서 말하고 있다.

30) 조용하라 "예수께서 깨어 바람을 꾸짖으시며 바다더러 이르시되 잠잠하라 고요하라 하시니 바람이 그치고 아주 잔잔하여지더라"(「마가복음」 4장 39절).

31) **황금 컴퍼스** "그가 하늘을 지으시며 궁창을 해면에 두르실 때에 내가 거기 있었고"(「잠언」 8장 27절). 이 구절은 영역 성경에는 '컴퍼스'를 써서 다음과 같이 번역되어 있다. "When he prepared the heavens, I was there: when he set a compass upon the face of the depth"(Proverbs 8:27, King James Version, 1611). 밀턴은 여기서 암시를 받아 하나님이 창조 때에 컴퍼스를 사용했다고 묘사하고 있다. 단테의 『신곡』 천국편 제19곡 40~42행 참조.

32) **형체가 없고 … 날개를 펴시어** "땅이 혼돈하고 공허하며 흑암이 깊음 위에 있고 하나님의 영은 수면 위에 운행하시니라"(「창세기」 1장 2절).

33) **빛이 있으라** 「창세기」 1장 3~5절 참조.

34) **제5원소** 변화성 있는 4원소(흙, 물, 공기, 불) 외에 불변의 제5원소(정기)가 있다고 보았다.

35) **동쪽** 밀턴이 동쪽을 빛의 출처로 본 것은 태양이 거기서 솟아오른다는 생각에서다. 그러나 여기서 말하는 빛은 태양과는 관계없이 존재해온 빛이다.

36) **구름의 장막** "그의 소리가 온 땅에 통하고 그의 말씀이 세상 끝까지 이르도다. 하나님이 해를 위하여 하늘에 장막을 베푸셨도다"(「시편」 19편 4절).

37) **우주의 구체** 우주 공간을 일컫는다.

38) **물 가운데 … 나뉘게 하리라** 「창세기」 1장 6~8절 참조.

39) **가장 먼 볼록면** 우주는 물과 같은 깊은 곳 혼돈에서 창조되어 물로 가득차 있다는 것이다. 그 속에 푸른 하늘 창공이 창조되어, 아랫물과 윗물로 나뉘었다. 아랫물은 우주의 중심인 지구를 에워싼 채 이를 덮고 있고, 윗물은 항성천의 위, 우주의 외곽에 접하는 제9천에 모여 소위 수정천을 이룬다. 창공은 그 사이의 공간을 메워 널리 전개된다. 여기서 '가장 먼 볼록면'이란 가장 먼 변두리를 일컫는다.

40) **난폭한 극단들** 혼돈계의 열랭건습(熱冷乾濕)의 극단적 제 원소를 뜻한다.

41) **물의 태** 지구를 둘러싸고 있는 아랫물을 모태에 비유했다. 마치 태아가 모태 안에서 물에 싸여 보호되듯이 땅도 물에 둘러싸여 태 안에 있는 상태와 같다고 한다.

42) **위대한 어머니** 대지를 가리킨다.

43) **하늘 아래…나타나게 하라** "하나님이 이르시되 천하의 물이 한곳으로 모이고 뭍이 드러나라 하시니 그대로 되니라"(「창세기」 1장 9절).

44) **넓고 깊고…가라앉았다** "옷으로 덮음같이 주께서 땅을 깊은 바다로 덮으시매 물이 산들 위로 솟아올랐으나 주께서 꾸짖으시니 물은 도망하며 주의 우렛소리로 말미암아 빨리 가며 주께서 그들을 위하여 정하여 주신 곳으로 흘러갔고 산은 오르고 골짜기는 내려갔나이다"(「시편」 104편 6~8절).

45) **땅에서…나게 하라** "하나님이 이르시되 땅은 풀과 씨 맺는 채소와 각기 종류대로 씨 가진 열매 맺는 나무를 내라 하시니 그대로 되어 땅이 풀과 각기 종류대로 씨 맺는 채소와 각기 종류대로 씨 가진 열매 맺는 나무를 내니 하나님이 보시기에 좋았더라"(「창세기」 1장 11~12절).

46) **하나님은 아직 땅에…온 지면을 적셨다** "여호와 하나님이 땅에 비를 내리지 아니하셨고 땅을 갈 사람도 없었으므로 들에는 초목이 아직 없었고 밭에는 채소가 나지 아니하였으며 안개만 땅에서 올라와 온 지면을 적셨더라"(「창세기」 2장 5~6절).

47) **넓은 하늘에…그렇게 되었다** "하나님이 이르시되 하늘의 궁창에 광명체들이 있어 낮과 밤을 나뉘게 하고 그것들로 징조와 계절과 날과 해를 이루게 하라. 또 광명체들이 하늘의 궁창에 있어 땅을 비추라 하시니 그대로 되니라"(「창세기」 1장 14~15절).

48) 두 개의 커다란 발광체 해와 달을 크다고 한 것은 그 덩치를 말한 것이 아니라 사람에게 주는 효과 때문에 그렇게 말한 것이다.

49) 그 교체로 별에도 교체가 있다. 저녁별이 있고, 샛별이 있고, 또 계절에 따라 나타나는 별이 있다.

50) 다른 별들 유성들을 가리킨다.

51) 황금 병 저녁마다 항아리를 이고 물을 길어가는 처녀들과도 같이 유성들도 황금 병을 들고 빛을 길어간다.

52) 샛별도 그 뿔을 샛별도 달과 같이 간만이 있다. 샛별이 가장 빛나는 때는 지구에 가까울 때인데 이때 샛별은 초승달과 같이 뿔이 달려 보인다.

53) 경선 동쪽에서 서쪽으로 가는 길. 오히려 위선(緯線)이라 함이 더 적절할 것이다. 즉 동경의 0도에서 180도를 향해 달려간다.

54) 묘성 칠요성이라고도 하는 이 별은 금우궁(金牛宮)의 목 근처에 있는 일곱 별로서 춘분 때 나타나 태양 앞에서 춤을 춘다고 한다. 옛날부터 별들은 각각 어떤 영기(감응력)를 지상에 보낸다고 하는데, 어떤 별은 나쁜 영기를 보내나, 묘성은 달콤한 영기를 보낸다고 믿었다. 「욥기」 38장 31절 "네가 묘성을 매어 묶을 수 있으며 삼성의 띠를 풀 수 있겠느냐" 참조.

55) 물은 수많은 … 날게 하라 "하나님이 이르시되 물들은 생물을 번성하게 하라, 땅 위 하늘의 궁창에는 새가 날으라 하시고 하나님이 큰 바다 짐승들과 물에서 번성하여 움직이는 모든 생물을 그 종류대로, 날개 있는 모든 새를 그 종류대로 창조하시니 하나님이 보시기에 좋았더라"(「창세기」 1장 20~21절).

56) 자식을 낳고 … 땅에 번성하라 "하나님이 그들에게 복을 주시며 이르시되 생육하고 번성하여 여러 바닷물에 충만하라. 새들도 땅에 번성하라 하시니라"(「창세기」 1장 22절).

57) 리워야단 여기서는 고래를 가리킨다. 『실낙원 1』 제1편 주 63 참조.

58) 독수리와 … 집을 짓고 "독수리가 공중에 떠서 높은 곳에 보금자리를 만드는 것이 어찌 네 명령을 따름이냐. 그것이 낭떠러지에 집을 지으며 뾰족한 바위 끝이나 험준한 데 살며"(「욥기」 39장 27~28절).

59) 계절을 알았음인지 "공중의 학은 그 정한 시기를 알고 산비둘기와 제비와 두루미는 그들이 올 때를 지키거늘 내 백성은 여호와의 규례를 알지 못하도다"(「예레미야」 8장 7절).

60) 땅은 … 종류 따라! "하나님이 이르시되 땅은 생물을 그 종류대로 내되 가축과 기는 것과 땅의 짐승을 종류대로 내라 하시니 그대로 되니라. 하나님이 땅의 짐승을 그 종류대로, 가축을 그 종류대로, 땅에 기는 것을 그 종류대로 만드시니 하나님이 보시기에 좋았더라"(「창세기」 1장 24~25절).

61) 풀밭이 새끼를 낳자 어류와 조류는 알에서 나왔지만 개구리, 지렁이, 벌레 등은 땅속에서 창조되어 땅 위로 초목이 돋아나오듯 나왔다고 생각했다. 이러한 상상을 좀더 확대해서 사자와 범도 역시 그렇게 해서 나왔다고 한다.

62) 베헤못 코끼리를 가리키는 듯하다. "이제 소같이 풀을 먹는 베헤못을 볼지어다. 내가 너를 지은 것같이 그것도 지었느니라"(「욥기」 40장 15절).

63) 땅벌레 땅벌레 속에는 뱀도 포함된다.

64) 큰 마음 '큰'이라는 말에는 '슬기로운'이라는 뜻도 포함되어 있다. 「열왕기상」 4장 29절 참조.

65) 암벌 … 저장한다 밀턴은 당시 노동하는 벌은 암벌이고 수벌은 놀고먹는다고 생각했다.

66) 아무런 해도 주지 않으며 타락하기 전에는 유해한 생물은 하나도 없었다.

심지어 육지의 뱀까지도 인간에게 전혀 해를 끼치지 않았다고 본다.

67) 이제 우리 모습을 닮은…다스리게 하자 「창세기」 1장 26절 참조. 인간의 본질을 말해주고 있다. 다른 모든 생물들이 외형적으로 굽고 내용적으로 둔한 데 비하여, 사람만은 내적으로 거룩한 이성이 부여되어 있고 외적으로는 몸을 일으켜 곧게 걸어다니며 하늘을 바라보는 존재로 만들었다.

68) 풍성하라…생물을 다스리라 "하나님이 그들에게 복을 주시며 하나님이 그들에게 이르시되 생육하고 번성하여 땅에 충만하라, 땅을 정복하라, 바다의 물고기와 하늘의 새와 땅에 움직이는 모든 생물을 다스리라 하시니라"(「창세기」 1장 28절).

69) 하나님의 나무들이…그대 죽으리라(538~544행) 「창세기」 2장 8~17절 참조.

70) 그 검은 시종인 죽음 사람의 죽음은 다만 생리적 현상만이 아니고 도덕적 의미를 갖고 있다. 즉, 죽음은 죄의 시종에 불과하므로 죄 있는 곳에는 필연코 죽음이 있기 마련이다. 죽음은 곧 죄의 값이라는 도덕적 의미를 말해주고 있다.

71) 창조주는 피곤하지 않았지만 "너는 알지 못하였느냐 듣지 못하였느냐. 영원하신 하나님 여호와, 땅 끝까지 창조하신 이는 피곤하지 않으시며 곤비하지 않으시며 명철이 한이 없으시며"(「이사야」 40장 28절).

72) 열려라, 영원의 문들아 "문들아 너희 머리를 들지어다. 영원한 문들아 들릴지어다. 영광의 왕이 들어가시리로다"(「시편」 24편 7절).

73) 생황 작은 망치로 울리는 현악기. 「다니엘」 3장 5절 참조.

74) 금향로 "또다른 천사가 와서 제단 곁에 서서 금향로를 가지고 많은 향을 받았으니 이는 모든 성도의 기도와 합하여 보좌 앞 금 제단에 드리고자 함이라"(「요한계시록」 8장 3절).

75) 여호와여 … 무한하나이다 "여호와여 주께서 행하신 일이 어찌 그리 크신지요. 주의 생각이 매우 깊으시니이다"(「시편」 92편 5절).

76) 어떤 생각이 … 말할 수 있으리오 "여호와 나의 하나님이여 주께서 행하신 기적이 많고 우리를 향하신 주의 생각도 많아 누구도 주와 견줄 수가 없나이다. 내가 널리 알려 말하고자 하나 너무 많아 그 수를 셀 수도 없나이다"(「시편」 40편 5절).

77) 거대한 천사들 반역천사들. 그리스신화에서 제우스와 그 밖의 여러 신들을 올림포스에서 추방하고자 했던 거신들과 반역천사들을 연결시켰다.

78) 유리바다 창공 위의 물을 말한다.

79) 또하나의 다른 하늘 제2의 하늘이라고 할 수 있는 이 아름다운 우주를 가리킨다.

80) 그 세계의 시기 … 아시나이다 "때와 시기는 아버지께서 자기의 권한에 두셨으니 너희가 알 바 아니요"(「사도행전」 1장 7절). "그러나 그날과 그때는 아무도 모르나니 하늘의 천사들도, 아들도 모르고 오직 아버지만 아시느니라"(「마태복음」 24장 36절).

81) 그 보답으로 … 창조물을 다스리며 "주의 손으로 만드신 것을 다스리게 하시고 만물을 그의 발아래 두셨으니 곧 모든 소와 양과 들짐승이며 공중의 새와 바다의 물고기와 바닷길에 다니는 것이니이다"(「시편」 8편 6~8절).

제8편

1) 한 점, 한 낱알, 한 원자에 불과한데 프톨레마이오스나 코페르니쿠스는 다 같이 천체에 비하면 지구는 극히 작은 한 점에 불과한 것으로 보았고 단테는 타작마당의 한 낱알 같다고 했다. 밀턴은 이런 사실에 근거해서 지구는 우주의 한

점보다도 작은 것이라고 한다.

2) **하루 낮과 밤…쓸모없는 듯하여** 태양은 낮에, 달과 별은 밤에 빛을 어두운 땅(지구) 둘레에 주고 있지만, 그 밖에는 아무 효용 없는 것같이 보인다는 것이다.

3) **이 지구는…생각하나이다(17~25행)** 프톨레마이오스의 천문학에 의하면, 수많은 별들은 지구를 중심으로 항상 회전하며 지구에 빛을 비춘다고 한다. 극히 작은 한 점에 불과한 지구에 빛을 주기 위하여 그런 무한대한 공간운동이 전개된다는 것은 불합리하게 생각된다는 것이다.

4) **이 한 가지 용도** 빛을 공급하는 용도를 뜻한다.

5) **지구는 훨씬…있느데도** 지구가 회전한다고 히면 다른 천체들보나 훨씬 간단한 운동으로 족하지 않겠느냐는 것이다.

6) **보이지 않는 신령한 속도로** 물질을 넘어선 초물질적인 속도로.

7) **시녀들** 밀턴은 여성의 최고 미덕으로 겸손과 우아함을 들었고 그것을 의인화하여 하와의 시녀들이라 했다.

8) **하나님의 책** 「로마서」 1장 20절 "창세로부터 그의 보이지 아니하는 것들 곧 그의 영원하신 능력과 신성이 그가 만드신 만물에 분명히 보여 알려졌나니 그러므로 그들이 핑계하지 못할지니라"는 말씀 그대로 자연은 하나님의 능력과 신성을 보여주는 책이라는 것이다. 자연은 일반계시서이고 성경은 특수계시서다. 이 사상은 전통적인 비유를 이루고 있다.

9) **하늘이 움직이든 땅이 움직이든** 연구 목적만 올바르면 천동설이든 지동설이든 상관없다는 것이다.

10) **별들을 측량하려고 한다면** 별의 운동, 거리, 위치, 용적, 중량 등을 측량하려

하면.

11) 가소로워 웃음을 터뜨리리라 "하늘에 계신 이가 웃으심이여 주께서 그들을 비웃으시리로다"(「시편」 2장 4절).

12) 그 외관 천체의 운행, 위치, 크기 따위의 현상을 일컫는다.

13) 휘갈겨 쓴 여러 가지 도표나 도식들을 그린.

14) 동심권과 이심권 지구와 동일한 중심을 가진 권(圈)과 다른 중심을 가진 권을 말한다.

15) 전권과 주전권 전권은 각 하늘이 그리는 원을 말하고 주전권은 큰 원의 원 둘레에 중심을 갖는 작은 원을 말한다. 프톨레마이오스의 천문학에 의하면, 일곱 유성의 하나하나가 주전권을 돌고 있다고 상상하였다.

16) 원 안의 원으로써 제1천을 제2천이 싸고, 제2천을 제3천이 싸는 식으로 제10천까지 바깥의 하늘이 안의 하늘을 포괄하고 있는 것을 말한다.

17) 온 하늘 전 우주를 가리킨다.

18) 찬란한 대천체가 … 갖고 있느니라(87~94행) 현대 천문학의 발달로 인해 지구의 미소함이 더욱 뚜렷해졌고, 따라서 사람들 중에는 이런 작은 지구에 사는 인류를 위해 하나님이 놀랄 만한 사랑을 기울여, 그 외아들까지 희생시켰다는 것은 믿기 어려운 일이라고 생각하는 사람도 많아졌다. 그러나 이런 생각은 크고 빛나는 것이 우수하다고 보았던 아담의 오류와도 같은 것이다.

19) 빛나는 광체 태양이나 그 밖의 모든 별들을 가리킨다.

20) 줄을 쳐놓은 "누가 그것의 도량법을 정하였는지, 누가 그 줄을 그것의 위에 띄웠는지 네가 아느냐"(「욥기」 38장 5절).

21) 자신의 길 "이는 내 생각이 너희의 생각과 다르며 내 길은 너희의 길과 다름이니라. 여호와의 말씀이니라. 이는 하늘이 땅보다 높음같이 내 길은 너희의 길보다 높으며 내 생각은 너희의 생각보다 높음이니라"(「이사야」 55장 8~9절).

22) 떠도는 길 유성이 떠도는 길.

23) 여섯 개의 별 달, 수성, 금성, 화성, 목성, 토성을 일컫는다.

24) 제7유성 프톨레마이오스의 천문학에 의하면 태양이 제7유성이지만, 코페르니쿠스의 천문학에 의하면 지구가 제7유성이다.

25) 세 가지 다른 운동 지축을 중심으로 도는 매일 매일의 자전과 태양을 도는 해마다의 공전과 지구가 그 축을 우주의 축과 평행되도록 자기 궤도를 달리는 운행을 말한다.

26) 낮을 취하여 낮을 태양에서 취하여.

27) 아니면 여러 천체가…믿을 것이 못 되리라(133~142행) 위에서 말한 세 가지 운동의 원인을 지구에 돌리거나(코페르니쿠스의 견해), 아니면 몇 개의 천체에 돌려(프톨레마이오스의 견해) 이들이 서로 옆으로 또는 역의 방향으로 움직인다고 볼 수밖에 없다. 만일 이것을 지구에 돌리면, 태양이 지구의 주위를 회전하는 수고를 덜 수 있을 것이고, 또한 주야권, 즉 일주야 동안에 전 항성으로 하여금 지구의 주위를 돌게 하는 원동권(原動圈)이라는 수레도 필요 없게 될 것이다. 그러나 이런 수레가 존재한다는 것은 상상에 불과하다. 왜냐하면 그것은 뭇별 위에 있어 보이지 않기 때문이다. 만일 지구가 일주야마다 서쪽에서 동쪽으로 지축을 자전한다고 보면, 이렇게 자전하면서 일광을 받아 그 구면의 반은 태양을 등지기 때문에 암흑 속에 있지만, 나머지 반은 여전히 빛나고 있다면, 이런 어려운 주야권이라는 수레가 존재한다고 믿을 필요가 없게 된다.

28) 주민이 있다 해도 밀턴은 달에 생물이 있다고 생각한 듯하다.

29) **다른 태양** 목성과 토성이라는 해석도 있고 북극성이라는 주장도 있으나 확실치 않다.

30) **음양의 빛** 음광은 간접광선, 즉 반사광선이고 양광은 직접광선이다.

31) **양성** 음양의 빛.

32) **지구가 서쪽으로부터 … 옮겨준다 해도(162~166행)** 지구가 서쪽에서 동쪽으로 진행하여 일주야 동안에 일회전한다고 해도, 그 운동은 원활하고 평탄하며 공기까지도 지구와 더불어 돌기 때문에 사람은 이것을 느낄 수 없다는 것이다.

33) **알지 못하는 일로 … 어지럽히지 말라** 밀턴은 과학적인 호기심을 공격하지는 않았지만, 글랜빌(Glanvill)처럼 이성이 신앙에 반대된다고 말하는 것은 양자를 다 숭상하는 것이므로 경계해야 한다고 한다. 그러므로 한계 내에서 지적 욕망을 추구하는 것은 신앙에 배치되는 것이 아니다. 다만 밀턴이 경계하는 것은 공허한 사변과 불경스러운 추측이다. 사변 자체는 나쁜 것이 아니지만, 믿음을 떠난 일로 그 사변이 어지럽혀진다면, 그것은 바른 지혜에서 이탈하는 것이기 때문에 공허한 이론이 되고 만다. 밀턴은 이런 바른 지혜를 떠난 공허한 사변을 배척한다.

34) **하늘의 지혜** 천사 같은 존재.

35) **그대의 입술** "왕은 사람들보다 아름다워 은혜를 입에 머금으니 그러므로 하나님이 왕에게 영원히 복을 주시도다"(「시편」 45편 2절).

36) **우리의 동료 종들** "나는 너와 네 형제 선지자들과 또 이 두루마리의 말을 지키는 자들과 함께 된 종이니 그리하지 말고 하나님께 경배하라"(「요한계시록」 22장 9절).

37) **그날** 창조의 여섯째 날.

38) 이름 지을 수 있었나이다 이름은 실체의 표현이니, 실체를 인식하면 이름을 부를 수 있다.

39) 살아 움직이고 「사도행전」 17장 28절 참조.

40) 동산으로 밀턴이 묘사하는 낙원은 대체로 높은 산꼭대기의 평평한 곳이고, 거기에 이르는 험한 비탈은 숲과 나무로 덮여 있다. 「에스겔」 28장 13~14절 참조.

41) 기쁨과 두려움으로 "여호와를 경외함으로 섬기며 떨며 즐거워할지어다" (「시편」 2편 11절).

42) 이 낙원을 너에게 주노니… 쫓겨나리라(319~333행) 「창세기」 2장 15~17절 참조.

43) 이 아름다운… 소유하라(338~342행) 「창세기」 1장 28절 참조.

44) 이름 붙여주며 「창세기」 2장 19~20절 참조.

45) 지식이 있고 "소는 그 임자를 알고 나귀는 그 주인의 구유를 알건마는 이스라엘은 알지 못하고 나의 백성은 깨닫지 못하는도다 하셨도다"(「이사야」 1장 3절).

46) 내 말에 노여워 마소서 "주여, 노하지 마옵시고 말씀하게 하옵소서"(「창세기」 18장 30절).

47) 한쪽이 당겨지고 다른 한쪽이 늦춰지면 현악기에 비유한 것으로 팽팽히 당겨 높이 울리는 줄과 늘어져 낮고 무겁게 울리는 줄은 조화가 되지 않는다.

48) 산 것들 천사들을 가리킨다.

49) 당신의 영원한 … 이르기에는 "깊도다 하나님의 지혜와 지식의 풍성함이여, 그의 판단은 헤아리지 못할 것이며 그의 길은 찾지 못할 것이로다"(「로마서」 11장 33절).

50) 비록 하나이지만 … 절대이시니 하나님은 하나이지만, 그것이 여러 수 중 하나가 아니고 수를 초월한 절대의 하나다. 하나님 외에 또다른 하나님의 존재를 상상할 수 없다는 것이다.

51) 같은 자가 같은 자를 낳아서 배우자 몸에서 자손을 낳게 한다는 뜻.

52) 인간의 혼자 있음이 "여호와 하나님이 이르시되 사람이 혼자 사는 것이 좋지 아니하니 그를 위하여 돕는 배필을 지으리라 하시니라"(「창세기」 2장 18절).

53) 나를 도우려는 듯 … 이루어졌나이다(458~471행) 「창세기」 2장 21~22절 참조.

54) 뼈 중의 뼈요, 살 중의 살 「창세기」 2장 23~24절, 「마태복음」 19장 4~6절, 「마가복음」 10장 6~8절 참조.

55) 명예 명예 혼례. 「히브리서」 13장 4절 참조.

56) 다정한 밤새 나이팅게일을 가리킨다.

57) 여기서는 부부의 성애를 가리킨다.

58) 마음속의 자연 본성을 가리킨다.

59) 어떤 부분 몸을 가리킨다.

60) 그녀에게 주어진 장식은 … 않았나이다(538~545행) 「고린도전서」 11장 3~16절 참조.

61) 그대가 아끼고 「에베소서」 5장 28~29절 참조.

62) 순종할 것은 못 되느니라 "아내들이여 자기 남편에게 복종하기를 주께 하듯 하라"(「에베소서」 5장 22절).

63) 그대를 머리로 "각 남자의 머리는 그리스도요 여자의 머리는 남자요 그리스도의 머리는 하나님이시라"(「고린도전서」 11장 3절).

64) 외관을 배제하고 내실을 기하리라 「베드로전서」 3장 3~4절 참조.

65) 참다운 사랑 「고린도전서」 13장 4~7절 참조.

66) 하늘의 사랑 「마태복음」 5장 43~48절 참조.

67) 대지의 푸른 곶 아프리카의 서해안 베르데곶. 그리스신화에 따르면, 헤스페리스의 딸들이 지킨 황금의 사과가 열리는 헤스페리데스 동산이 이 섬에 있었다고 한다.

68) 그분을 사랑하는…명령을 지켜라 "하나님을 사랑하는 것은 이것이니 우리가 그의 계명들을 지키는 것이라. 그의 계명들은 무거운 것이 아니로다"(「요한1서」 5장 3절).

제9편

1) 친구와 얘기하듯이 "사람이 자기의 친구와 이야기함같이 여호와께서는 모세와 대면하여 말씀하시며 모세는 진으로 돌아오나 눈의 아들 젊은 수종자 여호수아는 회막을 떠나지 아니하니라"(「출애굽기」 33장 11절).

2) 아킬레우스의 단호한 분노 아킬레우스는 그의 친구인 파트로클로스를 살해한 헥토르의 뒤를 쫓아서 세 번이나 성벽을 돌고 난 끝에 그를 붙잡아 죽였다고

한다. 아킬레우스의 분노는 호메로스의 『일리아스』의 주제다.

3) **투르누스의 분노** 베르길리우스의 『아이네이스』에 의하면 라티움의 왕 라티누스의 딸인 라비니아는 투르누스의 약혼녀였으나 그를 배반하고 아이네아스와 결혼했기 때문에 양자 사이에 싸움이 벌어져 그는 아이네아스에게 살해된다.

4) **그리스 사람** 오디세우스를 가리킨다. 그는 해신 포세이돈의 노여움을 샀기 때문에 트로이전쟁에서 승리하고 본국으로 돌아가는 도중 해상에서 폭풍을 만나 10년 동안 표류했다.

5) **키데레아의 아들** 아프로디테의 아들인 아이네아스. 키데레아는 크레타섬에 있는 지명으로 아프로디테의 별명이기도 하다. 아이네아스도 주노의 노여움을 사서 이탈리아에 도착할 때까지 많은 고난을 겪었다.

6) **하늘의 수호여신** 하늘의 시의 여신인 우라니아, 즉 성령을 뜻한다.

7) **그 선택은 오래 걸렸고** 밀턴은 청년 시절부터 불멸의 대작을 남기려고 마음먹었는데, 여러 가지로 생각한 결과 그 윤곽이 '실낙원'이라는 서사시의 형태로 결정된 것은 1640년경이고 집필을 시작한 것은 1658년경이었다.

8) **길고 지루하게…전투에서 베고** 밀턴은 영웅시의 일반적인 주제가 되었던 신비적이거나 허구적인 얘기를 싫어했다. 그가 한때 아서왕의 전설을 주제로 삼아 대서사시를 쓰려고 하다가 그것을 포기한 것도 그 얘기가 허구적인 기사의 이야기이기 때문이다. 그는 기교나 흥미보다는 진실을 존중하는 시인이었다.

9) **경주나 경기** 『일리아스』나 『아이네이스』 등에도 이러한 묘사가 많다. 밀턴은 호메로스, 베르길리우스를 존경하고 그들에게서 많은 것을 배웠으면서도 그리스도교 시인으로서 그의 본분을 잃지 않았다.

10) **기묘한 인각** 이탈리아 시인들인 보이아르도, 아리오스토, 타소 등의 시에

이런 유의 묘사가 많다.

11) **시대가 너무 늦었거나** 시대의 흐름으로 보아 대서사시가 나올 만한 시대적 조건이 사라졌다고 느꼈던 것 같다. 크롬웰의 개혁정치시대가 다 지나고 왕정이 복고되어 악한 시대가 됨으로써 영웅적인 서사시가 나오기에 늦어버린 것 같다는 뜻이다.

12) **냉랭한 풍토** 영국의 풍토. 좋은 시는 훈훈한 정신적 풍토에서만 나오는 것인데, 밀턴이 『실낙원』을 기도하던 때는 그렇지 못했던 것 같다.

13) 나이 60세에 가까운 그의 나이.

14) **헤스페로스의 별** 금성이 초저녁에 나왔을 때의 이름.

15) 지구를 돌고 나서 "여호와께서 사탄에게 이르시되 네가 어디서 왔느냐. 사탄이 여호와께 대답하여 이르되 땅을 두루 돌아 여기저기 다녀왔나이다"(「욥기」1장 7절).

16) **고뇌에 가득찬…밤의 수레를 가로질러** 사탄의 편력을 천문학적으로 설명한 것이다. 사탄이 지구의 암흑면을 따라 돈 7주야 중 3주야는 적도를 동에서 서로 돌고, 4주야는 지구의 자전을 횡단하여 북극에서 남극으로, 다시 남극에서 북극으로 달렸다.

17) **양분권** 하늘의 극에서 극까지를 춘분점과 추분점을 거쳐 그은 경선(經線) 또는 권권(圈)을 분경선(分經線 또는 분권分圈)이라 하고, 하지선과 동지선을 경유하여 그은 것을 지경선(至經線 또는 지권至圈)이라 한다. 그러므로 분권, 지권이 각 두 개씩 있고 하늘의 황도와 적도를 4분한다. 이에 따라 지구의 극에서 극까지에도 네 분지권이 있다. 사탄은 4주야 동안에 극에서 극으로 달릴 때에도 이 네 분지권을 따라 건넜던 것이다. 즉, 보통 같으면 낮과 밤이 있는 것이 원칙인데, 사탄은 밤에만 있었다.

18) **출입구** 그룹천사가 감시하고 있는 동산의 입구. 사탄은 천사들을 피하려고 입구에서 떨어진 쪽, 티그리스강의 위치로 봐서 북쪽을 찾는다.

19) **에덴에서…더듬어 찾았다(77~82행)** 사탄은 에덴을 나와 북쪽으로 향하여 폰토스(흑해)와 마이오티스해(아조프해)를 건너, 더욱 북쪽으로 가서 지금의 러시아 영토까지 들어가 시베리아의 오비강까지 이르러 북극을 지나 지구의 저쪽을 남하하여 남극까지 내려갔다. 남북으로 이러하고, 동서의 경로를 말하면, 에덴의 서쪽 시리아의 오론테스강 저편의 더욱 서쪽으로 가서 다리엔(파나마지협)을 건너 지구를 돌아서 에덴의 동쪽인 인도까지 갔다.

20) **들짐승 가운데서** "그런데 뱀은 여호와 하나님이 지으신 들짐승 중에 가장 간교하니라"(「창세기」 3장 1절).

21) **성장, 감각, 이성의…너에게 나타나도다** 식물의 본성인 성장, 동물의 본성인 성장과 감각, 그리고 그것을 초월하는 이성을 가진 존재가 인간이다.

22) **내 은신처** 나의 고통을 피할 수 있는 곳을 가리킨다.

23) **그가** 인간이.

24) **거의 절반** 사탄은 거의 절반이라고 호언하지만 실은 삼분의 일이었다. 「요한계시록」 12장 4절 참조.

25) **비천한 근원** 흙을 말한다.

26) **번갯불의 사자** "바람을 자기 사신으로 삼으시고 불꽃으로 자기 사역자를 삼으시며"(「시편」 104편 4절).

27) **봉사토록 하고** "그가 너를 위하여 그의 천사들을 명령하사 네 모든 길에서 너를 지키게 하심이라"(「시편」 91편 11절).

28) 집안일 "자기의 집안일을 보살피고 게을리 얻은 양식을 먹지 아니하나니"(「잠언」 31장 27절). 밀턴은 이런 원칙으로 그 딸들을 길렀다고 하며 그런 원칙을 가장 잘 지키는 여성을 이상적 여성으로 생각했다.

29) 얼마 동안 떨어져 있는 것 「고린도전서」 7장 5절 참조.

30) 경계받고…가라 밀턴은 자기 아내가 자기를 떠날 때의 사건을 염두에 두고 이 대목을 썼던 것이라고 한다.

31) 오레아드 숲의 요정.

32) 드리아드 또는 델리아 드리아드는 나무의 요정이고, 델리아는 수렵의 여신이다. 델리아가 수렵 나갈 때는 많은 요정을 시종으로 거느리고 나갔다 한다.

33) 팔레스 로마신화에 나오는 양과 양치기의 여신.

34) 포모나 로마신화에 나오는 과실의 여신.

35) 베르툼누스 로마신화에 나오는 계절, 과실, 화원 등의 신. 그는 여러 인간의 모습으로 변신하여 포모나에게 구혼했으나 번번이 거절당했다.

36) 프로세르피나 케레스와 유피테르 사이에서 태어난 딸로, 풀밭에서 꽃을 따다가 저승 왕 플루토에게 납치된다. 제우스가 플루토에게 돌려보내라고 명령하지만, 프로세르피나가 저 지하세계에서 무엇을 먹으면 지상으로 돌아올 수 없다는 규율을 어기고 석류를 먹는 바람에 제우스가 중재해서 일 년의 3분의 2는 지상에서 나머지는 저승에서 플루토의 아내로 살게 되었다. 이 비유를 통해 밀턴은 뱀으로 가장한 지옥의 왕자 사탄의 유혹과 하와의 타락, 그 결과로 받는 비극적인 삶, 그리스도에 의한 구원 같은 숭엄한 주제를 신화적인 유추로 묘사해 보여주고 있다.

37) 이렇게 단장한 그녀는…케레스와 같았다 밀턴은 원예도구를 가지고 들에

나가는 하와의 모습을 팔레스, 포모나, 케레스에 비유했는데, 이들은 모두가 원예의 일을 주관하는 신들이므로 적절한 비유라 할 것이다.

38) **소생한 아도니스의 동산** 아도니스가 사냥중에 멧돼지에게 물린 상처가 원인이 되어 죽자 그의 애인 아프로디테는 지대한 슬픔과 기도로 하계의 신들을 움직였고, 그래서 그들은 아도니스에게 매년 6개월 동안은 지상에서 그녀와 같이 살 것을 허용했다. 그것은 사랑의 불멸성을 비유한 것이라 하기도 하고, 또 자연의 부흥을 상징하는 것이라고도 한다. 여기서 말하는 아도니스의 동산이란 원래 화초 항아리를 뜻한다. 즉, 아도니스가 멧돼지에 물려 죽은 뒤 갱생을 축하하기 위해 해마다 축제에 부인들이 가져왔다고 한다. 그러나 시인들은 언제나 진실한 동산으로 묘사하고 있다.

39) **라에르테스의 아들** 오디세우스를 가리킨다.

40) **알키노오스** 페니키아의 왕. 그는 오디세우스를 환대하고, 주인 노릇을 했다. 알키노오스의 궁정과 포도원의 묘사가 『오디세이아』 제7권 112~311행에 나온다.

41) **현명한 왕** 솔로몬을 가리킨다.

42) **이집트 태생의 왕비** 파라오의 딸. 「열왕기상」 3장 1절 참조.

43) **마치 집이 … 느낄 때와도 같다(445~451행)** 밀턴이 런던의 부친 집에 살던 어린 시절의 경험을 말한 것으로 보인다.

44) **헤르미오네와 카드모스가 변한 뱀** 테베의 왕 카드모스는 제우스의 주선으로 헤르미오네(스테파누스Stephanus의 작품에서는 하르모니아Harmonia로 나온다)를 아내로 맞아들였다. 두 사람은 노후에 발칸반도의 서해안에 있는 일리리아로 가서 신에게 부탁하여 뱀으로 변했다.

45) **에피다우로스의 신** 에피다우로스는 고대 그리스의 도시. 의술의 신 아스클

레피오스 신전으로 유명하다. 여기서 '에피다우로스의 신'이란 아스클레피오스를 말한다. 로마에 질병이 유행했을 때, 아스클레피오스는 뱀의 모습으로 나타나 병마를 물리쳤다 한다.

46) **암몬과 카피톨리누스의 주피터** 암몬의 주피터, 즉 리비아의 주피터와 카피톨리누스의 주피터. 전설에 의하면 전자는 알렉산드로스대왕의 아버지, 후자는 스키피오 아프리카누스의 아버지다. 알렉산드로스대왕의 아버지 필리포스 2세가 부인 올림피아스와 뱀이 함께 자는 것을 보고 부인을 멀리했는데 실은 그 뱀이 암몬의 주피터였다고 한다.

47) **올림피아스** 마케도니아의 왕 필리포스 2세의 부인. 알렉산드로스대왕의 어머니.

48) **키르케** 미약으로 사람을 매혹하고 마술지팡이로 사람을 심승으로 변형시켰다는 요신(妖神). 오디세우스가 키르케가 사는 아이아이에 섬에 왔을 때, 그녀는 그의 부하들을 돼지로 만들었다.

49) **여기** 지상.

50) **한 사람** 아담.

51) **전자** 사람의 말을 하는 것.

52) **후자** 사람의 마음(생각)을 표현하는 것.

53) **회향** 향기로운 풀로서 뱀이 좋아하는 식물이라 한다.

54) **암양이나…흐르는 젖** 양이나 염소의 새끼들이 빨지 않아 저절로 흘러내리는 젖을 뱀이 빨아 먹는다고 생각했다.

55) **강력하게 사로잡는 자** 굶주림과 목마름을 의인화하여 강력하게 사로잡는

자라 하였다.

56) **신의 소리의 외딸** 신의 입에서 나온 유일한 명령.

57) **우리 자신의 법으로 사나니** 자신의 이성에 따라 자유로 판단하며 행동하고 그것을 행동의 법칙으로 해서 생활한다는 뜻. 「로마서」 2장 14절 "율법 없는 이 방인이 본성으로 율법의 일을 행할 때에는 이 사람은 율법이 없어도 자기가 자기에게 율법이 되나니" 참조.

58) **새로운 역할을 취하여** 사람에 대한 깊은 동정을 나타내는 동시에 사람을 위해 분개하는 듯한 태도를 취하여.

59) **유명한 변사** 예를 들어 데모스테네스, 소크라테스, 키케로 등. 밀턴이 이스라엘 예언자들의 변론을 그리스나 로마의 웅변가들의 그것보다 능하다고 본 것은(『복낙원』 4편 356~360행) 적합하지만, 이곳의 비유는 사탄에 관한 것이므로 적당하지 못한 느낌을 준다.

60) **죽음의 위협** "뱀이 여자에게 이르되 너희가 결코 죽지 아니하리라. 너희가 그것을 먹는 날에는 너희 눈이 밝아져 하나님과 같이 되어 선악을 알 줄 하나님이 아심이니라"(「창세기」 3장 4~5절).

61) **인간성을 벗고 신성을 입을 것이니** "너희가 서로 거짓말을 하지 말라. 옛사람과 그 행위를 벗어버리고 새사람을 입었으니 이는 자기를 창조하신 이의 형상을 따라 지식에까지 새롭게 하심을 입은 자니라"(「골로새서」 3장 9~10절).

62) **모든 것의 치료제** 눈을 뜨게 하고 지혜를 주는 치료제.

63) **영리하게 하는 힘** "여자가 그 나무를 본즉 먹음직도 하고 보암직도 하고 지혜롭게 할 만큼 탐스럽기도 한 나무인지라 여자가 그 열매를 따 먹고 자기와 함께 있는 남편에게도 주매 그도 먹은지라"(「창세기」 3장 6절).

64) 악의 시간 열매를 따 먹는 순간은 인류에게 재난의 문이 열리는 순간이니 악의 시간이 아닐 수 없다.

65) 대지는 상처를…징표를 드러낸다 인류의 타락으로 자연의 질서도 무너진다.

66) 나도 숨은 것 「시편」 10편 11절, 「욥기」 22장 13~14절 참조.

67) 그와 동등하게 밀턴은 남녀는 그 성이 다른 것처럼 결코 동등할 수 없다고 생각한다. 「고린도전서」 11장 3~10절, 「베드로전서」 3장 1~6절 참조.

68) 생각하는 것부터가 죽음이다 생각하면 죽는 것만큼이나 괴롭다는 뜻.

69) 수확의 여왕 축제 때, 농부들이 축하행렬의 앞장에 세우는 케레스 예산성 또는 그때 선출된 처녀.

70) 사죄의 말이 서론으로 흘러나오고 하와는 아담을 만나자, 양심의 가책을 느끼고 죄를 의식한다. 그것이 얼굴에 우선 나타나며 변명할 말을 찾는다.

71) 그대 어찌하여 타락했는가 "너 아침의 아들 계명성이여 어찌 그리 하늘에서 떨어졌으며 너 열국을 엎은 자여 어찌 그리 땅에 찍혔는고"(「이사야」 14장 12절).

72) 그는 속은 것은 아니나 "아담이 속은 것이 아니고 여자가 속아 죄에 빠졌음이라"(「디모데전서」 2장 14절).

73) 원죄 모든 죄의 근원이 되는 죄라는 뜻.

74) 맛도 두 가지 뜻 미각이 느끼는 맛과 이해에서 오는 맛. 이런 두 뜻으로 하와에게 적용했으니, 다른 말로 표현한다면, 그녀는 미각도 놀랍고 지혜도 뛰어나다는 뜻이다.

75) 사랑과 사랑의 유희에 "오라 우리가 아침까지 흡족하게 서로 사랑하며 사랑함으로 희락하자"(「잠언」 7장 18절).

76) 힘센 단 사람 삼손을 가리킨다. 「사사기」 13~16장 참조.

77) 헤라클레스 그리스의 영웅 중 가장 힘센 자.

78) 들릴라 블레셋의 미녀로 삼손의 둘째 아내. 남편의 힘의 비밀이 그 머리칼에 있다는 말을 듣고 그것을 잘라버린 뒤 그를 적에게 넘겼다. 적은 그의 두 눈을 빼내고 투옥하여 중노동을 시켰다. 복역중 그는 다곤의 축제 때, 여러 관중에게 괴력을 보인 뒤 대회장의 기둥을 뽑아 무너지는 건물 밑에 많은 적과 함께 깔려 비장한 최후를 마쳤다.

79) 버러지 뱀을 가리킨다.

80) 나를 덮어라 "산들과 바위에게 말하되 우리 위에 떨어져 보좌에 앉으신 이의 얼굴에서와 그 어린 양의 진노에서 우리를 가리라"(「요한계시록」 6장 16절).

81) 무화과나무 인도 무화과라고 일컫는 반얀나무. 이 나무에 대한 밀턴의 지식은 제러드(Gerad)의 식물도감에서 얻은 것이라 한다. 그 가지 끝이 늘어져 땅에 닿으면 뿌리가 솟아 나무가 된다. 이리하여 한 나무가 큰 숲처럼 무성하다. 인도에서는 이 그늘로 더위를 피하고 또 그 속에 오락장을 만든다고 한다.

82) 말라바르나 데칸 말라바르는 인도의 서남부에 있다고 상상되었던 지방, 그리고 데칸은 말라바르의 북쪽에 있었다고 한다.

83) 아마존족의 방패 아마존족은 캅카스의 산악지대에서 아시아로 이주한 사나운 여족. 그들의 반달 모양의 방패는 이름난 무기인데 베르길리우스의 작품에 나온다.

84) 새털로 만든 콜럼버스가 처음 만난 아메리칸인디언들은 모두 나체였는데,

나중에 새털 허리띠를 두른 종족을 만났다.

85) 내 머리인 그대 「고린도전서」 11장 3절 참조.

제10편

1) 겹친 죄 금단의 나무 열매를 따 먹은 하나의 행위 속에 교만, 불충, 반역, 음탕, 좋지 못한 호기심, 불신 등 여러 가지 죄가 포함되어 있다는 뜻이다.

2) 신비로운 구름 한가운데서 "여호와의 영광이 그룹에서 올라와 성전 문지방에 이르니 구름이 성전에 가득하며 여호와의 영화로운 광채가 뜰에 가득하였고"(「에스겔」 10장 4절).

3) 천둥소리 "보좌로부터 번개와 음성과 우렛소리가 나고 보좌 앞에 켠 등불 일곱이 있으니 이는 하나님의 일곱 영이라"(「요한계시록」 4장 5절). 뇌성은 하나님의 심판의 표상이다.

4) 면죄가 아니라는 것을 "이 예수를 하나님이 그의 피로써 믿음으로 말미암는 화목제물로 세우셨으니 이는 하나님께서 길이 참으시는 중에 전에 지은 죄를 간과하심으로 자기의 의로우심을 나타내려 하심이니"(「로마서」 3장 25절).

5) 너에게 넘기리라 "아버지께서 아무도 심판하지 아니하시고 심판을 다 아들에게 맡기셨으니"(「요한복음」 5장 22절).

6) 자비와 정의를 조율하게 하려는 "인애와 진리가 같이 만나고 의와 화평이 서로 입맞추었으며"(「시편」 85편 10절).

7) 찬란하게 드러내며 "이는 하나님의 영광의 광채시요 그 본체의 형상이시라. 그의 능력의 말씀으로 만물을 붙드시며 죄를 정결하게 하는 일을 하시고 높은 곳에 계신 지극히 크신 이의 우편에 앉으셨느니라"(「히브리서」 1장 3절).

8) 내 안에 "아버지여, 아버지께서 내 안에, 내가 아버지 안에 있는 것같이 그들도 다 하나가 되어 우리 안에 있게 하사 세상으로 아버지께서 나를 보내신 것을 믿게 하옵소서"(「요한복음」17장 21절).

9) 서늘한 저녁 "그들이 그날 바람이 불 때 동산에 거니시는 여호와 하나님의 소리를 듣고 아담과 그의 아내가 여호와 하나님의 낯을 피하여 동산 나무 사이에 숨은지라"(「창세기」3장 8절).

10) 죄의 중재자 "그러므로 자기를 힘입어 하나님께 나아가는 자들을 온전히 구원하실 수 있으니 이는 그가 항상 살아 계셔서 그들을 위하여 간구하심이라"(「히브리서」7장 25절).

11) 동산에서 들었사오나…숨었나이다 "내가 동산에서 하나님의 소리를 듣고 내가 벗었으므로 두려워하여 숨었나이다"(「창세기」3장 10절).

12) 알몸이라고…따 먹었구나 "누가 너의 벗었음을 네게 알렸느냐. 내가 네게 먹지 말라 명한 그 나무 열매를 네가 먹었느냐"(「창세기」3장 11절).

13) 지배당할 것이지…못 되느니라 "여자는 일체 순종함으로 조용히 배우라. 여자가 가르치는 것과 남자를 주관하는 것을 허락하지 아니하노니 오직 조용할지니라"(「디모데전서」2장 11~12절).

14) 뱀이…먹었나이다 "여호와 하나님이 여자에게 이르시되 네가 어찌하여 이렇게 하였느냐. 여자가 이르되 뱀이 나를 꾀므로 내가 먹었나이다"(「창세기」3장 13절).

15) 재난의 도구 뱀은 다만 사탄의 도구에 불과하다.

16) 네가 이런 짓을…머리를 밟히리라(175~181행) 「창세기」3장 14~15절 참조.

17) **허공의 왕** "그때에 너희는 그 가운데서 행하여 이 세상 풍조를 따르고 공중의 권세 잡은 자를 따랐으니 곧 지금 불순종의 아들들 가운데서 역사하는 영이라"(「에베소서」 2장 2절).

18) **예수가 하늘에서 … 보았을 때다** "예수께서 이르시되 사탄이 하늘로부터 번개같이 떨어지는 것을 내가 보았노라"(「누가복음」 10장 18절).

19) **그분은 … 멸망시키고** "통치자들과 권세들을 무력화하여 드러내어 구경거리로 삼으시고 십자가로 그들을 이기셨느니라"(「골로새서」 2장 15절).

20) **포로를 사로잡아 끌고 와서** "주께서 높은 곳으로 오르시며 사로잡은 자들을 취하시고 선물들을 사람들에게 받으시며 반역자들로부터도 받으시니 여호와 하나님이 그들과 함께 계시기 때문이로다"(「시편」 68편 18절).

21) **발아래서 굴복시키시리라** "평강의 하나님께서 속히 사탄을 너희 발아래에서 상하게 하시리라. 우리 주 예수의 은혜가 너희에게 있을지어다"(「로마서」 16장 20절).

22) **너는 아기를 … 더하게 되리라** "또 여자에게 이르시되 내가 네게 임신하는 고통을 크게 더하리니 네가 수고하고 자식을 낳을 것이며 너는 남편을 원하고 남편은 너를 다스릴 것이니라 하시고"(「창세기」 3장 16절).

23) **너는 아내의 말에 … 흙으로 돌아가리라(198~208행)** "아담에게 이르시되 네가 네 아내의 말을 듣고 내가 네게 먹지 말라 한 나무의 열매를 먹었은즉 땅은 너로 말미암아 저주를 받고 너는 네 평생에 수고하여야 그 소산을 먹으리라. 땅이 네게 가시덤불과 엉겅퀴를 낼 것이라. 네가 먹을 것은 밭의 채소인즉 네가 흙으로 돌아갈 때까지 얼굴에 땀을 흘려야 먹을 것을 먹으리니 네가 그것에서 취함을 입었음이라. 너는 흙이니 흙으로 돌아갈 것이니라 하시니라"(「창세기」 3장 17~19절).

24) **종의 형체** "그는 근본 하나님의 본체시나 하나님과 동등됨을 취할 것으로

여기지 아니하시고 오히려 자기를 비워 종의 형체를 가지사 사람들과 같이 되셨고"(「빌립보서」 2장 6~7절).

25) 제자들의 발을 씻었을 때처럼 "저녁 잡수시던 자리에서 일어나 겉옷을 벗고 수건을 가져다가 허리에 두르시고 이에 대야에 물을 떠서 제자들의 발을 씻으시고 그 두르신 수건으로 닦기를 시작하여"(「요한복음」 13장 4~5절).

26) 뱀처럼 허물 벗는 뱀처럼 탈피하는 동물이 뱀 이외에도 또 있다고 보았다.

27) 적들에게… 주저하지 않으셨다 "너희 원수를 사랑하며 너희를 박해하는 자를 위하여 기도하라"(「마태복음」 5장 44절).

28) 정의의 옷 "내가 여호와로 말미암아 크게 기뻐하며 내 영혼이 나의 하나님으로 말미암아 즐거워하리니 이는 그가 구원의 옷을 내게 입히시며 공의의 겉옷을 내게 더하심이 신랑이 사모를 쓰며 신부가 자기 보석으로 단장함 같게 하셨음이라"(「이사야」 61장 10절).

29) 탐욕스러운 새떼 독수리떼를 가리킨다. 송장냄새를 잘 맡는 날카로운 후각을 갖고 있다. "독수리가 공중에 떠서 높은 곳에 보금자리를 만드는 것이 어찌 네 명령을 따름이냐. 그것이 낭떠러지에 집을 지으며 뾰족한 바위 끝이나 험준한 데 살며 거기서 먹이를 살피나니 그 눈이 멀리 봄이며 그 새끼들도 피를 빠나니 시체가 있는 곳에는 독수리가 있느니라"(「욥기」 39장 27~30절).

30) 페조라 러시아의 동북부에서 북빙양으로 흐르는 강 또는 작은 만이다.

31) 카데이 대개는 중국의 동북, 인도의 북부에 있었던 지방이라고 상상하나, 베리티에 의하면 중국 북쪽으로 북빙양까지 펼쳐져 있는 넓은 지방으로, 동부 시베리아에 해당한다고 한다.

32) 상상의 길 북빙양을 지나 동양으로 나가는 길이라고 상상했던 길.

33) 델로스의 부도 에게해의 키클라데스군도 중 한 섬. 전설에 의하면 해신 포세이돈이 삼지창으로 불러낸 부도였던 것을 제우스가 사슬로 바다 밑 바위에 동여매고 헤라의 질투로 자식을 낳을 장소가 없는 레토를 숨겨 아폴론과 아르테미스를 낳게 했다고 한다.

34) 고르곤 고르곤의 모습은 그것을 보는 사람을 돌로 화하게 할 만큼 무서운데, 죽음의 모습이 그 같은 작용을 한다는 것이다.

35) 그 밖의 것은… 동여맨다 사해의 표면에 떠 있는 것과 같은 역청과 그 모습의 작용으로 그 밖의 딱딱한 물질들을 결합시킨다.

36) 크세르크세스 페르시아의 왕. 다르다넬스해협에 선교(船橋)를 놓고 그리스 원정을 감행했으나, 살라미스해전에서 패했다.

37) 멤논 페르시아 왕. 그의 아버지 티토노스가 건설한 수도 수사(Susa)에 성을 구축하고 자기 이름을 따서 멤논이라 하였다.

38) 수사 페르시아의 수도. 왕의 동궁(冬宮)이 있는 곳. 「느헤미야」 1장 1절, 「다니엘」 8장 2절의 '수산'은 바로 이곳을 말한다.

39) 헬레스폰트 다르다넬스해협의 옛 이름.

40) 다리를 놓아 배로 연결한 다리.

41) 성난 파도를 여러 번 채찍질 처음에 만든 주교(舟橋)가 폭풍에 파괴된 것에 노하여, 크세르크세스는 헬레스폰트해협에 300대 태형을 명하고 한 쌍의 족쇄를 거기에 던져 그것을 차도록 했다.

42) 천심을 향해 지구로 내려가는 통로가 있는 쪽을 향하여.

43) 백양궁으로… 사이를 나아간다 사탄은 태양의 관리자 우리엘에게 발각되지

않으려고 될 수 있는 한 먼 거리를 취한다. 그래서 백양궁과 아주 반대쪽에 있는 인마궁과 천갈궁 사이로 해서 하늘로 올라온다.

44) 이 세계 우주를 가리킨다.

45) 그곳 정화천을 일컫는다.

46) 그에게 하나님에게.

47) 네모난 세계 "그 성은 네모가 반듯하여 길이와 너비가 같은지라. 그 갈대자로 그 성을 측량하니 만 이천 스다디온이요 길이와 너비와 높이가 같더라"(「요한계시록」 21장 16절).

48) 당신의 둥근 세계 사탄이 영유하는 곳.

49) 승리의 행위로써…상응하고   사탄은 신세계를 정복하는 공로를 세웠고 죄와 죽음은 하늘문 가까이에 긴 다리를 놓는 공을 세워 사탄의 과업에 상응했다.

50) 지옥과 이 세계를…만들었으니   이 세계는 이미 지옥이 되었으므로 지옥과 이 세계는 한 나라라 할 수 있다.

51) 타격을 입은 죄와 죽음이 여러 별들에게 끼치는 악영향.

52) 문 지옥문.

53) 배치된 자들 죄와 죽음을 가리킨다.

54) 아스트라칸 카스피해의 서북쪽에 있는 나라. 타타르인이 러시아와의 싸움에 패해 아시아로 퇴각할 때 이곳을 지났다.

55) 박트리아 왕 박트리아는 페르시아제국의 한 지방이지만, 전 페르시아를 대

표하기도 한다. 그러니까 박트리아 왕은 페르시아 왕을 가리킨다.

56) **초승달의 뿔** 오스만튀르크의 반월기(半月旗)를 가리키며, 오스만튀르크 세력을 의미한다.

57) **알라듈왕** 오스만제국의 황제 셀림 1세의 공격을 받아 죽은 아르메니아의 왕. 그의 영토는 유프라테스강 동쪽에 있던 대 아르메니아다.

58) **타우리스** 페르시아의 북방, 아르메니아의 경계에 가까운 곳. 지금의 타브리즈.

59) **카즈빈** 테헤란 북방에 있는 페르시아의 수도.

60) **양두사** 몸의 양끝에 머리를 가지고 있는 것으로 전해지는 뱀의 일종.

61) **열사** 물리기만 하면 목이 말라 참을 수 없게 만드는 뱀의 일종.

62) **고르곤의 피가 떨어진 땅** 아프리카의 리비아. 머리카락이 뱀인 괴물 고르곤의 머리에서 떨어진 피가 사막의 요정에 의해 갖가지 모양의 수없는 뱀으로 변했다고 한다.

63) **사도(蛇島)** 스페인의 동쪽 지중해에 있는 작은 섬. 지금의 포르멘테라.

64) **용이 되어** 「요한계시록」 12장 3~9절 참조.

65) **피톤** 데우칼리온의 대홍수가 있은 뒤 진창에서 나왔다고 하는 큰 뱀.

66) **개가는 수치로 변하여** "그들은 번성할수록 내게 범죄하니 내가 그들의 영화를 변하여 욕이 되게 하리라"(「호세아」 4장 7절).

67) **메가이라** 머리에 뱀을 두르고 있는 복수의 여신 중 하나.

68) 소돔　소돔과 고모라가 불타 멸망한 이야기는 「창세기」 19장 24~28절에 있다.

69) 역청의 바닷가에 자라던 능금　역청의 바다는 사해. 이 바닷가에서 생산되는 능금을 사해능금 또는 소돔의 사과라고 하며, 겉은 아름다우나 속은 재로 가득차 있다고 한다.

70) 어떤 이의 말에 의하면…당하도록 했노라고 한다　이 전설의 출처는 분명치 않다. 지금까지 밝혀진 출처 중에서 가장 근접한 것은 아리오스토의 『광란의 오를란도』 가운데 다음 일절이다. "칠 일마다 우리는 마지못해 스스로 뱀의 모습을 취한다."

71) 포획물　인류를 가리킨다.

72) 어떤 전설을 이교도 사이에 퍼뜨려　밀턴은 타락천사들이 이교 신화의 신들이 되었다고 생각했다.

73) 오피온　오르페우스파의 창조설화에서 세계의 시초가 되는 큰 뱀.

74) 에우리노메　오케아노스의 딸이며 오피온의 아내. 오피온은 뱀을, 에우리노메는 '넓은 지배'를 뜻한다. 이들 부부는 사투르누스와 오프스에 의해 지배자의 권력을 박탈당하고 올림포스에서 추방되었다.

75) 널리 잠식하는 하와　이것은 에우리노메라는 말의 뜻에서 안출한 어구인데, 하와가 자기 분수를 지키지 않고 여신이 되려고 망동한 뻔뻔스러움을 표상한다.

76) 딕타이아　크레타섬 동부에 있는 산의 이름. 제우스가 태어나서 자란 곳.

77) 사투르누스와 오프스　사투르누스와 오프스(사투르누스의 아내)는 인간으로서의 분수를 지키지 않고 여신이 되어보려고 한, 이 전설에 나오는 하와 즉

에우리노메와 오피온을 올림포스에서 몰아냈고, 나중에 이들은 제우스와 헤라에게 쫓겨났다. 사투르누스와 오프스는 다른 신화에서는 크로노스와 레아로 나타난다.

78) **파리한 말** "내가 보매 청황색 말이 나오는데 그 탄 자의 이름은 사망이니 음부가 그 뒤를 따르더라. 그들이 땅 사분의 일의 권세를 얻어 검과 흉년과 사망과 땅의 짐승들로써 죽이더라"(「요한계시록」 6장 8절).

79) **사탄의 둘째자식** 먼저 죄가 사탄의 머리에서 나오고 다음에 사탄과 죄 사이의 아들로서 죽음이 죄의 배에서 태어났다.

80) **시간의 낫** 시간과 죽음의 속성을 비유로 나타낸 말.

81) **너의 전승의 팔을** 「사무엘상」 25장 29절 참조.

82) **당신의 길 바르고** "주 하나님 곧 전능하신 이시여 하시는 일이 크고 놀라우시도다. 만국의 왕이시여 주의 길이 의롭고 참되시도다"(「요한계시록」 15장 3절).

83) **당신의 심판 옳도다** "또 내가 들으니 제단이 말하기를, 그러하다 주 하나님 곧 전능하신 이시여 심판하시는 것이 참되시고 의로우시도다 하더라"(「요한계시록」 16장 7절).

84) **당신으로 인하여 새 하늘과 새 땅** "우리는 그의 약속대로 의가 있는 곳인 새 하늘과 새 땅을 바라보도다"(「베드로후서」 3장 13절).

85) **또 하늘로부터 내려질 것이다** "또 내가 보매 거룩한 성 새 예루살렘이 하나님께로부터 하늘에서 내려오니 그 준비한 것이 신부가 남편을 위하여 단장한 것 같더라"(「요한계시록」 21장 2절).

86) **그 밖의 다섯 별** 일곱 별 중에서 해와 달을 제외한 유성들.

87) **위치** 별의 상관적 위치.

88) **십이궁의⋯삼분의 일** 십이궁의 6분의 1은 2궁 또는 60도 거리에 있는 것, 4분의 1은 3궁 또는 90도 거리에 있는 것, 3분의 1은 4궁 또는 120도 거리에 있는 것을 말한다.

89) **유독의 효험을 지닌 대좌** 2분의 1, 즉 6궁이나 180도 거리에 있는 것.

90) **접촉의 위치** 두 별이 상접하여 하나의 선 안에 있는 것.

91) **어느 것** 오리온성좌를 가리킨다.

92) **하늘의 전당** 구름. 바람이 하늘의 구름 속에서 굴러 우레를 일으킨다.

93) **지구의 극을⋯명령하자** 정확히 말하면 23.5도. 지구상에 풍한서습(風寒暑濕)의 변화가 생기는 원인은 지축이 궤도에 대하여 23.5도의 경사를 이루기 때문이다. 이 경사를 밀턴은 하나님이 천사에게 명령하여 정한 것으로 본다.

94) **태양은 그와 같은⋯명령을 받아** 지구는 그대로 두고 태양의 길(춘추분의 길)을 황도에서 분리했다고 보는 이도 있다는 것이다.

95) **아틀라스의 일곱 자매** 아틀라스의 딸들인 일곱 자매라고 불리는 묘성좌, 즉 플레이아데스. 금우궁의 목에 해당되는 부근에 있다.

96) **쌍자궁** 12궁 중 제3궁. 스파르타 왕 틴다레오스와 레다 사이에 태어난 쌍둥이 카스토르와 폴리데우케스를 대표한다고 한다.

97) **사자궁** 12궁 중 제5궁. 7월 21일경 태양이 이 궁으로 들어간다.

98) **처녀궁** 태양이 이 궁에 들어가는 것은 8월 21일경.

99) 에스토티란드 북아메리카의 배핀만과 허드슨만 사이에 있던 것으로 상상되는 지방.

100) 마젤란해협 남아메리카 남단에 있는 해협.

101) 극권의 저쪽 … 눈은 없었으리라(681~687행) 태양이 항상 적도에만 있으면, 지구의 양극에는 밤이 전혀 없고, 태양은 영구히 지평선을 빙빙 돌 것이다. 극지는 적도 지방에 비하면 태양에서 멀지만 지축이 지금같이 경사지지 않았으므로 태양을 표준으로 한 동서남북도 방위도 없었을 것이다. 또한 태양이 항상 지구의 양극을 비추면, 양극에 아주 가까운 곳까지 눈이 없을 것이다.

102) 티에스테스의 향연 미케네의 왕 아트레우스는 자기를 해친 형 티에스테스에게 복수하려고, 그 두 아들의 고기를 먹였다. 태양도 이 비도(非道)를 바라보지 못하여 얼굴을 돌렸다고 한다.

103) 노룸베가 아메리카 북부, 대서양 연안의 한 지방.

104) 사모예드 북동시베리아. 북빙양의 오비(Obi)만 근방.

105) 세랄리오나산 아프리카 서부해안의 바드곶에 가까운 산 또는 그 지방. 폭풍의 기점으로 알려졌으며, 그 폭풍소리가 사자의 포효 소리 같다 하여 사자산이라고도 한다. 현대 지명은 시에라리온.

106) 남풍 아프리카의 바람을 의미하는 듯.

107) 일출과 일몰 때의 바람 해뜨는 쪽에서 부는 바람(동풍)과 해지는 쪽에서 부는 바람(서풍).

108) 동남풍 봄에 부는 건조한 바람.

109) 모두 풀을 뜯어먹는 것을 그만두고 인간이 타락하기 전에는 모든 동물이

풀을 먹고 살았으나 타락 후에는 약육강식의 참극을 벌였다고 한다.

110) **격정의 바다** "그러나 악인은 평온함을 얻지 못하고 그 물이 진흙과 더러운 것을 늘 솟구쳐내는 요동하는 바다와 같으니라"(「이사야」 57장 20절).

111) **번식하고 번성하라** 「창세기」 1장 28절 참조.

112) **자연의 중심에…무겁게** 물리학적 법칙에 따르면, 물체의 중량이란 중심으로 향하는 힘을 말하는 것으로 중심 그 자체에는 중량이 없을 터인데, 자기를 중심으로 모여드는 저주는 물리적 중심에 상당하는 곳까지 이르러도 중량(고통)을 느끼게 한다는 것을 의미한다.

113) **흙으로 나를 인간으로 만들어달라고** 「욥기」 33장 6절, 「이사야」 45장 9절 참조.

114) **나의 모든 것 죽으리라** 밀턴은 육체는 영혼과 불가분이며 완전히 결합된 유기적 통일체이므로, 인간이 죽을 때는 영혼과 육체가 함께 죽는다고 믿었다.

115) **이 밖의 모든 요인은…아니다** 사람이 죽으면 형벌을 받을 능력이 없어지기 때문에 가혹한 형벌을 내리려 해도 소용없다는 의미다.

116) **이날 선고된 죽음은…죽음일 것이오** 죽음은 범죄 후 곧 선고되었지만 당장 온 것은 아니다. 하나님은 그것을 지연시켜 인간으로 하여금 죽음에 못지않은 고통을 받게 한 것이다.

117) **낮의 별** 태양.

118) **불 일으키는 방법** 태양 광선을 볼록렌즈 같은 유리로 한 초점에 집중하여 나뭇잎에 불을 붙이거나 부싯돌을 쳐서 불을 일으키는 방법.

119) **마치 최근에 구름이…같으리라** 지상의 불의 기원은 뇌전으로부터 온 것

이라고 하는 루크레티우스의 설을 비유로 들었다.

제11편

1) **자비의 자리** 속죄소의 뜻. 「출애굽기」 25장 17~22절 참조.

2) **선행적 은혜** 인간의 자유의지로 행위 결정을 할 때 그보다 앞서서 작용하는 은혜.

3) **돌을 제거하고** "내가 그들에게 한 마음을 주고 그 속에 새 영을 주며 그 몸에서 돌 같은 마음을 제거하고 살처럼 부드러운 마음을 주어 내 율례를 따르며 내 규례를 지켜 행하게 하리니 그들은 내 백성이 되고 나는 그들의 하나님이 되리라"(「에스겔」 11장 19~20절).

4) **기도의 영** "이와 같이 성령도 우리의 연약함을 도우시나니 우리는 마땅히 기도할 바를 알지 못하나 오직 성령이 말할 수 없는 탄식으로 우리를 위하여 친히 간구하시느니라"(「로마서」 8장 26절).

5) **데우칼리온** 프로메테우스의 아들. 그리스신화에서 노아에 해당되는 인물로 아버지의 명령에 따라 배를 만들어 대홍수를 면했다고 한다. 데우칼리온과 그의 아내 피라는 신을 경외하는 마음이 두터워 제우스가 타락한 인류를 아흐레 동안 대홍수로 휩쓸어버릴 때 이 둘만이 구원받은 것이다. 그 배가 파르나소스 산에 이르렀을 때 그들이 인류의 회복을 테미스 신전에 빌었더니 "어머니의 뼈를 등뒤로 던져라" 하는 말이 들려왔다. 이들은 어머니가 대지(大地)이며 어머니의 뼈가 돌이라고 생각하고 돌을 던졌는데, 데우칼리온이 던진 것은 남자가 되고 피라가 던진 것은 여자가 되었다고 한다.

6) **테미스** 제우스의 두번째 아내인 정의의 여신. 그리스신화의 대홍수 때는 신탁을 관장했다.

7) 중재자 성자 그리스도. 그는 우리를 위하여 하나님(성부) 앞에 나타나 우리의 기도가 이루어지도록 하나님께 잘 전하는 일을 한다.「히브리서」9장 24절 참조.

8) 그들의 기도는 … 보좌 앞에 이른다(13~19행) "나의 기도가 주의 앞에 분향함과 같이 되며 나의 손 드는 것이 저녁 제사같이 되게 하소서"(「시편」141편 2절). "또다른 천사가 와서 제단 곁에 서서 금향로를 가지고 많은 향을 받았으니 이는 모든 성도의 기도와 합하여 보좌 앞 금 제단에 드리고자 함이라. 향연이 성도의 기도와 함께 천사의 손으로부터 하나님 앞으로 올라가는지라"(「요한계시록」8장 3~4절).

9) 열매「히브리서」13장 15절 참조.

10) 대언자 또는 화해자 "나의 자녀들아 내가 이것을 너희에게 씀은 너희로 죄를 범하지 않게 하려 함이라. 만일 누가 죄를 범하여도 아버지 앞에서 우리에게 대언자가 있으니 곧 의로우신 예수그리스도시라. 그는 우리 죄를 위한 화목제물이니 우리만 위할 뿐 아니요 온 세상의 죄를 위하심이라"(「요한 1서」2장 1~2절).

11) 평화의 향기「골로새서」1장 22절 참조. 그리스도는 하나님과 인류 사이에서 평화의 원인이 되는 좋은 공적을 세웠다.

12) 나와 당신이 하나이듯 … 되게 하소서 "나는 세상에 더 있지 아니하오나 그들은 세상에 있사옵고 나는 아버지께로 가옵나니 거룩하신 아버지여 내게 주신 아버지의 이름으로 그들을 보전하사 우리와 같이 그들도 하나가 되게 하옵소서"(「요한복음」17장 11절).

13) 그를 토해내고 "그 땅도 더러워졌으므로 내가 그 악으로 말미암아 벌하고 그 땅도 스스로 그 주민을 토하여 내느니라"(「레위기」18장 25절).

14) 죽음은 최후의 구제가 되고 "또 내가 들으니 하늘에서 음성이 나서 이르되

기록하라 지금 이후로 주 안에서 죽는 자들은 복이 있도다 하시매, 성령이 이르시되 그러하다 그들이 수고를 그치고 쉬리니 이는 그들의 행한 일이 따름이라 하시더라"(「요한계시록」14장 13절).

15) 호렙에서 듣거나 모세가 시나이산에서 율법을 받았을 때 들린 소리. "셋째 날 아침에 우레와 번개와 빽빽한 구름이 산 위에 있고 나팔소리가 매우 크게 들리니 진중에 있는 모든 백성이 다 떨더라"(「출애굽기」19장 16절).

16) 최후의 심판 때 "나팔소리가 나매 죽은 자들이 썩지 아니할 것으로 다시 살아나고 우리도 변화되리라"(「고린도전서」15장 52절).

17) 생명의 샘터 "이는 보좌 가운데에 계신 어린 양이 그들의 목자가 되사 생명수 샘으로 인도하시고 하나님께서 그들의 눈에서 모든 눈물을 씻어주실 것임이라"(「요한계시록」7장 17절).

18) 애머랜드 불멸의 상징.

19) 우리 중 … 알게 되었도다 "여호와 하나님이 이르시되 보라 이 사람이 선악을 아는 일에 우리 중 하나같이 되었으니 그가 그의 손을 들어 생명나무 열매도 따 먹고 영생할까 하노라 하시고"(「창세기」3장 22절).

20) 그를 낙원에서 … 명령하노라 "여호와 하나님이 에덴동산에서 그를 내보내어 그의 근원이 된 땅을 갈게 하시니라"(「창세기」3장 23절).

21) 낙원의 동쪽 … 모든 길을 다 지켜라 "이같이 하나님이 그 사람을 쫓아내시고 에덴동산 동쪽에 그룹들과 두루 도는 불칼을 두어 생명나무의 길을 지키게 하시니라"(「창세기」3장 24절).

22) 야누스 얼굴이 둘인 것은 문의 신이고, 넷인 것은 계절의 신이다. 여기서는 두 얼굴의 문의 신.

23) 네 개의 얼굴 「에스겔」 1장 10절 참조.

24) 아르고스 '만물을 보는 자'라는 별명을 가진 눈이 백 개 있는 괴물. 헤라의 명령에 의해 이오를 감시했는데, 제우스의 명에 따라 헤르메스가 신묘한 음악의 힘으로 그를 잠들게 한 후 죽여버렸다.

25) 아르카디아의 피리 아르카디아는 펠로폰네소스반도에 있는 산악지대로 이상적인 전원생활이 영위될 곳이라고들 한다. 아르카디아의 피리란 헤르메스가 아르고스에게 마력을 가할 때 사용한 피리인데 이것은 목신에게 쫓긴 시링크스가 변형된 갈대로 만들어졌다. 목신이 출생한 곳도 피리를 만든 곳도 아르카디아이기 때문에, '아르카디아의 피리'라 한다.

26) 마술지팡이 감람나무로 만든 지팡이. 두 마리의 뱀이 감겨 있는 것으로 누구라도 잠들게 하는 마력이 있었다. 헤르메스는 피리 소리로 우선 아르고스를 잠들게 하고 다음에 지팡이로 쳐서 더욱 깊은 잠에 빠지게 했다.

27) 레우코테아 그리스신화에 나오는 바다의 여신. 로마인들은 이 여신을 새벽의 여신 마투타와 동일시했다.

28) 죽음의 고통 "사무엘이 이르되 너희는 아말렉 사람의 왕 아각을 내게로 끌어오라 하였더니 아각이 즐거이 오며 이르되 진실로 사망의 괴로움이 지났도다 하니라"(「사무엘상」 15장 32절).

29) 정당할손 그 이름 하와 하와는 '생명'을 의미하는 히브리어에서 나온 말이기 때문이다. 「창세기」 3장 20절 참조.

30) 제우스의 새 독수리.

31) 두 마리 새 아담 부부를 암시한다.

32) 최초의 사냥꾼 사자를 가리킨다.

33) 야곱이 마하나임에서 천사를 만나고 "야곱이 길을 가는데 하나님의 사자들이 그를 만난지라. 야곱이 그들을 볼 때에 이르기를 이는 하나님의 군대라 하고 그 땅 이름을 마하나임이라 하였더라. 야곱이 세일 땅 에돔 들에 있는 형 에서에게로 자기보다 앞서 사자들을 보내며"(「창세기」 32장 1~3절). 마하나임은 요단강 동쪽에 있는 도시다.

34) 한 사람 예언자 엘리사를 가리킨다. 그는 엘리야의 후계자였다.

35) 자객처럼 시리아 왕이 기습한 것을 비유하고 있다.

36) 또한… 이보다는 못했다(215~219행) "왕이 이르되 너희는 가서 엘리사가 어디 있나 보라. 내가 사람을 보내어 그를 잡으리라. 왕에게 아뢰어 이르되 보라 그가 도단에 있도다 하나이다. 왕이 이에 말과 병거와 많은 군사를 보내매 그들이 밤에 가서 그 성읍을 에워쌌더라. 하나님의 사람의 사환이 일찍이 일어나서 나가보니 군사와 말과 병거가 성읍을 에워쌌는지라 그의 사환이 엘리사에게 말하되 아아, 내 주여 우리가 어찌하리이까 하니 대답하되 두려워하지 말라 우리와 함께한 자가 그들과 함께한 자보다 많으니라 하고 기도하여 이르되 여호와여 원하건대 그의 눈을 열어서 보게 하옵소서 하니 여호와께서 그 청년의 눈을 여시매 그가 보니 불 말과 불 병거가 산에 가득하여 엘리사를 둘렀더라"(「열왕기하」 6장 13~17절). 도단은 사마리아 북부 평야에 있던 소도시.

37) 멜리보이아 멜리보이아는 테살리아의 해안에 있는 소도시. 가장 고귀한 자색 염료의 생산지로 유명하다.

38) 사라 페니키아 티레의 옛 이름. 역시 자색 염료의 생산지로 유명하다.

39) 이리스 무지개의 여신. 천사장의 옷이 무지갯빛처럼 찬연하다는 뜻이다.

40) 황도 한가운데 빛나는 검대(劍帶)를 황도에 비유한 것.

41) 사탄이 몹시 두려워했던 반역군을 격파할 때도 이 칼로 사탄을 베었기 때문

이다.

42) 그대 소유 아닌 것을 "땅과 거기에 충만한 것과 세계와 그 가운데 사는 자들은 다 여호와의 것이로다"(「시편」24편 1절).

43) 그 축복의 얼굴을 … 것이외다 "주께서 오늘 이 지면에서 나를 쫓아내시온즉 내가 주의 낯을 뵈옵지 못하리니 내가 땅에서 피하며 유리하는 자가 될지라 무릇 나를 만나는 자마다 나를 죽이겠나이다"(「창세기」4장 14절).

44) 감사의 제단 히브리 족장들은 흔히 단을 쌓고 여호와의 이름을 불렀다. 「창세기」12장 7절, 35장 7절 참조.

45) 영광의 옷자락 … 경배하리이다 "내 영광이 지나갈 때에 내가 너를 반석 틈에 두고 내가 지나도록 내 손으로 너를 덮었다가 손을 거두리니 네가 내 등을 볼 것이요 얼굴은 보지 못하리라"(「출애굽기」33장 22~23절).

46) 편재하시어 "여호와의 말씀이니라. 사람이 내게 보이지 아니하려고 누가 자신을 은밀한 곳에 숨길 수 있겠느냐. 여호와가 말하노라. 나는 천지에 충만하지 아니하냐"(「예레미야」23장 24절).

47) 그대는 여기 있을 때나 … 드러내 보이시리라 "그러나 자기를 증언하지 아니하신 것이 아니니 곧 여러분에게 하늘로부터 비를 내리시며 결실기를 주시는 선한 일을 하사 음식과 기쁨으로 여러분의 마음에 만족하게 하셨느니라 하고"(「사도행전」14장 17절).

48) 그대와 그대의 아들들에게 … 내가 왔음을 알라 "이제 내가 마지막날에 네 백성이 당할 일을 네게 깨닫게 하러 왔노라, 이는 이 환상이 오랜 후의 일임이라 하더라"(「다니엘」10장 14절).

49) 환상 가운데 오른다 "그가 손 같은 것을 펴서 내 머리털 한 모숨을 잡으며 주의 영이 나를 들어 천지 사이로 올리시고 하나님의 환상 가운데에 나를 이끌

어 예루살렘으로 가서 안뜰로 들어가는 북향한 문에 이르시니 거기에는 질투의 우상 곧 질투를 일어나게 하는 우상의 자리가 있는 곳이라"(「에스겔」8장 3절).

50) **황야의 유혹자** "마귀가 또 그를 데리고 지극히 높은 산으로 가서 천하만국과 그 영광을 보여"(「마태복음」4장 8절).

51) **제2의 아담** 예수.「고린도전서」15장 45절 참조.

52) **그 산** 사탄이 예수를 데리고 올라간 산. 성경에는 이 산의 이름이 나와 있지 않으나, 대체로 '40일산(쿼란타니아산)'으로 알려져 있다. 그러나 밀턴은 아르메니아의 니파테산을 염두에 둔 듯하다.

53) **카다이** 현재 중국의 일부 지역.

54) **캄발루** 쿠빌라이가 세웠던 몽골의 여러 도시.

55) **옥수스강** 중앙아시아의 큰 강. 인도 국경 파미르고원에서 발원하여 아랄해로 흘러든다.

56) **티무르** 유명한 몽골의 정복자.

57) **사마르칸트** 티무르의 궁전이 있는 곳으로, 옥수스강 북방 150킬로미터에 위치해 있다.

58) **베이징** 현재 중국의 수도. 캄발루와는 다른 도시라고 생각되었다.

59) **아그라** 인도 서북부에 있는 도시. 16세기 말부터 17세기 초까지 무굴제국의 수도였다.

60) **라호르** 파키스탄 펀자브주의 주도.

61) **황금의 케르소네스** 말레이반도. 황금의 산지.

62) **엑바타나** 고대 메디아의 수도. 오론테스 산록에 있어 페르시아 왕의 여름 수도가 되었다.

63) **이스파한** 페르시아 왕 샤 아바스 이후의 페르시아 수도. 샤 아바스가 세운 이슬람교의 대궁전이 있다.

64) **투르키스탄에서 태어난** 중앙아시아의 투르키스탄에서 튀르크족이 나와서 오스만제국을 건설했기 때문에 이렇게 부른다.

65) **비잔티움** 동로마제국의 수도였던 콘스탄티노플. 현재의 이스탄불.

66) **네구스** 북부 에티오피아, 즉 아비시니아의 왕.

67) **에르코코** 아비시니아의 최북단, 홍해 연안의 항구도시.

68) **몸바사, 킬로아, 멜린드** 몸바사는 아프리카 동해안에 있는 나라. 킬로아는 몸바사 남쪽에 있는 섬. 멜린드는 몸바사의 북쪽.

69) **오피르** 황금의 산지.

70) **소팔라** 모잠비크에 있는 한 지방.

71) **니제르강** 서아프리카의 큰 강. 기니만으로 흘러들어간다.

72) **아틀라스산** 북아프리카의 큰 산맥. 거신 아틀라스가 하늘을 떠받치고 있었다는 전설이 있는 산.

73) **알만조르** 바그다드 칼리프의 이름. 그후 이슬람교국의 왕인 칼리프의 지배에 속했던 영토 중 북아프리카의 바르바리 여러 주의 이름이 되었다.

74) 페즈, 수스, 모로코, 알제 및 틀렘센 아프리카의 북쪽 해안과 그 근처, 이집트의 서쪽에 있는 여러 지방의 이름. 그곳을 총칭하여 바르바리라 한다.

75) 유럽 유럽이라 했지만 여기서는 로마만으로 그친다.

76) 몬테수마 스페인의 코르테스에게 정복당했을 당시 멕시코의 왕. 그는 스페인 진영에 인질로 잡혀 있을 때 봉기한 토민을 무시하려고 탁상에 올라섰다가 날아온 돌에 맞아 상처를 입었는데 그것이 악화되어 얼마 후 죽었다.

77) 아타우알파 잉카제국 최후의 왕. 그는 스페인 사람 피사로의 간계에 걸려 교살되었다.

78) 쿠스코 페루의 중앙부에 있던 도시로 잉카제국의 수도였다.

79) 게리온의 아들들 게리온은 전설상의 스페인 왕. 게리온의 아들들이란 스페인인을 말함.

80) 엘도라도 스페인 말로 '황금'이라는 뜻. 16, 17세기경 남아메리카 동북부에 극히 부유한 지방이 있다고 상상되었다. 어떤 스페인인이 기아나의 해안에 표착하여 마노아라는 도시에 와보니, 집집마다 지붕도 벽도 귀금속으로 되어 있었다고 한다. 그래서 스페인인들은 이 도시를 엘도라도라고 불렀다.

81) 앵초와 회향 눈병을 고치는 데 특효가 있는 것으로 알려졌던 약초.

82) 생명의 샘 "진실로 생명의 원천이 주께 있사오니 주의 빛 안에서 우리가 빛을 보리이다"(「시편」 36편 9절).

83) 아담은 이제… 빠졌다 "내가 볼 때에 그의 발 앞에 엎드려져 죽은 자같이 되매 그가 오른손을 내게 얹고 이르시되 두려워하지 말라 나는 처음이요 마지막이니"(「요한계시록」 1장 17절). 「다니엘」 10장 8절 참조.

84) 한 추수꾼 카인을 가리킨다.

85) 목양자 아벨을 가리킨다.

86) 가장 좋은 것을 골라 가지고 "믿음으로 아벨은 가인보다 더 나은 제사를 하나님께 드림으로 의로운 자라 하시는 증거를 얻었으니 하나님이 그 예물에 대하여 증언하심이라. 그가 죽었으나 그 믿음으로써 지금도 말하느니라"(「히브리서」11장 4절).

87) 하늘로부터 은혜의 불이 … 태워버렸다 「창세기」에는 하늘의 불이 제물을 태웠다는 기사가 없다. 아마도 「사사기」6장 21절, 「열왕기상」18장 38절, 「역대기하」7장 1절 등에서 착상한 듯하다.

88) 의롭지 못한 것이 "가인같이 하지 말라. 그는 악한 자에게 속하여 그 아우를 죽였으니 어떤 이유로 죽였느냐. 자기의 행위는 악하고 그의 아우의 행위는 의로움이라"(「요한1서」3장 12절).

89) 피해자의 신앙은 … 받게 되리라 "그가 죽었으나 그 믿음으로써 지금도 말하느니라"(「히브리서」11장 4절).

90) 달의 저주받은 착란증 달빛이 정신병에 악영향을 미친다고 생각했다.

91) 참을 수 없어서 울었다 "여인에게서 태어난 사람은 생애가 짧고 걱정이 가득하며"(「욥기」14장 1절).

92) 차라리 태어나지 않은 것이 「욥기」3장 1~10절 참조.

93) 자신 속의 하나님의 모습 영혼을 가리킨다.

94) 그렇게 살다가 … 이를 수도 있으리라 「욥기」5장 26절 참조.

95) **끈기 있게 … 기다리겠나이다** "장정이라도 죽으면 어찌 다시 살리이까. 나는 나의 모든 고난의 날 동안을 참으면서 풀려나기를 기다리겠나이다"(「욥기」 14장 14절).

96) **각색 천막** 라멕의 첫째 아들 야발의 천막. "아다는 야발을 낳았으니 그는 장막에 거주하며 가축을 치는 자의 조상이 되었고"(「창세기」 4장 20절).

97) **다른 천막** 라멕의 둘째 아들 유발의 천막. "그의 아우 이름은 유발이니 그는 수금과 통소를 잡는 모든 자의 조상이 되었으며"(「창세기」 4장 21절).

98) **다른 편에서는 한 사람이** 한 사람은 투발카인. "씰라는 두발가인을 낳았으니 그는 구리와 쇠로 여러 가지 기구를 만드는 자요, 두발가인의 누이는 나아마였더라"(「창세기」 4장 22절).

99) **다른 사람들** 아담의 셋째 아들 셋의 자손들. 셋의 자손들은 카인의 자손과 아주 다른 생활을 하여, 고대문명의 2대 조류를 형성하였다. 전자는 종교적이고 후자는 세속적인 것이 그 특색이다.

100) **미녀의 무리들** "하나님의 아들들이 사람의 딸들의 아름다움을 보고 자기들이 좋아하는 모든 여자를 아내로 삼는지라. 여호와께서 이르시되 나의 영이 영원히 사람과 함께하지 아니하리니 이는 그들이 육신이 됨이라. 그러나 그들의 날은 백이십 년이 되리라 하시니라"(「창세기」 6장 2~3절).

101) **사랑의 선구자** 금성. 사랑의 별이라 한다.

102) **히멘** 아폴론의 아들. 혼례식 때 관솔불을 밝혀 들고 혼례의 축가를 선창하는 젊음의 신.

103) **악의 막사** "주의 궁정에서의 한 날이 다른 곳에서의 천 날보다 나은즉 악인의 장막에 사는 것보다 내 하나님의 성전 문지기로 있는 것이 좋사오니"(「시편」 84편 10절).

104) 자기 형제들을 죽인 자 카인. 미녀들은 모두 카인의 후손들.

105) 하나님의 아들 셋의 자손.

106) 용감무쌍한 거인들 "당시에 땅에는 네피림이 있었고 그후에도 하나님의 아들들이 사람의 딸들에게로 들어와 자식을 낳았으니 그들은 용사라. 고대에 명성이 있는 사람들이었더라"(「창세기」 6장 4절).

107) 전령자 「창세기」 34장 20절 참조.

108) 중년 한 사람 에녹을 가리킨다. 그때에 그의 나이는 365세(「창세기」 5장 23절)였다. 노아의 950세, 아담의 930세, 라멕의 777세에 비하면 중년인 셈이다.

109) 하늘에서 … 채어가버렸다 "에녹이 하나님과 동행하더니 하나님이 그를 데려가시므로 세상에 있지 아니하였더라"(「창세기」 5장 24절).

110) 이렇게 폭행과 … 보이지 않는다 "그때에 온 땅이 하나님 앞에 부패하여 포악함이 땅에 가득한지라"(「창세기」 6장 11절).

111) 그 사람 아담의 칠대손 에녹. "아담의 칠대손 에녹이 이 사람들에 대하여도 예언하여 이르되 보라 주께서 그 수만의 거룩한 자와 함께 임하셨나니"(「유다서」 1장 14절).

112) 그를 날개 달린 … 데려가 에녹의 승천을 엘리야의 그것에 비유했다. 「열왕기하」 2장 11절 참조.

113) 전쟁의 놋쇠 목구멍 나팔을 가리킨다.

114) 한 거룩한 노인 노아를 가리킨다.

115) 그 행위 "노아가 방주에 들어가던 날까지 사람들이 먹고 마시고 장가들고 시집가더니 홍수가 나서 그들을 다 멸망시켰으며"(「누가복음」 17장 27절).

116) 갇혀 있는 영혼들에게 하듯 「베드로전서」 3장 19~20절 참조.

117) 완척 길이의 단위. 팔꿈치에서 가운뎃손가락 끝까지의 길이.

118) 암수 일곱 쌍씩 "너는 모든 정결한 짐승을 암수 일곱씩, 부정한 것은 암수 둘씩을 네게로 데려오며"(「창세기」 7장 2절).

119) 문을 꽉 닫으셨다 「창세기」 7장 16절 참조.

120) 물의 사막 대홍수.

121) 빛의 아들 하나님의 진리를 인정하는 자. 밀턴은 말년의 자기를 노아의 경우에 비유해 세상에서 유일한 빛의 아들이라고 암시한다.

122) 큰 강 유프라테스강인 듯. 「창세기」 15장 18절 참조.

123) 입 크게 벌린 만 유프라테스강이 흘러드는 페르시아만.

124) 수면은 바람에 말라 "하나님이 노아와 그와 함께 방주에 있는 모든 들짐승과 가축을 기억하사 하나님이 바람을 땅 위에 불게 하시매 물이 줄어들었고"(「창세기」 8장 1절).

125) 하늘의 창문 "깊음의 샘과 하늘의 창문이 닫히고 하늘에서 비가 그치매"(「창세기」 8장 2절).

126) 어떤 높은 산 "일곱째 달 곧 그달 열이렛날에 방주가 아라랏산에 머물렀으며"(「창세기」 8장 4절).

127) 이제 산봉우리은 … 나타나고 "물이 점점 줄어들어 열째 달 곧 그달 초하룻 날에 산들의 봉우리가 보였더라"(「창세기」 8장 5절).

128) 까마귀 「창세기」 8장 7절 참조.

129) 확실한 사자인 비둘기 「창세기」 8장 8절 참조.

130) 삼색 무지개 무지갯빛이 당시에는 적, 황, 청, 삼색으로 생각되었다. 여기서 무지개는 성약의 증거. 「창세기」 9장 13절 "내가 내 무지개를 구름 속에 두었나니 이것이 나와 세상 사이의 언약의 증거니라" 참조.

131) 새로운 계약 "내가 너희와 언약을 세우리니 다시는 모든 생물을 홍수로 멸하지 아니할 것이라. 땅을 멸할 홍수가 다시 있지 아니하리라"(「창세기」 9장 11절).

132) 마음 아파하셨지만 「창세기」 6장 6절 참조.

133) 한 사람의 의인이 … 은총을 입었으므로 "그러나 노아는 여호와께 은혜를 입었더라"(「창세기」 6장 8절).

134) 낮과 밤 … 순환을 지키고 「창세기」 8장 22절 참조.

135) 성화에 만물이 모두 정화되어 「베드로후서」 3장 12~13절 참조.

제12편

1) 제2의 줄기에서처럼 「창세기」 9장 19절 참조.

2) 오만하고 야심 있는 자 니므롯. 「창세기」 10장에 따르면 그는 함의 증손이고, 시날의 지배자다.

3) **위대한 사냥꾼** "그가 여호와 앞에서 용감한 사냥꾼이 되었으므로 속담에 이르기를 아무는 여호와 앞에 니므롯같이 용감한 사냥꾼이로다 하더라"(「창세기」 10장 9절).

4) **반역** 니므롯은 '반역'이라는 뜻의 히브리어에서 나온 것이다.

5) **에덴에서 서쪽으로 나가** "이에 그들이 동방으로 옮기다가 시날 평지를 만나 거기 거류하며 서로 말하되 자, 벽돌을 만들어 견고히 굽자 하고 이에 벽돌로 돌을 대신하며 역청으로 진흙을 대신하고"(「창세기」 11장 2~3절).

6) **그들은 벽돌과…탑을 세워** "또 말하되 자, 성읍과 탑을 건설하여 그 탑 꼭대기를 하늘에 닿게 하여 우리 이름을 내고 온 지면에 흩어짐을 면하자 하였더니"(「창세기」 11장 4절).

7) **비웃으시며** "하늘에 계신 이가 웃으심이여 주께서 그들을 비웃으시리로다"(「시편」 2편 4절).

8) **그들의 혀에 불화의 정신을 심고** "이제 보소서, 여호와께서 거짓말하는 영을 왕의 이 모든 선지자들의 입에 넣으셨고 또 여호와께서 왕에게 대하여 재앙을 말씀하셨나이다"(「역대기하」 18장 22절).

9) **그들 본래의…퍼뜨리느니라** "자, 우리가 내려가서 거기서 그들의 언어를 혼잡하게 하여 그들이 서로 알아듣지 못하게 하자 하시고"(「창세기」 11장 7절).

10) **혼란** 바벨이란 말은 히브리어로 '혼란'을 뜻한다. "그러므로 그 이름을 바벨이라 하니 여호와께서 거기서 온 땅의 언어를 혼잡하게 하셨음이니라. 여호와께서 거기서 그들을 온 지면에 흩으셨더라"(「창세기」 11장 9절).

11) **그런데도 이 찬탈자는…둘러쌌도다** 니므롯이 바벨탑을 쌓은 이유는 하나님이 다시 홍수로써 인간을 심판하고자 해도 높은 탑 위에서 하나님을 조소하고자 한 데 있다. 이것은 하나님에 대한 도전이다.

12) 외적인 자유 언어나 행위 따위의 자유.

13) 불경스러운 아들 노아의 둘째 아들 함을 가리킨다. 「창세기」 9장 21~27절 참조.

14) 그 모욕 "노아가 농사를 시작하여 포도나무를 심었더니 포도주를 마시고 취하여 그 장막 안에서 벌거벗은지라. 가나안의 아버지 함이 그의 아버지의 하체를 보고 밖으로 나가서 그의 두 형제에게 알리매"(「창세기」 9장 20~22절).

15) 종들의 종 "가나안은 저주를 받아 그의 형제의 종들의 종이 되기를 원하노라"(「창세기」 9장 25절).

16) 한 특수한 백성 "너는 여호와 네 하나님의 성민이라. 네 하나님 여호와께서 지상 만민 중에서 너를 자기 기업의 백성으로 택하셨나니"(「신명기」 7장 6절).

17) 한 신실한 신앙인 아브라함. 「갈라디아서」 3장 9절 참조.

18) 그가 아직 … 있을 때 「여호수아」 24장 2절 참조.

19) 대홍수를 피한 족장 노아. 노아는 홍수 후 350년간 생존하여 아브라함의 아비 데라의 시대까지 이르렀다. 「창세기」 9장 28절, 11장 10~24절 참조.

20) 축복을 내려 아브라함의 씨, 즉 그리스도를 통해 온 인류에게 축복 내릴 것이라는 약속. 「창세기」 11장 2~3절, 18장 18절, 22장 18절 참조.

21) 그러나 지극히 높으신 … 받게 되리라(120~125행) 「창세기」 12장 1~3절 참조.

22) 어느 땅인지도 모르나 "믿음으로 아브라함은 부르심을 받았을 때에 순종하여 장래의 유업으로 받을 땅에 나아갈새 갈 바를 알지 못하고 나아갔으며"(「히브리서」 11장 8절).

23) 갈데아 바빌론의 중부지방.

24) 우르 메소포타미아의 오스뢴산맥 기슭에 있었다고 상상되는 도시.

25) 하란 유프라테스강 상류에 있던 도시라고 하나 확실치 않다.

26) 가나안 요단강과 사해의 서쪽에서부터 지중해까지 이르는 지역을 말한다. 아브라함에게 약속된 땅. 「창세기」 12장 7절 참조.

27) 세겜 중부 팔레스타인의 도시.

28) 모레 세겜 부근의 지명.

29) 북으로는 「민수기」 34장 7절 참조.

30) 하맛 오론테스강의 골짜기에 있는 시리아의 도시.

31) 남쪽 광야 사해 남방에 있는 신(Zin) 광야. 「민수기」 34장 3절 참조.

32) 헤르몬산 팔레스타인 동북 경계에 솟은 높은 산.

33) 대해 지중해. "서쪽 경계는 대해가 경계가 되나니 이는 너희의 서쪽 경계니라"(「민수기」 34장 6절).

34) 거기에서 성약으로 … 대해에 이르도다(137~142행) 아브라함에게 약속된 땅의 경계. "그날에 여호와께서 아브람과 더불어 언약을 세워 이르시되 내가 이 땅을 애굽 강에서부터 그 큰 강 유브라데까지 네 자손에게 주노니"(「창세기」 15장 18절).

35) 가르멜산 지중해 연안에 있는 산.

36) 두 원천 헤르몬산과 단이 요단강의 수원(水源)이라고 보았다.

37) 동쪽 경계 「민수기」 34장 12절 참조.

38) 스닐 헤르몬산맥 중 일부 또는 전부를 가리키는 명칭. 「역대기상」 5장 23절, 「신명기」 3장 9절 참조.

39) 대구주 예수그리스도.

40) 믿음 있는 아브라함 「갈라디아서」 3장 9절, 「창세기」 17장 5절 참조.

41) 유사한 한 아들 이삭.

42) 손자 야곱.

43) 열두 아들 야곱의 아들은 열둘이었으니, 그들이 유다 12지족의 선조가 된다. 「창세기」 46장 참조.

44) 일곱 강구에서 오비디우스의 『변신 이야기』 제1권 422행에서 나일강을 "일곱 물줄기의 나일강"이라고 했다.

45) 막내아들 요셉. 「창세기」 41장 45절 참조.

46) 다음 왕이 … 죽이리라(165~169행) 「출애굽기」 1장 7~22절 참조.

47) 아론 모세의 형. 최초의 유대 제사장.

48) 성과물을 가지고 유대인은 이집트를 탈출할 때 빌린 금은재보를 돌려주지 않고 그것을 모두 가지고 달아났다. 「출애굽기」 12장 35~36절 참조.

49) 폭군 파라오.

50) 강은 흐르지 않는 피로 변하고 모세가 여호와 하나님의 말씀을 받아 이집트 왕 앞에서 지팡이로 강물을 치니 그 물이 모두 피로 변했다.「출애굽기」7장 15~21절 참조.

51) 그러나 하나님을 … 초생아를 죽이리라(174~190행) 이집트에 내린 열 가지 재앙.「출애굽기」7~12장 참조.

52) 큰 악어 이집트의 왕 파라오를 가리킴.「에스겔」29장 3절 참조.

53) 두 수정벽 "그러나 이스라엘 자손은 바다 가운데를 육지로 행하였고 물이 좌우에 벽이 되었더라"(「출애굽기」14장 29절).

54) 해안 홍해 해안.

55) 그의 성도 모세.

56) 낮에는 구름으로 … 군사들을 삼키도다(203~214행) 「출애굽기」14장 19~28절 참조.

57) 황야 수르, 신, 시나이 등의 황야.

58) 그러지 않으면 … 되돌아갈까 함이로다(217~222행)「출애굽기」13장 17~18절 참조.

59) 원로의회 모세가 이스라엘 백성 가운데서 뽑은 70인의 장로와 더불어 백성을 다스린다.「민수기」11장 16~17절 참조.

60) 하나님은 하늘에서 … 알려주리라(228~235행)「출애굽기」19~20장 참조.

61) 그러나 하나님의 목소리는 … 노래하리라(235~244행) 「출애굽기」20장 18~19절,「신명기」18장 15~16절 참조.

62) 그의 성막 하나님이 강림하여 인간을 만나고, 인간과 말씀하는 곳. 곧 신전의 예표.

63) 일곱 등불 "보좌로부터 번개와 음성과 우렛소리가 나고 보좌 앞에 켠 등불 일곱이 있으니 이는 하나님의 일곱 영이라"(「요한계시록」 4장 5절).

64) 황도대에서처럼 일곱 햇불은 일곱 별을 나타내는 것이니, 마치 12궁의 경사를 나타내는 것처럼 그 햇불이 비스듬히 서 있는 것을 비유한 것이라고 해석하기도 한다.

65) 기브온 예루살렘 서북방에 있는 도시.

66) 아얄론 예루살렘의 서북방 20킬로미터쯤에 있는 도시.

67) 태양아 ··· 승리할 때까지 「여호수아」 10장 12~13절 참조.

68) 아브라함의 3세 여호수아.

69) 참된 눈을 뜨고 금단의 열매를 먹었을 때 이미 눈을 떴지만 그것은 허위였다.

70) 속죄의 표징 "율법은 장차 올 좋은 일의 그림자일 뿐이요 참 형상이 아니므로 해마다 늘 드리는 같은 제사로는 나아오는 자들을 언제나 온전하게 할 수 없느니라"(「히브리서」 10장 1절).

71) 다만 때가 오면 ··· 것이니라 「갈라디아서」 3장 22~24절 참조.

72) 율법의 사역자 "율법은 모세로 말미암아 주어진 것이요 은혜와 진리는 예수그리스도로 말미암아 온 것이라"(「요한복음」 1장 17절).

73) 여호수아 하나님의 계명을 따라 황야에서 약속의 땅으로 이스라엘 백성을

인도한 예언자. '여호수아'와 '예수'는 '구주'라는 말의 다른 표기에 불과하다. 그 이름이 같듯이 그 임무도 같다.

74) 왕들 중의 제2세 다윗.

75) 그의 왕위… 성약을 받으리라 "네 집과 네 나라가 내 앞에서 영원히 보전되고 네 왕위가 영원히 견고하리라 하셨다 하라"(「사무엘하」 7장 16절).

76) 모든 예언자들도 같은 노래 부르리라 예수그리스도가 다윗의 뿌리에서 탄생할 것임을 노래하리라는 말이다. 「마태복음」 1장 17절 참조.

77) 다음 아들 솔로몬.

78) 신전에 모시리라 솔로몬은 예루살렘에 신전을 세우고 법궤를 그 안에 모셨다. 「열왕기상」 6장 7절, 「역대기하」 3장 4절 참조.

79) 그후로는… 더 길리라 솔로몬왕 이후 나라는 남북으로 분열되었고, 각각 선왕도 있고 폭군도 있었으나 폭군이 더 많았다.

80) 하나님을 노하게 하니 「열왕기상」 22장 53절, 「역대기하」 36장 16절 참조.

81) 칠십 년간 기원전 606~536년. 「예레미야」 25장 11절 참조.

82) 하늘의 날들처럼… 그 언약 「시편」 89편 36~37절 참조.

83) 그들의 가증스러운… 다시 데려오리라(337~347행) 70년간의 바빌론 포로 생활을 예고한다.

84) 성전을 고쳐 세우고 「에스라」 3~8장 참조.

85) 이국인 에돔 사람 안티파테르. 기원전 61년에 폼페이우스는 그를 예루살

렘의 지사로 임명하고, 기원전 47년에 이르러 율리우스 카이사르가 그를 유대의 태수로 임명했다. 그의 둘째 아들이 헤롯대왕이다.

86) 그러나 그의 탄생…인도하리라 「마태복음」 2장 9~11절 참조.

87) 한 장엄한 천사가…축가를 들으리라 「누가복음」 2장 8~20절 참조.

88) 성자는 세습의…돌리리라 「누가복음」 1장 31~33절, 「시편」 2편 8절, 「이사야」 9장 7절 참조.

89) 그대의 죄와…완수되느니라 「히브리서」 2장 9절, 「베드로전서」 3장 18절 참조.

90) 사랑으로…완성하리라 "사랑은 이웃에게 악을 행하지 아니하나니 그러므로 사랑은 율법의 완성이니라"(「로마서」 13장 10절).

91) 저주의 죽음 "그리스도께서 우리를 위하여 저주를 받은 바 되사 율법의 저주에서 우리를 속량하셨으니 기록된 바 '나무에 달린 자마다 저주 아래 있는 자'라 하였음이라"(「갈라디아서」 3장 13절).

92) 그분의 공덕 "그리스도 예수 안에 있는 속량으로 말미암아 하나님의 은혜로 값없이 의롭다 하심을 얻은 자 되었느니라"(「로마서」 3장 24절).

93) 그는 곧 부활하리니…머물지 않으리라(420~440행) 그리스도의 부활과 나타나심. 「마태복음」 28장, 「마가복음」 16장, 「누가복음」 24장, 「요한복음」 20~21장, 「사도행전」 1장 3~5절, 「고린도전서」 15장 4~8절 참조.

94) 그날부터 구원은…축복받으리라(447~451행) 「로마서」 4장 16절, 「갈라디아서」 3장 7~16절 참조.

95) 개선하여 "통치자들과 권세들을 무력화하여 드러내어 구경거리로 삼으시

고 십자가로 그들을 이기셨느니라"(「골로새서」2장 15절).

96) 하늘로 오르시리라 「에베소서」4장 8절 참조.

97) 하나님의 오른편 … 들리시리라 「에베소서」1장 20~21절 참조.

98) 그리고 이 세계의 … 날들이 되리라(459~466행) 「마태복음」24장 29~31절, 「누가복음」21장 27절, 「사도행전」10장 42절, 「디모데후서」4장 1절 참조.

99) 그는 하늘에서 … 아버지의 약속 「누가복음」24장 49절, 「사도행전」1장 4~5절 참조.

100) 보혜사 성령. 「요한복음」14장 16절 참조.

101) 아버지의 영으로서 「갈라디아서」4장 6절, 「로마서」8장 9절 참조.

102) 사랑을 통해 역사하는 「갈라디아서」5장 6절, 「로마서」5장 5절 참조.

103) 영의 갑옷 "마귀의 간계를 능히 대적하기 위하여 하나님의 전신갑주를 입으라"(「에베소서」6장 11절).

104) 불화살 「에베소서」6장 16절 참조.

105) 그 영은 … 행하게 되리라(498~503행) 「사도행전」2장 참조.

106) 그들은 사명을 … 잘 달려 「디모데후서」4장 7절 참조.

107) 교리와 전기 신약성경을 말한다. 신약성경은 대부분 교리와 전기로 이루어져 있다.

108) 늑대들 영국 교회의 부패한 사제들을 지칭한다. 「사도행전」20장 29절

참조.

109) 자유를 구속하는 하나님의 영이 떠난 곳에는 진정한 자유가 없다고 본다. "주는 영이시니 주의 영이 계신 곳에는 자유가 있느니라"(「고린도후서」 3장 17절).

110) 살아 있는 성전 "너희는 너희가 하나님의 성전인 것과 하나님의 성령이 너희 안에 계시는 것을 알지 못하느냐. 누구든지 하나님의 성전을 더럽히면 하나님이 그 사람을 멸하시리라. 하나님의 성전은 거룩하니 너희도 그러하니라"(「고린도전서」 3장 16~17절).

111) 그 때문에 영과 … 미치리라 「요한복음」 4장 24절 참조.

112) 이렇게 세상은 … 행복 "볼지어다. 이들은 악인들이라도 항상 평안하고 재물은 더욱 불어나도다"(「시편」 73편 12절).

113) 신음하며 「로마서」 8장 22절 참조.

114) 하늘로부터 … 나타나 「마태복음」 26장 64절 참조.

115) 선으로써 항상 악을 정복하고 「로마서」 12장 21절 참조.

116) 작은 일로써 큰일을 성취하고 「누가복음」 16장 10절 참조.

117) 약하게 보이는 … 뒤집어놓는다는 것을 「고린도전서」 1장 27절 참조.

118) 죽음이 생명의 문 "생명으로 인도하는 문은 좁고 길이 협착하여 찾는 자가 적음이라"(「마태복음」 7장 14절).

119) 다만 그대의 지식에 … 사랑을 더하라(583~586행) 「베드로후서」 1장 5~8절 참조.

해설 |

밀턴의 불후의 대서사시 『실낙원』

셰익스피어의 뒤를 잇는 위대한 시인

패터슨의 말대로, 밀턴은 예술에서 위대하기 전에 인생에서 위대했다.* 그렇기에 시인으로서의 밀턴이 남긴 여러 작품들의 예술성에 앞서 인간 밀턴이 어떤 인생 노정을 밟았는가에 더 흥미를 갖게 되는 경우가 많다. 이러한 일반적 관심을 다소라도 풀어보는 뜻에서, 그의 생애를 간추려 소개해볼까 한다.

존 밀턴은 런던의 세인트폴성당 근처 브레드가에서 1608년 12월 9일에 태어났다. 이 무렵 세인트폴성당과 시장 관저 사이에서 셰익스

---

* F. A. Patterson, *Student's Milton*, F. A. Crofts & Co., 1947.

피어, 벤 존슨, 월터 롤리, 보몬트, 플레처 등, 당시 문단의 빛나는 별 같은 존재들이 미주를 마시며 그들의 기지를 마음껏 즐겼다고 한다. 어릴 때 밀턴은 이런 문인들의 모습을 보고 자라며 깊은 인상을 받았을 것이다.

밀턴의 할아버지는 옥스퍼드 부근에 살던 로마가톨릭 신자였지만, 그의 아버지는 프로테스탄트로 전향한 후 런던으로 나와 법률 공증인이 되어 비교적 부유한 생활을 했다. 또한 아버지는 문학과 음악에 조예가 깊은 교양인이었고, 어머니는 본시 웨일스 출신으로 재덕을 겸비한 여인이었다. 이처럼 밀턴의 가문은 종교적이었을 뿐 아니라 음악적이었다. 그는 어릴 때부터 오르간 연주와 노래를 공부했고, 후일 다른 사람들에게 노래를 가르치기도 했다. 더구나 그의 시에 음악적 연상이 많은 것으로 보아 우리가 상식적으로 생각하는 것보다는 훨씬 많은 음악적인 지식을 갖고 있었던 것 같다.

그의 개인지도를 맡았던 유명한 신학자 토머스 영과 그의 아버지는 어릴 때부터 그에게 문학적 열정을 불어넣어주었다. 이러한 영향 밑에서 그는 학문과 문학에 남다른 열정을 쏟았고, 그 자신의 고백 그대로 독서에 열중한 나머지 자정 전에 자본 일이 없었다. 주로 이런 지적인 탐욕이 어릴 때부터 그의 시력을 약화시키는 원인이 되었다.

토머스 영이 대륙으로 떠나자 그의 아버지는 그를 세인트폴학교로 보냈다. 이곳은 그의 신앙심과 문학적 감각을 더하는 데 가장 적합한 곳이었다. 여기서 밀턴은 소년 예수를 모방하는 생활을 하며 밤늦게까지 독서하고, 주로 라틴어와 헬라어를 배웠다.

찰스 1세가 즉위한 1625년, 17세가 된 밀턴은 케임브리지대학교의 크라이스트 칼리지에 입학했다. 케임브리지로 진학한 것은 옥스퍼드가 보수적이고 다분히 왕당파적 색채가 짙은 데 비해, 케임브리지는 진보적이고 청교도적인 분위기였다는 데 기인한다. 대학 재학시 그는 용모가 단정수려하고 소행이 순박하여 '크라이스트 칼리지의 숙녀'로 불렸다. 그러나 그는 열심히 공부만 하는, 착하고 단정하지만 기백도 없고 기질도 허약한 그런 학생만은 아니었다. 그는 지도교사와 의견 대립으로 충돌하기도 했고, 구태의연한 중세기적인 대학제도에 반항하다가 한 학기 동안 정학처분을 받은 일까지 있었다. 이런 일련의 사건들 속에서 이미 자유투사 밀턴의 모습을 찾아볼 수 있다.

현존하는 그의 작품 중 최초의 것은 16세 때 「시편」 114편과 136편을 운문시로 옮긴 것이지만, 케임브리지 재학시 그는 영어와 라틴어로 여러 편의 시를 썼다. 그중에서도 1629년 졸업반 때 쓴 시 「그리스도 탄생하신 날 아침에」를 주목할 만하다. 이 시에는 스펜서나 플레처 형제에게 받은 영향이 나타나 있을 뿐 아니라, 20대 청년에게서는 좀처럼 발견할 수 없는 기교와 재질이 나타나 있다. 특히 1630년에 쓴 시 「셰익스피어에 부쳐」가 1632년에 출판된 『셰익스피어』 권두에 게재됐다는 것만 봐도 그의 시재가 당시 식자들의 인정을 받았다는 것을 알 수 있다.

그는 평생을 성직자로서 종교계에 헌신하기로 마음먹었으나, 당시 타락한 교회에 불만을 느끼기 시작하면서 점차 문학으로 위대한 명성을 남기기로 결심했다. 이런 결심이 굳어졌기에 그는 케임브리지에서 석사학위를 받자, 곧 부친이 은퇴하고 머물던 호튼으로 와 약 5년 동안 고전을 연구하며 창작에 열중했다. 초기 걸작으로서 오늘날까지 널리 읽히고 있는 주요한 작품들, 「랄레그로」 「일 펜세로소」 「코머스」 등이 모두 이 무렵에 쓰였다.

「코머스」 이후 약 3년 동안 자중하며 붓을 들지 않고 있을 때, 1637년 8월에 대학 시절의 친우요, 장래가 촉망되던 시인이자 학자인 에드워드 킹이 아일랜드 해협에서 익사한 사건이 일어났다. 그의 죽음을 애도하는 시선집을 발간한다는 소식을 듣고 밀턴은 이에 목가적인 애가 「리시다스」를 썼다. 밀턴은 친구의 죽음 속에서 자기 자신의 죽음을 보고 인생의 허무를 체험했던 것이다.

호튼에서의 비교적 한가한 생활을 끝마치고, 이탈리아 여행길에 오른 것은 1638년 4월이었다. 밀턴은 이 여행에서 만소 후작과 실명한 노천문학자 갈릴레오 갈릴레이를 만났다. 거기에서 다시 그리스 여행을 떠나려 했을 때 국내에서 제1차 주교전쟁인 내란이 일어났다는 소식을 전해들었다. 결국 밀턴은 그리스 여행을 중단하고, 외유 1년 3개월 만인 1639년 7월 말경에 귀국했다. 그러나 그때는 이미 내란이 평정되어, 그는 런던에 사숙을 열고 조카들을 가르치며 조용히 정세를 관망했다.

그러나 1640년에 제2차 주교전쟁이 터져 결국 영국은 스코틀랜드와의 전투에서 대패했다. 장기의회가 소집되고, 그의 옛 은사였던 토머스 영이 국교회와 싸우게 되자, 이에 자극받은 밀턴은 귀국한 지 2년 만에 논단에서 자유를 절규, 논쟁과 정쟁의 와중에 몸을 던지게 되었다. 이 당시에 그는 종교적 자유, 가정적 자유, 정치적 자유를 제창하는 수편의 산문을 썼다. 그중에서 가장 유명한 것이 언론출판의 자유를 주창한 글 『아레오파지티카』다.

1645년 6월 이후 전세는 급전하여 왕당파가 패배하니, 잔존의회는 1649년 형식적인 재판을 거쳐 찰스 1세를 폭군·살인자·국가의 적이라는 명목 아래 사형에 처했다. 드디어 영국은 공화국임을 선포하게 되었고, 1660년의 왕정복고까지 11년간 영국을 지배하게 된다. 왕이 처형되고 공화정부가 수립되자, 밀턴은 크롬웰의 라틴어 비서관으로 발탁되어, 주로 외교문서의 번역과 대외 선전을 담당하게 되었다. 이런 정치적 격무로 인해 결국 그는 그나마도 불완전했던 시력을 완전히 상실하게 된다. 이와 같이 밀턴은 약 20년간 정치를 위하여 그 아까운 시재를 낭비했다. 그러나 그의 20여 년간의 정치적 체험은 후기의 대작을 쓰는 데 유익한 밑거름이 되었을 것이다.

그의 아내 메리가 숙은 후 홀몸으로 있던 밀턴은 1656년 캐서린 우드콕과 재혼했으나, 불행하게도 그녀는 1년 만에 죽었다. 마침내 많은 사람들의 원성의 대상이었던 크롬웰이 1657년 9월에 병사하자 청교도 혁명도 종말을 고하고, 드디어 찰스 2세가 런던으로 돌아와 왕정이 복고되었다.

왕정복고 후 밀턴의 이름이 사형수나 그 밖의 처형자 명단에 들어 있지 않았다는 것은 공화정부의 대변인 역을 맡은 그의 활약상으로 미루어 볼 때 매우 기이하게 생각된다. 그것은 아마도 밀턴이 라틴어 비서관이었을 당시 그의 조수였던 앤드루 마블과, 찰스 2세의 총신이요 사가였던 에드워드 하이드 등 몇 사람의 주선과 구명운동 덕분이었을 것이다. 당시 그의 주변에는 딸 셋과 생질인 에드워드 필립스, 그리고 몇 친구들만이 남아 있었다. 이러한 밀턴의 외롭고 고통스러운 처지를 동정하여 그의 친구였던 패지트 박사는 자기 친척의 딸을 소개해주며 그에게 결혼을 권유했다. 상대는 엘리자베스 민셜로 당시의 나이는 24세였다. 그녀는 30세나 연상인 눈먼 남편을 충실히 받들었으며, 밀턴의 이 세번째 결혼은 더없이 행복했다. 그는 만년에 통풍으로 고생하다 1674년 11월 8일 자기 방에서 조용히 숨을 거두었다.

그의 일생을 더듬어 볼 때, 비교적 한가한 호튼 생활을 빼놓고는, 고난과 시련의 연속이었음을 알 수 있다. 그중에서도 그의 가장 쓰라린 시련은 세 방면으로 요약할 수 있을 것이다. 첫째는 가정의 문제요, 둘째는 정치의 문제요, 셋째는 육체의 문제였다.

인생에서 결혼은 최대의 축복이면서 동시에 최대의 암초와 시련이 될 수도 있다. 그런데 밀턴에게 결혼은 최대의 암초였다. 그의 인생이라는 배는 이 암초에 부딪혀 세 번이나 난파됐다. 한 번도 어려운 결혼을 세 번씩이나 했고, 완전히 실명한 말년에는 세 딸과의 사이가 안 좋아 늘 불화했다고 한다. 실로 그에게 가정은 고뇌와 시련의 도가니와도 같았다.

뿐만 아니라 그는 혹독한 정치적 시련을 겪었다. 왕당파에 대한 의회의 공격이 시작되자 애국자였던 그는 이런 정치적인 혼란을 방관하지 않고 1641년 이후에는 많은 팸플릿을 써서 자유를 위한 투쟁을 벌였다. 신앙의 자유와 정치의 자유, 언론출판의 자유와 가정의 자유를 위하여 맹렬하게 투쟁했다. 그러나 1660년 5월에 왕정복고가 이루어지면서 밀턴의 자유공화국에의 꿈은 깨지고 말았고, 크롬웰을 위해 일해온 그는 감옥에 구금되어 옥살이를 했다.

가정적으로, 정치적으로 치명적인 시련을 겪은 그에게 마지막 남은 보루는 육체뿐이었다. 그러나 가혹한 시련은 거기서 멈추지 않았다. 원래 밀턴은 시력이 약한 편이었지만 과도한 독서와 과로로 44세라는 젊은 나이에 시력을 완전히 상실했다. 또한 고질적인 통풍으로 말할 수 없는 고통을 당했다. 그래서 그는 한때 은혜의 신까지도 의심하고 욥처럼 항변하기도 했던 것이다.

그러나 그는 마침내 이런 절망과 고독의 심연에서 새로운 영적인 빛을 보게 되었고, 신앙생활의 깊은 의미를 깨닫게 되었다. 그리하여 그는 분연히 일어나 대오의 길로 나섰으며, 그 결과 『실낙원』『복낙원』『투사 삼손』같은 불후의 거작들을 남길 수 있었다. 따라서 그의 후기 작품들 속에는 20여 년간의 피어린 투쟁과 쓰라린 경험, 말하자면 그의 인생 자체가 투입되어 있다.

『실낙원』의 세계

『실낙원』 제9편 25행 이하에서 "내가 처음 이 영웅시의 주제에 마음 끌린 이래, 그 선택은 오래 걸렸고, 시작은 늦었도다. 지금까지 영웅시의 유일한 주제였던 전쟁을 노래하는 것은 천성적으로 마음 내키지 않는 것이니"라고 술회한 그대로, 『일리아스』『아이네이스』정도의 대작을 써보겠다는 의도는 학생 시절부터 갖고 있었지만, 그가 애초에 구상했던 중세기의 로망스류나 아서왕 전설, 또는 맥베스 설화 같은 것을 꾸며보려던 생각을 버리고, 보다 엄숙하고 보다 근본적인 악의 문제를 선택하기까지는 상당히 오랜 세월이 걸렸다. 인류의 타락을 주제로 한 현재와 같은 『실낙원』을 구상하기 시작한 것은 1650년대 후반부터였던 것 같고, 집필이 완료된 것은 1663년 가을이었다. 그러나 페스트(1665)와 런던의 대화재(1666)로 말미암아 출판이 늦어져 1667년 4월에야 비로소 출판업자 새뮤얼 시몬스와 출판계약을 맺고 초판을 내놓게 되었다. 초판은 전10편이었지만, 7년 후인 1674년 재판 때는 전 12편 10,565행으로 재편되었다.

『실낙원』의 근거가 될 만한 자료는 매우 방대하지만, 그 근간이 되는 것은 「창세기」 1~2장의 아담과 하와의 타락 이야기와 「요한계시록」 12장에 나오는 하늘 싸움에 대한 예언적 기록이다. 이 서사시엔 이러한 성서 구절들이 수없이 삽입되어 있고, 또 고전에 정통한 학자라도 현혹을 느낄 정도로 번거롭게 그리스, 로마의 고전과 그 밖의 여러 사상에 대한 지식이 나열 또는 인용되어 있다. 그래서 그의 작품은 시나 산문이나 거의 일반 독자로서는 읽기가 어려울 정도로 난삽하고, 또한 쉽사리 접근하고 공감할 수 없다고들 한다.

그러나 『실낙원』이 성공했다면, 그것은 성서적 주제를 다룰 때 흔히 빠져들기 쉬운 단색의 빛에다 고전의 깊은 맛을 가미한 데 있고, 무한한 상상력을 가지고 인간의 운명과 신의 도리라는 장대한 문제를 고전적 전통의 빛으로 조명한 데 있다. 만일 서사의 정신 면에서나 그 구성과 스타일 면에서 고전적 전통을 거절했다면, 오늘의 『실낙원』만큼 성공할 수 있었을까 하는 의문이 든다. 아마 오늘의 그것보다는 평이하고 단조로운 것이 되었을 테고 불후의 숭고무비崇高無比한 고전으로 남기는 어려웠을 것이다. 『실낙원』은 오히려 인류문화의 두 원류인 헬레니즘과 헤브라이즘이 합쳐져 영롱한 빛을 발하고 있기에 더욱 위대하다. 그러므로 『실낙원』을 바로 이해하려면 이 양면을 다 포괄해야 한다. 그러나 여기서는 주로 성서적 주제를 중심으로 이 작품에 담겨 있는 그리스도교 사상을 구체적으로 살펴보고자 한다.

신, 만물의 근원자

밀턴의 신은 한마디로 말해서 "무한을 채우는 자"(제7편 168행)다. 즉, 아담과 나누는 라파엘의 대화(제5편 469~479행)에서도 볼 수 있듯이 만물이 다 그에게서 나고 종국에는 다 그에게로 돌아가게 되는, 이를테면 근원자다. 다른 곳(제5편 509~512행)에서는 그 만물의 근원을 한 원의 중심에 비유했다. 창조주 하나님이 그 중심이라면 창조된 만물은 그 중심을 둘러싸고 있는 원주라는 것이다. 원주를 이루는 하나하나는 그 중심으로부터 같은 거리 안에 있게 되므로, 한 원의 중심이신 하나님의 능력이나 지식의 바깥에는 있을 수 없다.

얼른 보면 그 원이 하도 크고 넓어서, 다시 말하면 중심과 둘레의 거리가 하도 멀어서, 둘레에서 일어나는 일들이 그 중심에게까지 미칠 수 없다고 생각하기 쉽지만, 그 모든 것을 하나하나 정관해 보면 그 어느 하나도 전지전능한 신(중심)의 지식 밖에 있는 것은 없다고 밀턴은 믿었던 것이다. 이러한 믿음을 그는 『실낙원』의 여러 곳에서 밝히고 있다.

우리의 이 헛된 계획을 보고 비웃을 거요.
―제2편 191행

지금 전능하신 하나님은, 저 하늘 위에서,

(……)
그 지으신 만물과 그들이 하는 일을 모두 함께
보신다.
— 제3편 56~60행

하나님은 과거, 현재, 미래를 내다볼 수 있는
— 제3편 77행

도대체 만물을 감찰하는
하나님의 눈을 어찌 피하고, 전지하신
그 마음을 속일 자 어디 있으랴.
— 제10편 5~7행

이와 같이 『실낙원』의 하나님은 가장 기묘한 사상마저도 분별할 수 있는 "영원의 눈"(제5편 712행)이요, 장밋빛 이슬이 만물을 휴식으로 이끄는 한밤에도 온 우주를 지켜보시는 "잠 안 자는 눈"(제5편 646~647행)이시다. 이런 비유들은 곧 하나님은 창조주로서 그 만드신 모든 것을 지켜보고 계시며 그 가운데서 일어나는 것이면 무엇이나 다 알고 계시는 전지하신 분이라는 것을 보여준다.

쇠사슬에 묶여 불타는 호수에 뻗어 있는 사탄까지도 하나님의 예지권을 벗어날 수 없다. 제1편 209~220행을 보면, 만사를 경륜·섭리하시는 하늘의 뜻이 암흑의 흉계를 제멋대로 행하도록 사탄을 내버려두셨다. 그것은 오히려 유혹당한 인간에게는 무한한 선과 은총과 자비를 베풀고 흉계를 자행한 사탄에게는 그 이상의 파멸과 분노의 소나기를 내리기 위한 것이니, 어둠의 쇠사슬에 묶여 있는 것이나 그곳에서 벗어나 암흑의 흉계를 제멋대로 행하는 것이 사탄의 자의적 행위라기보다는 하늘의 뜻에 의한 것이라는 것을 알 수 있다. 그러나 사탄의 악행이나 인간의 타락을 모두 다 알고 있으면서도 그것을 예방하지 아니하고 그대로 방치한다는 것은 도리에 어긋나는 것이 아니냐는 논리적 회의를 불러일으킨다. 이에 대해 밀턴은 신이 무지하거나 무능해서가 아니라, 지음 받은 자―사탄이건 인간이건―의 자유의지를 절대 존중하되 종국에는 자신의 최종적 뜻에 굴종시킴으로써 악으로부터 선을 만들어내고 보다 나은 은총을 베풀어주고자 하는 위대한 목적이 있기 때문이라고 한다.

만물의 근원자이며 섭리자이신 하나님은 사랑과 자비를 늘 베풀어주시기를 좋아하지만, 일면 그의 공의는 엄정하고 강렬해서 스스로 세운 어떤 법칙도 파괴할 수 없고, 일시적으로는 악행까지도 버려두시지만 그 형벌을 완전히 말소해버리는 일은 없다. 그러므로 언제든 악은 형벌 받고 선은 승리하게 된다. 이런 하나님의 정의가 불순종에 대한 형벌로 인간의 죽음을 정하셨던 것이다. 그러나 그의 자비는 죽음의 형벌을 영원한 구속救贖으로 변화시킬 수 있다. 그래서 그는 외아들 예수를 보내셨고 그를 믿는 사람에게 구원을 약속하셨다. 제11편 61행의 "죽음은 최후의 구제가 되고"라는 말이 그것을 암시해준다. 이와 같이 하나님은 구속을 통해 자비와 정의를 조화시키신다.

인간과 금단의 나무열매

밀턴의 인간은 하나님의 모습대로 지음 받은 존재다. 그런데 『실낙원』에 보면 아담의 거룩한 얼굴에 빛나는 창조주의 모습은 진리와 지혜와 신성이라 했으니(제4편 291~293행), 결국 하나님의 모습대로 지음 받은 인간은 원초적으로 완전한 존재였음을 알 수 있다. 이렇게 타락 이전의 사람의 원시상태가 완전했다면 어떻게 타락할 수 있었겠느냐는 것이 문제점으로 남게 된다. 이에 대해 밀턴은 하나님이 인간을 만드실 때, 죄 없고(제4편 12행, 제9편 659행), 순진하고(제4편 313, 320, 388행, 제5편 209, 384, 445~446행, 제9편 373, 408, 459행), 바르고(제5편 524행), 순결하게(제5편 99행, 제8편 506, 623행), 즉 완전하게 만드신 것은 사실이지만, 그들의 완전이 절대적이거나 불변적인 것은 아니라고 했다.

> 하나님은 그대를 완전하게 만드셨으되 불변하는 것으로
> 만드시지는 않았느니라. 그대를 선하게 만드셨으나
> 참고 견디는 것은 그대의 힘에 맡기셨으니,
> ―제5편 524~526행

다시 말하면 지음 받은 인간의 완전성은 하나님의 완전성과는 달리 상대적이요 조건적이라는 것이다. 그러면 그 조건은 무엇인가, 그 조건은 단 한 가지 순종뿐이었다(제4편 420~424행). 즉, 선악을 알게 하는 나무의 열매만은 먹지 말라는 금령을 순종하고 지키면 그 완전성을 영원히 보존할 수 있고, 만일 불순종하여 그 금령을 지키지 않으면 완전

하게 만들어졌어도 넘어질 수 있다는 것이다. 그러니까 금령을 지키는 것은 그들에게 필요한 그들의 순종을 나타내는 유일한 징표였다. 하나님은 그들에게 모든 만물을 지배하고 통치할 수 있는 특권을 주신 반면에 한 가지 손쉬운 충성, 곧 순종을 요구했던 것이다.

그것은 창조자와 피조자 사이에 세워진 사랑의 법이기도 했다. 이 사랑의 법을 어기거나 떠날 때 창조의 질서는 파괴되고 그 법을 세운 자에 대한 불순종이 되므로, 이 사랑의 법을 버린 자는 완전성을 유지할 수 없고 마침내 넘어지게 되는 것이다(제5편 538행 이하).

그러나 그 사랑의 법을 지키고 안 지키고는, 즉 순종하고 안 하고는 순전히 인간의 자유의사에 맡기셨던 것이다. 왜냐하면 하나님이 인간에게 이성을 주었을 때, 그에게 또한 선택의 자유도 주었기 때문이다. 이와 같이 순종은 이성적 선택에 의해서만 가능한 것이고, 그것이 올바로 이루어질 때 참 자유는 주어지는 것이다. 만일 그것이 이성적 선택에 의한 순종을 통해 얻어지는 자유가 아니고 어떤 강제나 필연에 의해 결정되는 자유라면 참된 자유라 할 수 없다.

자유가 선택의 자유라면, 필연적으로 그 속에는 악에 대한 선택의 가능성도 내포될 수밖에 없다. 이를테면 인간은 자유로이 하나님의 법도를 따를 수도 있고, 또한 자유로이 선을 거역할 수도 있다는 말이다. 그렇지 않다면 인간은 본질적으로 선택의 자유를 향유할 수 없는, 필연을 위해 봉사하는 인형이 되고 만다. 아담과 하와는 타락 이전 이런 악에의 가능성을 갖고 있었고, 그것은 바꾸어 말하면 유혹을 받을 수 있다는 것이다.

따라서 자유는 필연적으로 유혹의 존재를 전제하게 된다. 거꾸로 말하면 유혹이 없는 곳에는 자유도 없다. 만일 낙원에 금단의 나무가 없었다면 아담의 자유도 없었을 것이다. 그러니까 금단의 나무열매는 아담 속에 내재하는 반역에의 가능성을 상징한다.

결국 아담과 하와는 자유의사에 의한 선택적 오류에 의해 타락하게 되었고, 따라서 그 완전성을 상실했던 것이다. 하나님과 인간 사이의 이러한 관계는 아담과 하와 사이에서도 발견할 수 있다. 인간의 영혼 속에는 생각하고 지배하는 요소가 있는 반면에 그것에 지배를 받고 순종해야 할 요소가 있다. 사색하고 다스리는 요소를 이성이라 한다면, 지배를 받고 순종해야 할 요소는 감성이라 할 수 있다. 그런데 밀턴에 의하면 아담은 이성이 강하고 하와는 감성이 강하다고 한다.

> 두 사람은 성性이 같지 않은 것처럼 동등치 않다.
> 남자는 사색과 용기 위하여, 여자는 온순함과 달콤하고
> 매력 있는 우아함 위하여,
> (……) 만들어졌다.
> ―제4편 296~299행

『실낙원』 제8편에도 보면 창조의 잠에서 깨어난 아담은 곧 눈을 들어 하늘을 쳐다보며 놀라움과 기쁨으로 위대한 창조주를 찬양했지만, 하와는 자기가 어디서부터 나왔는지 확실히 알 수 없었다. 즉 아담은 이성과 지력을 통해 즉시 자기와 신의 관계를 바로 인식했지만, 하와는 달이 태양의 빛을 받아 반사하듯이 오직 반사의 빛을 통해서만 자기의 생을 볼 수 있었다. 이것으로 보아도 아담은 이성이 강한 존재였

고, 하와는 감성이 강한 존재였다는 것을 알 수 있다. 하와의 감성은 아담의 이성과 결합할 때 비로소 온전하고 바른 판단을 할 수 있었다. 한편 이성이 감성의 지배 아래 있게 되면 존재구조의 위계질서는 무너지고 거기서 타락이 비롯되는 것이다. 『실낙원』을 보면 감성적 존재인 하와가 이성적 존재인 아담의 지배를 떠나 홀로 있을 때 뱀은 그녀를 유혹했고, 유혹받은 그녀는 쉽사리 그 꾐에 넘어가 급기야 금령을 범하고 말았다. 한편 하와가 가장 비극적인 과오를 범했다는 사실을 알면서도, 아담은 그녀 없는 세상은 황야 같을 것이니 죽어도 같이 죽겠다는 결심 아래 하와가 권하는 지식의 나무열매를 취했던 것이다. 이것은 지극한 사랑의 행위 같기도 하지만, 실은 다스릴 요소가 다스림을 받아야 할 요소에게 굴복한 것이 된다. 즉 감성이 이성을 지배하는 것이므로 영혼의 위계질서는 무너지고 그로부터 죄가 싹트는 것이다.

하나님과 인간의 관계도 결국은 다스릴 자와 다스림을 받아야 할 자의 관계로 말할 수 있고, 하나님이 인간에게 세운 한 가지 금령은 그 관계를 표상적으로 표시한 것에 불과하다. 그런데도 아담과 하와는 그 지켜야 할 창조자와 피조자의 거리, 그 유지해야 할 정당한 관계를 망각하고 자유의사에 따라 자기 하고 싶은 대로 했던 것이다. 그것이 불순종이며, 이 불순종이 곧 타락의 원인이 되는 것이다. 이렇게 해서 상대적으로 완전하게 지음을 받았던 인간은 그 완전성을 상실하고 타락한 존재가 되었다.

타락의 결과 하나님의 정의는 죽음이라는 형벌을 내렸다. 죽음은 육체적이요, 정신적이요, 도덕적이었다. 아담과 하와는 범죄를 저지르지 않았더라면 영원한 생명을 누렸을 테지만, 범죄를 저지름으로써 육체적 죽음을 면할 수 없게 되었고, 동시에 정신적 죽음, 즉 원초적인 슬기로움과 거룩함과 의로움을 상실하게 되었던 것이다. 또한 고귀한 은사이던 완전성을 상실하게 되는 마음의 동요가 생기고, 순수한 사랑이 아닌 정욕이 요동하는 바다 물결처럼 일기 시작했던 것이다. 그후로는 도덕적으로 죽은 생활을 할 수밖에 없었다.

그러나 하나님은 그 자비로써 죄지은 인간에게 구원의 길을 열어주셨다. 이것은 죄를 회개하고 하나님께로 다시 돌아오는 자에게 주시는 특수한 은총인 것이다. 아담과 하와가 마음의 평정을 되찾고 서로 용서하며 두 손을 마주잡고 에덴의 동쪽으로 향할 때, 그들의 마음속에는 이런 구원의 약속이 희망의 빛을 던져주고 있었다. 다시 말하면 인간은 원죄로 인해 죄지을 가능성을 갖게 되었지만, 시련을 겪고 끝까지 참는 자에게는 생명의 면류관을 주시겠다는 약속 그대로 구원의 가능성도 갖게 되었던 것이다. 그러나 그것은 적극적인 믿음을 통해서만 가능하다고 밀턴은 믿었다. 믿음 없이는 낙원을 되찾을 수 없다는 말이다.

만들어진 자연과 만드는 자연

밀턴은 우선 자연은 '만들어진 자연natura naturata'과, '만드는 자연 natura naturans' 즉 신으로 구별된다는 전통을 그대로 수용했다. 『실낙원』 제2편 1037~1038행을 보면 "여기서 자연은 비로소 그 아득히 먼 변두리를 열고 혼돈은 물러난다"는 말이 있는데, 이것은 자연이 혼돈으로부터 창조된 조화의 세계라는 것을 의미한다. 신은 자연을 만들고, 자연을 초월하고 그것을 다스리는 자이지만, 자연은 피조물로서 '신의 도구'에 불과하다고 생각했던 것이다. 그것이 신의 도구에 지나지 않는 이상, 그것은 신의 질서의 의도를 표현하고 있다고 할 수 있다.

만들어진 자연 중에서 가장 이상적인 질서의 공간은 에덴 낙원이다. 다만 그 질서가 끝까지 유지됐더라면 아담에게 그 심각한 윤리적 긴장을 과하지 않았을 것이다. 밀턴이 묘사하는 에덴동산이 분명 질서의 공간임은 틀림없지만, 문학적 낙원으로서는 좀 지나칠 정도로 풍요한 곳(제5편 294~297행, 제4편 237~247행 참조)이라는 데 주목할 필요가 있다. 다시 말하면 에덴동산은 신의 창조의 중심으로서 질서의 세계인 동시에, 그 풍요한 아름다움의 배후에 질서를 파괴하려는 반질서적인 경향이 있다는 사실을 묵과할 수 없다는 말이다.

어떻게 보면 에덴동산은 질서와 반질서가 대치하고 있는 곳으로, 아담과 하와에게는 윤리적 결단이 요구되는 시련의 장소요, 유혹의 동산이었다. 바른 윤리적 결단은 이성에 의해서만 가능한 것인데, 아담은 그 이성을 감성에게 넘겨줌으로써 결국 바른 윤리적 결단을 할 수 없었고, 따라서 반질서적인 것의 주인공인 사탄에게 굴복당하고 마는 것이다. 이것은 영원한 것은 아니지만, 일단 반질서적인 것이 승리한 것이라 할 수 있다.

아담과 하와가 타락하기 이전의 자연은 그들의 행복한 결혼을 함께 누리며 기뻐하지만(제8편 512~520행), 그들이 금단의 과실을 따 먹었을 때 자연은 신음하며 탄식한다(제9편 782~784행, 999~1003행). 이런 자연의 신음과 탄식은 자연계의 반질서 현상을 단적으로 보여준다. 인간과 자연은 '존재의 사슬 chain of being'로 연결되어 있으므로, 인간계의 무질서는 곧 자연계의 무질서로 나타나게 된다. 자연의 아름다움은 질서와 조화라 할 수 있는데, 인간의 타락과 함께 자연은 무질서한 상태가 되었으니, 곧 본연의 아름다움과 축복을 잃었다고 해도 과언이 아니다.

그래서 『실낙원』에 보면 독수리가 새를 쫓고 맹수가 암사슴을 쫓는 살벌한 약육강식과 처절한 전투와 문란한 행위가 일어나게 된다. 그러나 밀턴이 질서의 추구를 중단한 것은 아니다. 그러면 밀턴이 추구한 새로운 질서는 무엇인가? 『실낙원』의 제11편, 제12편은 인류의 미래사를 보여주는 것인데, 그 역사의 서술은 구속사적이라 할 수 있다. 즉 죄로부터 사죄로, 죽음으로부터 삶으로, 멸망으로부터 구원으로 이행되는 패턴으로 기술되었다. 이런 미래적인 구속의 역사를 통하여 예수가 반질서적인 세력의 두목인 사탄을 쳐서 물리칠 때 비로소 잃었던 질서를 되찾게 되고, 인간과 자연계에 새로운 아름다움과 행복이 돌아오리라고 한다.

『실낙원』의 시간

인간은 시간적 존재이지만, 신은 시간을 초월한 존재이므로 과거·현재·미래를 동시에 볼 수 있다(제3편 77~78행). 그래서 그의 눈은 잠자지 않는 눈이요(제5편 646~647행), 그의 의지는 운동보다도 훨씬 빠르다(제7편 176~177행)고 묘사된다. 또한 그리스도도 시간을 초월해 있다고 할 수 있다(제10편 90~91행). 그러면 하늘에는 시간의 질서가 없는가? 물론 시간을 초월해 있는 신에게는 시간의 질서 같은 것이 필요 없을는지 모른다. 그러나 천사장 라파엘이

시간은 영원 속에 있으나 운동에 적용되어,

> 현재, 과거, 미래로써 계속되는 것을
> 측정하는 것이니
> ―제5편 580~582행

라 한 것을 보면, 영원의 세계에도 시간의 순서는 있는 모양이다.

그러나 정연한 시간과 운동의 감각은 아담이 거주한 세계, 즉 신이 창조한 거대한 구형의 우주에서 한층 뚜렷한 형태로 느낄 수 있다. 이 우주의 빛과 어둠, 낮과 밤의 교체를 정한 것은 신의 최초의 창조행위였다(제7편 339~340행). 사실상 시간은 천지창조와 함께 시작된다. 그러면 그전에는 시간이 없었는가? 물론 천지창조 전에도 시간은 있었다. 그러나 그것은 인간적 시간이 아니라 신적인 시간, 즉 영원이었다. 아무튼 낙원의 시간은 천상의 시간보다는 정확하게, 또한 동적으로 표현된다. 사탄이 낙원에 진입한 날의 묘사는 그것을 잘 보여준다. 사탄이 지구에 이른 것은 정오(제4편 29행), 그날 오후 6시 태양의 위치와 운동은 이렇게 묘사된다.

> 마침 하늘과 땅이 대양에서
> 맞닿는 곳으로 지는 해는
> 서서히 내려가더니, 낙원의
> 동쪽 문 바로 정면을 향하여
> 석양의 햇살을 겨누어 쏜다.
> ―제4편 539~543행

태양은 서쪽 끝으로 서서히 가라앉고 있었지만, 그 광선은 마치 시곗바늘처럼 정확하게 낙원의 동쪽 문을 비추고 있었다. 다음은 저녁 9시의 밤하늘을 묘사한 대목이다.

> 밤은 이미 원추형의 그림자 거느리고, 이 거대한
> 달 밑 하늘 언덕길 중턱에 이르렀다.
> ―제4편 777~778행

여기서 말하고 있는 "원추형의 그림자"는, 태양 광선에 의해 우주공간에 투영되는 지구의 그림자다. 다시 아침의 해뜨는 모습을 묘사한 것을 보면,

> 태양은 솟지 않은 채
> 바퀴 끌고 대양의 변두리를 배회하며,
> 이슬 비추는 햇살을 대지에 수평으로 쏟아서
> ―제5편 139~141행

라 되어 있다. 여기서 보는 바와 같이 낙원에서의 시간의 흐름은 천체의 운동에 의해 표현된다. 아담의 주위에는 구형의 우주가 있고, 그 우주에서는 무한한 천체가 밤낮으로 쉴새없이 정연하게 원운동을 계속하고 있다. 우주에서의 시간의 질서는 그 바깥쪽의 혼돈의 세계에서 볼 수 있는 시간의 혼란과는 대조를 이룬다. 혼돈의 세계는 "시간도 장소도 없"(제2편 894행)는 세계요, "혼돈"과 함께 그곳을 지배하는 것은

"우연"(제2편 910행)이다.

천체가 회전한다는 인식(제8편 30~31행)으로부터 생기는 시간의 의식은 순환하는 시간, 즉 불변하는 시간이다.

> 이때 만물의 판은
> '우미'와 '계절'과 춤을 추며 결합하여
> 영원한 봄을 맞아들인다.
> ―제4편 266~268행

여기서 춤을 춘다고 한 것은 시간의 주기적 진행을 암시한 것이다. 그러므로 그 시간의 추이는 사계의 변화를 갖지 않고, 다만 영원의 봄 즉 일정불변의 상태를 보존하고 있다.

이렇게 밀턴은 시간을 순환적 흐름으로 인식하면서도, 한편으로는 직선적 흐름도 가능하다고 보았다. "때가 오면 인간이 천사와 함께 (······) 하늘의 낙원에서 살게 되리라"(제5편 493~500행)는 말은 바로 그런 가능성을 시사한 것이라 할 수 있다.

이런 시간의 순환은 체험 여하에 따라 행복한 상태가 될 수도 있고 불행한 상태가 될 수도 있다. 즉 시간의 반복을 기계적으로 체험하면 끝없이 따분하고 불행할 테지만 그것을 생명적 리듬으로 체험하면 한없이 즐겁고 행복할 것이다. 이것은 체험적 시간이란 극히 사적이고 주관적이라는 말과 같다.

낙원의 시간은 춤의 이미지로 표현되고 음악과 함께 흐른다. 따라서 아담의 시간 체험은 즐겁고 상쾌하고 행복하다. 그것은 그 체험이

기계적이 아니고 동력적이고 정서적이기 때문이다. 그래서 밀턴은 낙원의 시간적 추이를 "즐거운 변화"(제5편 628행) 또는 "상쾌한 변화"(제6편 8행)라 했다. 아담과 하와는 부지런히 노동을 하면서도 그것이 자연적 리듬과 조화를 이룬 것이기에 즐겁고 유쾌하기만 하다(제4편 610~621행).

이런 아담의 시간과 가장 날카로운 대조를 이루는 것이 사탄의 시간이다. 아담은 순환되는 시간과 조화된 생활을 했지만, 사탄은 미래를 계획하고 그것을 위해 자연의 리듬을 깨뜨린다. 그래서 그는 밤에도 쉬지 않고 일을 한다. 천상에서 그가 반란을 결의한 것은 신이 그 아들을 천상의 주인으로 세운 날이었다. 한밤중에 그는 자고 있는 바알세불을 깨워 반란 계획을 세우는가 하면(제5편 667~672행), 신의 명령에 분격을 참을 수 없어 잠을 이룰 수 없다(제5편 673~676행). 급기야 그는 한밤중에 반란군을 북쪽에 집결시킨다(제5편 686~691행). 다음날 그는 신의 군대에 도전했다가 패하지만, 그날 밤 천군은 휴식을 취하나 사탄은 휴식도 없이(제6편 415행) 회의를 개최한다. 이 회의에서 사탄이 대포를 만들자고 제의하자, 그 부하들은 "회의를 마치자 그들은 곧장 작업장으로 달려"(제6편 507행)간다. 결국 사탄은 천상의 싸움에서 패하고, 그 부하들과 함께 아홉 낮 아홉 밤 동안 지옥으로 떨어져, 불바다에 의식을 잃는다. 그러나 사탄은 의식을 회복하자 바알세불을 불러 신에게 저항할 계획을 세운다. 그는 "이 기회를 놓치지 말자"(제1편 178행)며 자고 있는 부하들을 깨워 회의를 소집하고, 자기 혼자 낙원에 원정할 것을 승인받은 뒤 곧바로 낙원을 향해 출발한다. 사탄은 일각도 지체하지 않고 혼돈 속으로 전진한다. 우주 외곽에 도착한 사탄은 우주를 바라보며 잠시 그 아름다움에 질투를 느끼지만, "그 이상 지체하지 않고"(제3편 561행) 다음 행동을 취한다. 사탄은 낙원을 순시하고 있는 천사에게 발각되어 일시 추방되지만, 한밤을 타서 8일째 되던 날 낙원으로 진입한다. 그 이튿날 그는 하와가 혼자 있는 것을 발견하고, "기회를 놓치지 않으리라"(제9편 479~480행)고 결심한 후 하와에게 접근하여 이윽고 타락시키고 만다.

이렇게 사탄은 자신의 계획(미래적 시간)을 위해 쉴 때 쉬지도 않고 밤낮 구별 없이 투쟁하고 행동한다. 어떻게 보면 사탄은 인간보다 더 근면하고 전투적이다. 그것이 악마의 본성일는지 모른다. 그러나 사탄의 그런 본성은 한순간도 현재와 화해할 수 없다. 그러므로 그는 항상 현실이 불만스럽다. 이런 불만을 해소하기 위해 그는 야심만만한 계획을 세우고 그것을 추진한다. 그것은 바꾸어 말하면 미래를 추구하는 것이니까 그의 현재는 미래의 희생물이 된 셈이다. 그러나 그는 최후의 승리는 거둘 수 없었다. 그때 그는 자기의 실패를 개탄하여 후회한다. 후회는 시간적인 개념으로 표현하면 과거와 현재를 지배하는 것이라 할 수 있다.

이처럼 사탄에게는 현재가 없다. 현재와 화해할 수 있는 아담은 일을 해도 행복하고 유쾌하지만 자연의 리듬을 깬, 현재를 갖지 못한 사탄은 불행하고 불만스럽기만 하다. 그러나 타락한 이후 시간의 흐름을 기계적으로 체험하는 아담과 하와는 지루하고 따분하기만 하다. 동시에 그 시간은 죽음과 연결된다. 죽음을 기다리는 시간은 너무나 느리고 더디기만 하다(제10편 857~859행). 그러나 영원(그리스도)이 시간 속에 들어옴으로써 죽음을 기다리는 불안에서 벗어날 수 있다고 본 것이다. 이런 시간의식은 역설적이지만, 그러나 거기에 진리가 있다.

사탄의 비극적 본성

사탄은 본래 하나님의 창조물로서 상위천사 중 하나였지만, 이기주의적인 교만pride 때문에 타락해서 악천사들의 두목이 되었다. 비록 하늘에서 떨어지긴 했지만, 지옥의 불타는 호수에서 몸을 일으켜 호숫가를 향해 걸어가는 사탄은 우선 그 체구가 감탄할 만큼 거대하다. 밀턴은 고전적 전통을 따라 자세한 묘사는 피하고 있지만, 사탄이 지니고 다니는 두 가지 소유물만으로도 능히 짐작할 수 있다.

> 그의 말이 채 끝나기도 전에 마왕魔王은
> 해안을 향하여 걸음을 옮겼다. 그의 묵직한 방패,
> 육중하고, 크고 둥근 하늘의 연장을
> 뒤에 걸머지고서. 그 넓은 원주圓周는
> 달처럼 어깨에 걸쳐 있다, 토스카나의 명장名匠이
> 저녁에 망원경으로 페솔레의 산정이나 발다르노에서
> 반점이 있는 구체球體 안의 새로운 땅이나
> 강이나 산들을 찾아내려고
> 바라본 그 달처럼.
> 그의 창, 이에 비하면 거대한 군함의 돛대로 쓰기 위해
> 노르웨이의 산에서 베어낸 키 큰 소나무도
> 지팡이 정도밖에 안 되는
> 그런 창을 짚고서 불타는 진흙탕 위를 걷는다,

―제1편 283~295행

군함의 돛대가 될 키 큰 소나무도 그것에 비하면 지팡이 정도밖에는 안 되어 보이는 그런 창을 짚고 갈릴레이가 망원경을 통해 본 달과도 같은 방패를 걸머지고 불바다를 걸어가는 사탄이 가히 어느 정도였던가를 상상해볼 수 있다.

조금 내려가보면 지옥에 떨어진 반역천사들 앞에 나타나 명령을 하는 사탄은 "자랑스럽게 뛰어나, 탑처럼 서 있다"(제1편 590~591행)고 하였고, 태양이나 달 모양과 흡사하다고 했다(제1편 594~599행). 이로써 여전히 타락 이후에도 사탄에게는 본래의 광채와 영광이 남아 있었다는 것이지만, 점차 그 영광은 희미해져, 해는 해이되 안개 낀 아침의 해와 같고 달은 달이되 컴컴한 월식 때의 달과 같다. 또한 새로 창조한 인간세계를 탐험해보기로 결정한 반역천사들의 결의에 따라 천신만고 지옥문을 통과, 신세계가 보이는 곳까지 항해하고 난 사탄은 "풍우에 시달린 배"(제2편 1043행)에 비유된다. 우리는 이런 비유들을 통해 어딘가 천상의 광채와 영광 또는 그 당당한 모습이 사라져가고 있다는 인상을 받게 된다. 그러나 그때까지도 그 인물은 대단히 크다는 느낌이다.

지옥을 빠져나와 에덴에 도착한 사탄은, 마치 배고픔에 주려 먹이를 찾는 늑대가 담장을 넘어 양 우리에 침범하듯이 또는 도둑이 어느 부자의 돈을 훔치려고 정문을 피해 창문이나 지붕 위로 잠입해 들듯이(제4편 172~191행), 담을 넘어 동산 안으로 스며든다. 그후 사탄은 가마우지(탐욕의 새)의 모습으로 나무에 올라 동산을 살피는가 하면(제

4편 196행) 마치 재갈을 깨물며 고삐에 매여 끌려가는 사나운 말처럼 가기도 하고(제4편 858~859행), 하와의 꿈을 통해 그녀를 유혹하는 장면에서는 웅크리고 있는 흉한 두꺼비의 모습으로 나타난다(제4편 801행).

마침내 뱀을 찾아낸 사탄은 그 짐승의 의식을 사로잡는다. 그후 사탄은 얼굴이 오그라져 야위고 팔은 늑골에 달라붙고 다리는 서로 뒤꼬이고 드디어 엎어진 채 쓰러져 배를 깔고 기는 기구한 뱀으로 변신한다(제10편 510~520행). 이리하여 의도한 갈채는 야유로 터져나왔고 개가는 수치로 변했다.

이러한 비유들을 통해 볼 때, 제1편과 제2편에서는 거신족이던 사탄이 그 뒤로 가면 어처구니없을 정도로 그로테스크해지고 마는 것을 알 수 있다. 그 흉측한 뱀으로 변한 사탄에게서는 갈릴레이의 망원경을 통해 보았던 달과 같은 방패와 큰 군함의 돛을 만드는 키 큰 소나무보다도 더 큰 창을 지니고 다니던 거신족의 모습은 찾아볼 수 없고, 해나 달과 같이 빛나던 그 천상의 영광도 사라져버리고 만다. 이러한 사탄의 몰락은 순전히 그의 교만 탓이라고 생각된다. 하나님께 반역을 했더라도 회개하고 사랑을 베풀 수 있었다면 그는 이렇게까지 그로테스크해지지는 않았을 것이다. 그러나 그의 교만은 회개하는 마음을 금했다. 아담과 하와는 비록 타락했으나 회개하는 마음으로 기도를 올린 덕분에 예전처럼 평상심을 되찾아 구원의 희망을 가지고 낙원을 떠날 수 있었으나, 사탄은 조금도 뉘우침이 없다. 뉘우침이 없다는 것이 사탄의 비극적 본성이다.

『실낙원』 제1편 156~168행을 보면 무엇이든 선을 행하는 것은 그들의 본분이 아니요, 언제나 지고한 하나님의 뜻을 거슬러 악을 행하는 것만이 그들의 즐거움이라고 한다. 하늘에서 섬기느니 지옥에서 다스리는 편이 낫겠다고 생각하는 그 오만함이 가져오는 결과는 실로 가공스러운 것이었다. 사탄은 온갖 힘을 파괴적 목적에 바쳐서 밤낮을 쉬지 않고 그 일을 추진한다. 그러나 복수를 획책하고 질서를 파괴하여 반질서를 꿈꾸어감에 따라 그 자신도 도덕적으로 더욱더 타락하여 그 몰골은 더욱더 비천해지고 그 마음은 더욱더 악해져 결국 만악萬惡을 꾸미게 된다. 최초에는 장엄한 빛도 있고 연민도 다소 있지만 흉측한 뱀으로 변하는 장면에서는 그런 선의 빛이라고는 찾아볼 길 없고, 낙원을 바라보며 그 아름다움에 마음 설레는 것 같은 일말의 아름다움 같은 것은 발견할 수 없다. 다만 잔인한 시기와 복수의 불길만이 맹렬히 타고 있을 뿐이다. 이제 사탄은 그 마음속에 지옥을 지니고 다니며 허공의 권세를 잡으려고 갖은 술책과 미혹과 술수를 다할 뿐이다. 이러한 사탄의 극렬한 투쟁은 여자의 후손이 나와 그 머리를 부숴버릴 때까지 계속될 것이다.

밀턴의 영향

밀턴은 압운押韻이 없는, 즉 리듬의 제약을 받지 않는 약강 5보격의 무운시로 『실낙원』을 썼다. 이 시형은 소네트 같은 시들이 갖는 제약적인 시형詩形에 대한 반동으로 일어난 것으로 운의 구속을 전혀 받지 않기 때문에 산문에 가까운 서술적 시와 희곡 등에 많이 사용되었다. 모든 시행 중에서 무운시는 영어의 자연스러운 리듬에 가장 가깝지만 또한 가장 유연성이 있고 갖가지 디스코스, 즉 연속되는 말이나 글의 전개에 가장 잘 어울리는 형식이므로 이 시행이 다른 어느 형식보다 자주 다양하게 사용되고 있다.

밀턴이 시의 율격으로 운韻을 따르지 않은 장중한 문체(영웅시체)를 선택한 것도 시의 우주적인 스케일과 무관하지 않다. 전편에 걸쳐 1만여 행에 이르는 무운시는 웅장한 오르간 음악과도 같은 장엄함을 자아낸다. 『실낙원』에 적용한 밀턴의 웅대한 구상과 고원한 이상은 그의 용어와 문체, 그리고 운율과 수사 등과 빈틈없이 어울려 마치 우주와 영원을 통하여 들을 수 있는 일대 교향악처럼 조화되어 있다.

셰익스피어를 마지막으로 해서 무운시형은 어느 정도 퇴조하는 듯했으나, 밀턴이 『실낙원』에 이 무운시형을 본격적으로 적용하여 다시 한번 그 매력을 발산하게 했다. 밀턴의 무운시형은 어순도치, 라틴어식 단어, 다양한 강세, 행 길이, 휴지, 서술적이며 극적인 효과를 얻기 위한 단락나누기 등 다양한 기교를 구사했기 때문에, 한편으로는 복잡하면서도 다른 한편으로는 유연성이 있다. 이와 같은 밀턴의 무운시형 사용의 성공을 지켜본 그후의 많은 시인들은 앞다투어 이 무운시형을 사용하여 장편 설화시나 서사시들을 시도했다.

윌리엄 블레이크는 그의 작품들 중 가장 길고도 애매모호한 신화적인 작품이라 할 수 있는 『밀턴Milton』이라는 시를 1804년에 발표했는데, 여기서 그는 교리와 정통적 신앙을 초월하는 밀턴의 신선한 상상력을 특히 강조했다. 이런 블레이크의 뒤를 이어 많은 낭만주의자들이 밀턴이라는 시인의 숭고한 창조적 상상력을 노래하게 된다.

윌리엄 워즈워스는 그의 장편시 『서곡The Prelude』을 무운시형으로 썼다. 그는 무운시 『틴턴 사원Tintern Abbey』에서도 『실낙원』에서 볼 수 있는 라틴어에 가까운 구문과 같은 문체적 특징을 따르고 있다. 또한 그는 1815년에 출간한 『서정민요집 Lyricall Ballads』 서문에서 어떻게 상상력이 시를 형성하고 창조하는지를 보여주는 중요한 예로 『실낙원』을 인용한다. 워즈워스와 함께 『서정민요집』을 낸 새뮤얼 테일러 콜리지는 『문학평전 Biographia Literaria』에서 워즈워스보다는 더 분명하게 밀턴을 '공상 Fancy'보다는 탁월한 '상상력 Imagination'의 표본에 포함시키면서, 밀턴의 시가 이미지나 사상을 단지 아름답게 꾸미는 데 그치지 않고 상상력의 작용으로 그것들에 변화를 가하고 있음을 높이 평가한다. 콜리지는 후기의 에세이나 강의에서 밀턴의 개별 작품에 대한 생각을 밝히는데, 『실낙원』에 등장하는 모든 인물에서 존 밀턴 자신을 보게 된다면서 이 작품이 지닌 자기중심성을 칭찬한다. 퍼시 B. 셸리는 극시 『센시 The Cenci』에다 무운시형을 적용하였고, 여기서 더 나아가 밀턴이 공화주의자였으며 도덕과 종교를 대담하게 탐구한 인물이었음에 주목하면서, 『풀려난 프로메테우스 Prometheus Unbound』에서 자신의 주인공 프로메테우스를 밀턴의 사탄과 비교한다. 셸리는 독자들이 『실낙원』을 너무나 종교적으로 읽음으로써 사탄을 잘못 인식하고 있다고 비판하면서, 사탄이야말로 밀턴의 천재성을 가장 결정적으로 증명하고 있다고 역설했다.

  19세기 말기 빅토리아여왕 시대의 앨프리드 테니슨은 밀턴의 '장중체 grand style'를 극찬했으며, 자신의 시에서 밀턴의 영향을 많이 보여주었다. 제럴드 맨리 홉킨스는 자신의 혁신적인 '돌발리듬 sprung rhythm'이 밀턴의 영향을 크게 받아 이루어진 것임을 그의 편지들에서 밝히고 있다. 그리고 그는 『투사 삼손』의 불규칙적이고 즉흥적인 운율이야말로 관습적으로 내려온 추상적인 운율체계를 깨뜨린 훌륭한 예라고 칭찬했다.*

이러한 밀턴의 시형과 문체에 대해 평자들은 밀턴의 시대부터 최근까지 찬반으로 나뉘어 열띤 논쟁을 계속해왔다. 20세기는 1920년대와 1930년대의 파운드와 엘리엇, 그리고 리비스의 『실낙원』에 대한 공격을 시작으로 활발하게 전개되었다. 위의 세 평자는 한결같이 밀턴을 공격했지만, C. S. 루이스나 릭스Christopher Ricks와 라잔B. Rajan 같은 비평가는 『실낙원』의 문체와 내용, 서술구조 등을 옹호한다. 그들은 밀턴의 문체가 판에 박힌 양식화된 것이라는 비평에 대해 반론을 제기하며, 그의 문체와 어휘, 구문이 지닌 복합적이고 다양하며 섬세한 특질에 대해 긍정적인 평가를 내린다. 자유와 인간을 장대한 테마로 노래한 밀턴은 현대에 이르기까지 영국시에 커다란 영향을 미치고 있다.

밀턴의 『실낙원』은 음악과 미술 분야에도 커다란 영향을 미쳤다. 이 작품은 내용 면에서 프란츠 요제프 하이든(1732~1809)의 오라토리오 〈천지창조The Creation〉의 모체가 된다. 하이든의 오라토리오 〈천지창조〉는 존 밀턴의 『실낙원』을 대본가 슈비텐Swieten이 각색한 것에 음악을 붙인 것이다. 헨델의 오라토리오에 깊은 영향을 받아 작곡한 이 작품은 독창, 4성부 합창, 3개의 트롬본, 팀파니가 포함된 관현악 작품이다. 관현악 전주와 간주가 효과적으로 사용되고, 조성과 악기 편성은 가사의 내용을 상징적으로 표현하고 있다. 폭풍과 파도 치는 바다를 D단조로, 번개의 번쩍임은 플루트로, 큰 고래나 바다 생물들은 저음

---

* 최재헌, 『다시 읽는 존 밀턴의 실낙원』(대구: 경북대학교출판부, 2004), 266~272쪽 참조.

부 현악기로 묘사하였다. 〈천지창조〉의 조성은 C단조로 시작되지만 혼돈에서 질서로 가면서 C장조로 정착된다. C장조는 영광, 권세, 위엄, 천국, 그리고 인간을 묘사할 때 사용되었다. 작품의 끝 부분에서 아담과 하와의 멸망을 묘사할 때에는 B단조가 사용되었다. 〈천지창조〉는 하이든의 교회음악을 대표할 만큼 뛰어난 작품으로 양식과 형식 면에서 교향곡, 미사, 오페라, 오라토리오의 요소를 모두 포함하고 있다. 이 오라토리오의 시작과 끝 부분은 종교적이지만 다른 부분은 자연과 인간을 묘사하는 세속적인 작품이다. 이 작품은 뛰어난 선율과 더불어 아리아와 웅장한 합창으로 변화하는 계절의 전원을 묘사한 18세기 최고의 표제음악으로 평가받는다.

하이든보다 앞서 살았던 마사초(1401~1428)의 작품, 일명 '낙원에서의 추방'이라고도 하는 〈에덴동산에서 추방당하는 아담과 하와〉는 그가 이탈리아 피렌체의 산타마리아 델 카르미네 성당의 브란카치 예배당에 그린 벽화들 중 일부분이다. 이 그림에서 그는 인간 육체가 지닌 동적인 아름다움을 완벽하게 표현했다. 마사초는 구약성경에서 얻은 회화적인 상상력으로 이 작품을 그렸다. 그는 이 작품을 작은 방에 그려진 많은 벽화 가운데 시각적인 강조를 위해 세운 모습으로 그려서 쉽게 사람의 관심을 끌게 만들었다. 아담과 하와가 쫓겨나는 낙원의 문은 아무런 장식도 없이 단조로우며 바닥은 메마른 진창처럼 쓸쓸한 분위기인데, 원근법으로 처리된 천사는 하늘 낙원에서 추방되는 원조들을 군소리 없이 낙원에서 떠나도록 완강하면서도 여유 있게 인도하고 있으며 낙원에서 쫓겨나는 슬픔에 잠긴 아담과 하와의 나체는 그들의 처절한 표정과는 대조적으로 인간 육체가 지닌 아름다움과 힘을 한껏 표현하고 있다. 이 그림이 그려진 후 미켈란젤로를 위시해서 유럽의 많은 예술가들이 이탈리아 피렌체의 성당에 완벽하게 표현되어 있는 그의 그림을 보기 위해 피렌체를 찾곤 했으며, 미켈란젤로는 그의 화풍에 커다란 영향을 받았다.

밀턴이 현대에도 어떤 의의를 갖는다면 현대 독자들에게 인생에 대한 다양한 관점, 즉 세계를 바라보는 포괄적인 눈을 제공해준다는 데 있다. 단순한 작가는 한 시대가 지나면 고갈되어 더이상 탐색해볼 만한 것이 없거나 탐구를 해도 얻는 것이 없어서 허탈감만 안겨주는 경우가 많다. 그러나 밀턴처럼 깊은 사상을 지닌 작가는 사후 400년이 가까워도 아직까지 비평가들에게 소중한 비평자료를 제공하고, 혼탁한 가치관들 때문에 방황하는 현대인들에게는 바른 기독교적 세계관을 제시해주는 역할을 하고 있다.

지금까지 우리는 『실낙원』의 중심 문제들을 파상적으로 살펴봤다. 그 결과 얻은 결론은 『실낙원』의 중심 테마는 인류의 타락이라는 것이다. 원래 인간은 완전하게 창조되었으나 창조자와 피조자 사이에 이어지는 질서를 자신의 자유의사에 따라 파괴함으로써 육체적, 정신적 죽음을 체험하게 되었고, 따라서 하나님이 가장 귀한 선물로 준 에덴에서 자연의 리듬과 조화된 생활을 하며 즐겁게 보내는 최대의 행복과 자유를 잃어버리게 되었던 것이다. 이 일을 꾸미는 악의 장본인은 사탄이지만 하나님의 자비의 화신인 메시아가 나타나 종국에는 사탄의 머리를 쳐부수고 잃었던 낙원을 회복할 것이며 인류를 구원할 것이라 한다. 일시적으로는 하나님의 길이 옳지 않고 부당한 것같이 보이나 궁극적으로는 하나님의 섭리가 정당하며 옳다고 밀턴은 결론짓는다. 그것을 온 인류에게 증명하기 위하여 밀턴은 『실낙원』을 쓴다고 천명하였던 것이다.

이 번역에 사용한 원본은 *Paradise Lost*, edited by Alastair Fowler(Longman, 1997)이고, 참고서로는 Laura E. Lockwood, *Lexicon to the English Poetical Works of John Milton*(Burt Franklin, 1968)과 *The Poems of John Milton*, edited by Carey and Fowler(Longman, 1958), 그리고 *Paradise Lost with Introduction and Notes*, edited by Masaru Shigeno(Kenkyusha, 1935)를 참조했음을 밝혀둔다.

조신권

존 밀턴 연보

1608년	12월 9일 런던 브레드가의 스프레드이글에서 부유한 공증인의 아들로 태어나다.
1615년	11월 14일 동생 크리스토퍼가 태어나다.
1620년	세인트폴학교에 입학하다. 이탈리아인 의사인 부친을 둔 친구 찰스 디오다티와 교제하기 시작했으며, 그 당시 유명한 신학자였던 가정교사 토머스 영으로부터 단단한 지적 수련을 받다.
1624년	「시편」 114편 및 136편을 운문으로 번역하다.
1625년	2월 12일에 케임브리지의 크라이스트 칼리지에 입학하여, 케임브리지대학의 특별연구원이자 대학 내에서는 대단한 논객인 윌리엄 차펠의 지도를 받다. 차펠 교수와 학제 문제로 의견 충돌을 일으키고 그에게 반항하다가 한 학기 정학처분을 당하다.
1626년	학교에 복귀하자 잠정적으로 지도교수는 윌리엄 차펠에서 토벨(Tovell)로 바뀐다.
1629년	3월 26일 B. A.(문학학사)가 되다. 「그리스도 탄생하신 날 아침에 On the Morning of Christ's Nativity」를 썼는데, 그 첫 연은 『실낙원』의 주제가 된다. 무명 화가에 의해 크라이스트 칼리지 시절의 밀턴의 초상화가 그려진다.
1630년	「그리스도의 수난 The Passion」을 쓰다. 같은 해 「5월 아침의 노래 Song: On May Morning」를 썼고, 영어와 이탈리아어로 소네트를 여러 편 쓰다. 「셰익스피어에 부쳐 On Shakespeare」를 쓰다.
1632년	7월 2일 M. A.(문학석사)가 되다. 이해에 그는 케임브리지를 떠

	나 호튼에 있는 아버지의 별장으로 가서, 주로 그리스 및 로마 고전을 연구한다. 이 무렵의 작품으로 「랄레그로 L'Allegro」 및 그 자매편 「일 펜세로소 Il Penseroso」와 좀 뒤의 것으로 가면극 「아카디스 Arcades」가 있다.
1634년	9월 29일 「코머스 Comus」 상연되다.
1637년	「코머스」가 출간되고, 4월 3일 어머니가 병사하다. 가장 절친한 친구였던 에드워드 킹의 죽음을 애도하는 「리시다스 Lycidas」를 발표하다.
1638년	4월 이탈리아 여행을 떠나다. 8~9월 피렌체에 머물면서 여러 친구들을 사귀는 중에 갈릴레오 갈릴레이를 방문했고, 10월에는 로마의 시에나로 옮겨 바티칸도서관의 사서 루카스 홀스타인을 만났으며, 12월에는 나폴리로 가서 만소 후작을 만나다.
1639년	8월 로마, 피렌체, 제네바, 파리를 거쳐 외유 1년 3개월 만에 영국으로 돌아오다. 귀국 후 절친한 친구였던 찰스 디오다티의 사망 소식을 듣다.
1640년	이 무렵부터 비극을 창작할 계획을 세우다. 런던의 플리트가에 있는 양복집 2층에 하숙하면서 사설 기숙학교를 개설하고 여덟 살과 아홉 살짜리 조카들 존과 에드워드 필립스에게 고전어, 신학, 역사, 수학, 과학 등을 가르치다. 디오다티의 죽음을 애도하는 엘레지 「다몬에게 바치는 비문 Epitaphium Damonis」을 쓰다.
1641년	5월에 『종교개혁론 Of Reformation』 『주교제에 관하여 Of Prelatical Episcopacy』 등 종교적 자유를 위한 논문을 발표하다.
1642년	메리 파웰과 결혼하다. 2월에 『교회치리론 The Reason of Church Government』, 5월에 『스멕팀누스 변호 Apology for Smectymnuus』 등 산문을 써서 출판하다.

1643년	아내 메리가 집안의 정치적 이유 때문에 그를 떠나 본가로 가서 별거를 시작하다. 자기의 불행한 결혼을 계기로 8월 1일 『이혼의 교리와 규율 Doctrine and Discipline of Divorce』을 썼고, 그 밖에 윤리적 자유를 위한 논문을 발표하다.
1644년	2월 『이혼의 교리와 규율』 제2판을 출판했고, 6월 5일 『교육론 Of Education』을, 8월 6일 『이혼에 관한 마틴 부서의 견해 Judgement of Martin Bucer Concerning Divorce』를 출판하다. 9월에는 더욱 시력이 나빠지기 시작했고, 11월 23일에는 『아레오파지티카 Areopagitica』라는 언론출판의 자유를 토로한 유명한 팸플릿을 출판하다.
1645년	3월 이혼론에 관한 두 편의 논문 『테트라코르돈 Tetrachordon』과 『콜라스테리온 Colasterion』을 출판하다. 여름에 아내 메리와 화해하여 별거하던 그녀가 집으로 돌아오다. 10월 6일 『존 밀턴의 시집 Poems of Mr. John Milton』이 출판되다.
1646년	6월 29일 장녀 앤이 출생하다.
1647년	1월 1일 장인 리처드 파웰이 사망하고, 3월 13일 아버지가 사망하다.
1648년	10월 25일 차녀 메리가 출생하다.
1649년	2월 13일 국왕 찰스 1세의 처형과 거의 동시에 『왕과 위정자의 재임 The Tenure of Kings and Magistrates』을 출판하여 정치적 자유를 부르짖다. 3월 13일 크롬웰의 공화정부에 초빙되어 외국어 장관을 맡다. 같은 해 10월 6일 국왕 처형의 타당성을 주장하고 자기의 입장을 천명한 정치 논문 『우상타파론 Eikonoklastes』을 출판하다.
1650년	아들 존이 태어나다.
1651년	2월 24일 정치 논문 『영국민을 위한 변호 Defence for English People』를 출판하다. 12월 17일 건강 때문에 웨스트민스터 지

	구 안에 있으며 그 바로 뒤쪽에는 세인트제임스공원이 있는 아름다운 저택으로 이사를 가다.
1652년	5월 2일 3녀 데보라가 출생하다. 5월 5일 아내 메리가 병사하고, 6월 16일 아들 존이 죽다. 이 무렵부터 완전히 실명하다.
1654년	5월 30일 『제2변호 The Second Defence』를 출판하다.
1655년	공직에 있으면서 시간을 내어 『영국사 History of Britain』를 개필하다.
1656년	11월 12일 캐서린 우드콕과 재혼하다.
1657년	10월 19일 딸 캐서린이 태어나다.
1658년	2월 3일 아내 캐서린이 병사하고, 3월 17일 딸 캐서린이 죽다. 이 무렵부터 『실낙원 Paradise Lost』 집필에 착수하다.
1659년	3월 3일 『자유 공화국을 수립하기 위한 준비되고 쉬운 길 The Ready and Easy Way to Establish a Free Commonwealth』을 출판하다. 6월 16일 의회는 밀턴 체포령을 내렸고, 『영국민을 위한 변호』 『우상타파론』을 불태워 없애라는 명령을 내리다.
1660년	5월 찰스 2세가 귀국, 공화정부가 붕괴되고 왕정복고가 이루어지자 밀턴은 실의의 수렁에 빠지다. 5월부터 8월까지 친구의 집에 숨어 체포를 면하다. 8월 29일 이후는 관헌의 눈을 피할 필요가 없는 자유의 몸이 되다.
1661년	의지하고 있는 세 딸에게 복수와도 같은 학대를 받으며, 또한 통풍에 시달리며 극히 고독한 나날을 보내다. 단지 미국 국회의 원인 몇몇 친구와 조카 및 퀘이커 청년인 토머스 엘우드의 방문만이 유일한 즐거움이 되다.
1663년	2월 24일 엘리자베스 민셜과 세번째 결혼하다. 이 무렵 『실낙원』의 원고를 엘우드에게 보이다.
1667년	8월 『실낙원』을 출판하다.
1670년	『영국사』를 출판하다.

1671년	『복낙원 Paradise Regained』과 『투사 삼손 Samson Agonistes』을 출판하다.
1672년	5월 라틴어로 쓴 『논리학 Art of Logic』을 출판하다.
1673년	5월 『진정한 종교에 관하여 Of True Religion』를 출판하고, 11월 『존 밀턴의 시집』 재판을 펴내다.
1674년	7월 6일 『실낙원』 재판을 펴내다. 실명에다 통풍까지 겹쳐 병이 악화, 11월 8일 세상을 떠나다. 12일에 런던시 크리플게이트의 성 자일스라는 낡은 회당에 묻히다.

문학동네 세계문학전집 발간에 부쳐

세계문학은 국민문학 혹은 지역문학을 떠나 존재하는 문학이 아니지만 그것들의 총합도 아니다. 세계문학이라는 용어에는 그 나름의 언어와 전통을 갖고 있는 국민문학이나 지역문학의 존재를 인정하면서 그것을 넘어서는 문학의 보편적 질서에 대한 관념이 새겨져 있다. 그 용어를 처음 고안한 19세기 유럽인들은 유럽문학을 중심으로 그 질서를 구축했지만 풍부한 국민문학의 전통을 가지고 있는 현대의 문학 강국들은 나름의 방식으로 세계문학을 이해하면서 정전(正典)의 목록을 작성하고 또 수정한다.
한국에서도 세계문학 관념은 우리 사회와 문화의 변화 속에서 거듭 수정돼왔다. 어느 시기에는 제국 일본의 교양주의를 반영한 세계문학 관념이, 어느 시기에는 제3세계 민족주의에 동조한 세계문학 관념이 출현했고, 그러한 관념을 실천한 전집물이 출판됐다. 21세기 한국에 새로운 세계문학전집이 필요하다는 것은 명백하다. 우리의 지성과 감성의 기준에 부합하는 세계문학을 다시 구상할 때가 되었다.
문학동네 세계문학전집은 범세계적으로 통용되는 고전에 대한 상식을 존중하면서도 지난 반세기 동안 해외 주요 언어권에서 창작과 연구의 진전에 따라 일어난 정전의 변동을 고려하여 편성되었다. 그래서 불멸의 명작은 물론 동시대 세계의 중요한 정치·문화적 실천에 영감을 준 새로운 작품들을 두루 포함시켰다. 창립 이후 지금까지 한국문학 및 번역문학 출판에서 가장 전문적이고 생산적인 그룹을 대표해온 문학동네가 그간 축적한 문학 출판 경험을 바탕으로 새로운 세계문학전집을 펴낸다. 인류가 무지와 몽매의 어둠 속을 방황하면서도 끝내 길을 잃지 않은 것은 세계문학사의 하늘에 떠 있는 빛나는 별들이 길잡이가 되어주었기 때문이다. 우리가 자부심과 사명감 속에서 그리게 될 이 새로운 별자리가 독자들의 관심과 애정에 힘입어 우리 모두의 뿌듯한 자산이 되기를 소망한다.

문학동네 세계문학전집 편집위원
민은경, 박유하, 변현태, 송병선, 이재룡, 홍길표, 남진우, 황종연

세계문학전집 034

실낙원 2

ⓒ 조신권 2020

1판 1쇄 2010년 5월 17일 | 1판 9쇄 2018년 12월 5일
2판 1쇄 2020년 2월 27일 | 2판 5쇄 2025년 9월 15일

지은이 존 밀턴 | 옮긴이 조신권

편집 이승희 조현나 김수현 오동규 | 독자모니터 김형철
디자인 송윤형 한충현 최미영 | 저작권 박지영 형소진 주은수 오서영 조경은
마케팅 정민호 서지화 한민아 이민경 왕지경 정유진 정경주 김혜원 김예진 이서진
브랜딩 함유지 박민재 이송이 박다솔 조다현 김하연 이준희
제작 강신은 김동욱 이순호 | 제작처 영신사

펴낸곳 (주)문학동네 | 펴낸이 김소영
출판등록 1993년 10월 22일 제2003-000045호
주소 10881 경기도 파주시 회동길 210
전자우편 editor@munhak.com
대표전화 031)955-8888 | 팩스 031)955-8855
문학동네카페 http://cafe.naver.com/mhdn
인스타그램 @munhakdongne | 트위터 @munhakdongne
북클럽문학동네 http://bookclubmunhak.com

ISBN 978-89-546-1090-2 04840
     978-89-546-0901-2 (세트)

잘못된 책은 구입하신 서점에서 교환해드립니다.
기타 교환 문의 031) 955-2661, 3580

www.munhak.com

문학동네 세계문학전집

1, 2, 3 안나 카레니나 레프 톨스토이 | 박형규 옮김
4 판탈레온과 특별봉사대 마리오 바르가스 요사 | 송병선 옮김
5 황금 물고기 J. M. G. 르 클레지오 | 최수철 옮김
6 템페스트 윌리엄 셰익스피어 | 이경식 옮김
7 위대한 개츠비 F. 스콧 피츠제럴드 | 김영하 옮김
8 아름다운 애너벨 리 싸늘하게 죽다 오에 겐자부로 | 박유하 옮김
9, 10 파우스트 요한 볼프강 폰 괴테 | 이인웅 옮김
11 가면의 고백 미시마 유키오 | 양윤옥 옮김
12 킴 러디어드 키플링 | 하창수 옮김
13 나귀 가죽 오노레 드 발자크 | 이철의 옮김
14 피아노 치는 여자 엘프리데 옐리네크 | 이병애 옮김
15 1984 조지 오웰 | 김기혁 옮김
16 벤야멘타 하인학교 ― 야콥 폰 군텐 이야기 로베르트 발저 | 홍길표 옮김
17, 18 적과 흑 스탕달 | 이규식 옮김
19, 20 휴먼 스테인 필립 로스 | 박범수 옮김
21 체스 이야기 · 낯선 여인의 편지 슈테판 츠바이크 | 김연수 옮김
22 왼손잡이 니콜라이 레스코프 | 이상훈 옮김
23 소송 프란츠 카프카 | 권혁준 옮김
24 마크롤 가비에로의 모험 알바로 무티스 | 송병선 옮김
25 파계 시마자키 도손 | 노영희 옮김
26 내 생명 앗아가주오 앙헬레스 마스트레타 | 강성식 옮김
27 여명 시도니가브리엘 콜레트 | 송기정 옮김
28 한때 흑인이었던 남자의 자서전 제임스 웰든 존슨 | 천승걸 옮김
29 슬픈 짐승 모니카 마론 | 김미선 옮김
30 피로 물든 방 앤절라 카터 | 이귀우 옮김
31 숨그네 헤르타 뮐러 | 박경희 옮김
32 우리 시대의 영웅 미하일 레르몬토프 | 김연경 옮김
33, 34 실낙원 존 밀턴 | 조신권 옮김
35 복낙원 존 밀턴 | 조신권 옮김
36 포로기 오오카 쇼헤이 | 허호 옮김
37 동물농장 · 파리와 런던의 따라지 인생 조지 오웰 | 김기혁 옮김
38 루이 랑베르 오노레 드 발자크 | 송기정 옮김
39 코틀로반 안드레이 플라토노프 | 김철균 옮김
40 어두운 상점들의 거리 파트릭 모디아노 | 김화영 옮김
41 순교자 김은국 | 도정일 옮김
42 젊은 베르테르의 슬픔 요한 볼프강 폰 괴테 | 안장혁 옮김
43 더블린 사람들 제임스 조이스 | 진선주 옮김
44 설득 제인 오스틴 | 원영선, 전신화 옮김
45 인공호흡 리카르도 피글리아 | 엄지영 옮김
46 정글북 러디어드 키플링 | 손향숙 옮김
47 외로운 남자 외젠 이오네스코 | 이재룡 옮김
48 에피 브리스트 테오도어 폰타네 | 한미희 옮김
49 둔황 이노우에 야스시 | 임용택 옮김
50 미크로메가스 · 캉디드 혹은 낙관주의 볼테르 | 이병애 옮김

51, 52 염소의 축제 마리오 바르가스 요사 | 송병선 옮김
53 고야산 스님·초롱불 노래 이즈미 교카 | 임태균 옮김
54 다니엘서 E. L. 닥터로 | 정상준 옮김
55 이날을 위한 우산 빌헬름 게나치노 | 박교진 옮김
56 톰 소여의 모험 마크 트웨인 | 강미경 옮김
57 카사노바의 귀향·꿈의 노벨레 아르투어 슈니츨러 | 모명숙 옮김
58 바보들을 위한 학교 사샤 소콜로프 | 권정임 옮김
59 어느 어릿광대의 견해 하인리히 뵐 | 신동도 옮김
60 웃는 늑대 쓰시마 유코 | 김훈아 옮김
61 팔코너 존 치버 | 박영원 옮김
62 한눈팔기 나쓰메 소세키 | 조영석 옮김
63, 64 톰 아저씨의 오두막 해리엇 비처 스토 | 이종인 옮김
65 아버지와 아들 이반 투르게네프 | 이항재 옮김
66 베니스의 상인 윌리엄 셰익스피어 | 이경식 옮김
67 해부학자 페데리코 안다아시 | 조구호 옮김
68 긴 이별을 위한 짧은 편지 페터 한트케 | 안장혁 옮김
69 호텔 뒤라 애니타 브루크너 | 김정 옮김
70 잔해 쥘리앵 그린 | 김종우 옮김
71 절망 블라디미르 나보코프 | 최종술 옮김
72 더버빌가의 테스 토머스 하디 | 유명숙 옮김
73 감상소설 미하일 조셴코 | 백용식 옮김
74 빙하와 어둠의 공포 크리스토프 란스마이어 | 진일상 옮김
75 쓰가루·석별·옛날이야기 다자이 오사무 | 서재곤 옮김
76 이인 알베르 카뮈 | 이기언 옮김
77 달려라, 토끼 존 업다이크 | 정영목 옮김
78 몰락하는 자 토마스 베른하르트 | 박인원 옮김
79, 80 한밤의 아이들 살만 루슈디 | 김진준 옮김
81 죽은 군대의 장군 이스마일 카다레 | 이창실 옮김
82 페레이라가 주장하다 안토니오 타부키 | 이승수 옮김
83, 84 목로주점 에밀 졸라 | 박명숙 옮김
85 아베 일족 모리 오가이 | 권태민 옮김
86 폭풍의 언덕 에밀리 브론테 | 김정아 옮김
87, 88 늦여름 아달베르트 슈티프터 | 박종대 옮김
89 클레브 공작부인 라파예트 부인 | 류재화 옮김
90 P세대 빅토르 펠레빈 | 박혜경 옮김
91 노인과 바다 어니스트 헤밍웨이 | 이인규 옮김
92 물방울 메도루마 슌 | 유은경 옮김
93 도깨비불 피에르 드리외라로셸 | 이재룡 옮김
94 프랑켄슈타인 메리 셸리 | 김선형 옮김
95 래그타임 E. L. 닥터로 | 최용준 옮김
96 캔터빌의 유령 오스카 와일드 | 김미나 옮김
97 만(卍)·시게모토 소장의 어머니 다니자키 준이치로 | 김춘미, 이호철 옮김
98 맨해튼 트랜스퍼 존 더스패서스 | 박경희 옮김
99 단순한 열정 아니 에르노 | 최정수 옮김

100 열세 걸음 모옌 | 임홍빈 옮김
101 데미안 헤르만 헤세 | 안인희 옮김
102 수레바퀴 아래서 헤르만 헤세 | 한미희 옮김
103 소리와 분노 윌리엄 포크너 | 공진호 옮김
104 곰 윌리엄 포크너 | 민은영 옮김
105 롤리타 블라디미르 나보코프 | 김진준 옮김
106, 107 부활 레프 톨스토이 | 박형규 옮김
108, 109 모래그릇 마쓰모토 세이초 | 이병진 옮김
110 은둔자 막심 고리키 | 이강은 옮김
111 불타버린 지도 아베 고보 | 이영미 옮김
112 말라볼리아가의 사람들 조반니 베르가 | 김운찬 옮김
113 디어 라이프 앨리스 먼로 | 정연희 옮김
114 돈 카를로스 프리드리히 실러 | 안인희 옮김
115 인간 짐승 에밀 졸라 | 이철의 옮김
116 빌러비드 토니 모리슨 | 최인자 옮김
117, 118 미국의 목가 필립 로스 | 정영목 옮김
119 대성당 레이먼드 카버 | 김연수 옮김
120 나나 에밀 졸라 | 김치수 옮김
121, 122 제르미날 에밀 졸라 | 박명숙 옮김
123 현기증. 감정들 W. G. 제발트 | 배수아 옮김
124 강 동쪽의 기담 나가이 가후 | 정병호 옮김
125 붉은 밤의 도시들 윌리엄 버로스 | 박인찬 옮김
126 수고양이 무어의 인생관 E. T. A. 호프만 | 박은경 옮김
127 맘브루 R. H. 모레노 두란 | 송병선 옮김
128 익사 오에 겐자부로 | 박유하 옮김
129 땅의 혜택 크누트 함순 | 안미란 옮김
130 불안의 책 페르난두 페소아 | 오진영 옮김
131, 132 사랑과 어둠의 이야기 아모스 오즈 | 최창모 옮김
133 페스트 알베르 카뮈 | 유호식 옮김
134 다마세누 몬테이루의 잃어버린 머리 안토니오 타부키 | 이현경 옮김
135 작은 것들의 신 아룬다티 로이 | 박찬원 옮김
136 시스터 캐리 시어도어 드라이저 | 송은주 옮김
137 고독한 산책자의 몽상 장자크 루소 | 문경자 옮김
138 용의자의 야간열차 다와다 요코 | 이영미 옮김
139 세기아의 고백 알프레드 드 뮈세 | 김미성 옮김
140 햄릿 윌리엄 셰익스피어 | 이경식 옮김
141 카산드라 크리스타 볼프 | 한미희 옮김
142 이 글을 읽는 사람에게 영원한 저주를 마누엘 푸익 | 송병선 옮김
143 마음 나쓰메 소세키 | 유은경 옮김
144 바다 존 밴빌 | 정영목 옮김
145, 146, 147, 148 전쟁과 평화 레프 톨스토이 | 박형규 옮김
149 세 가지 이야기 귀스타브 플로베르 | 고봉만 옮김
150 제5도살장 커트 보니것 | 정영목 옮김
151 알렉시 · 은총의 일격 마르그리트 유르스나르 | 윤진 옮김

152 말라 온다 알베르토 푸겟 | 엄지영 옮김
153 아르세니예프의 인생 이반 부닌 | 이항재 옮김
154 오만과 편견 제인 오스틴 | 류경희 옮김
155 돈 에밀 졸라 | 유기환 옮김
156 젊은 예술가의 초상 제임스 조이스 | 진선주 옮김
157, 158, 159 카라마조프가의 형제들 표도르 도스토옙스키 | 김희숙 옮김
160 진 브로디 선생의 전성기 뮤리얼 스파크 | 서정은 옮김
161 13인당 이야기 오노레 드 발자크 | 송기정 옮김
162 하지 무라트 레프 톨스토이 | 박형규 옮김
163 희망 앙드레 말로 | 김웅권 옮김
164 임멘 호수·백마의 기사·프시케 테오도어 슈토름 | 배정희 옮김
165 밤은 부드러워라 F. 스콧 피츠제럴드 | 정영목 옮김
166 야간비행 앙투안 드 생텍쥐페리 | 용경식 옮김
167 나이트우드 주나 반스 | 이예원 옮김
168 소년들 앙리 드 몽테를랑 | 유정애 옮김
169, 170 독립기념일 리처드 포드 | 박영원 옮김
171, 172 닥터 지바고 보리스 파스테르나크 | 박형규 옮김
173 싯다르타 헤르만 헤세 | 권혁준 옮김
174 야만인을 기다리며 J. M. 쿳시 | 왕은철 옮김
175 철학편지 볼테르 | 이봉지 옮김
176 거지 소녀 앨리스 먼로 | 민은영 옮김
177 창백한 불꽃 블라디미르 나보코프 | 김윤하 옮김
178 슈틸러 막스 프리슈 | 김인순 옮김
179 시핑 뉴스 애니 프루 | 민승남 옮김
180 이 세상의 왕국 알레호 카르펜티에르 | 조구호 옮김
181 철의 시대 J. M. 쿳시 | 왕은철 옮김
182 카시지 조이스 캐럴 오츠 | 공경희 옮김
183, 184 모비 딕 허먼 멜빌 | 황유원 옮김
185 솔로몬의 노래 토니 모리슨 | 김선형 옮김
186 무기여 잘 있거라 어니스트 헤밍웨이 | 권진아 옮김
187 컬러 퍼플 앨리스 워커 | 고정아 옮김
188, 189 죄와 벌 표도르 도스토옙스키 | 이문영 옮김
190 사랑 광기 그리고 죽음의 이야기 오라시오 키로가 | 엄지영 옮김
191 빅 슬립 레이먼드 챈들러 | 김진준 옮김
192 시간은 밤 류드밀라 페트루솁스카야 | 김혜란 옮김
193 타타르인의 사막 디노 부차티 | 한리나 옮김
194 고양이와 쥐 귄터 그라스 | 박경희 옮김
195 펠리시아의 여정 윌리엄 트레버 | 박찬원 옮김
196 마이클 K의 삶과 시대 J. M. 쿳시 | 왕은철 옮김
197, 198 오스카와 루신다 피터 케리 | 김시현 옮김
199 패싱 넬라 라슨 | 박경희 옮김
200 마담 보바리 귀스타브 플로베르 | 김남주 옮김
201 패주 에밀 졸라 | 유기환 옮김
202 도시와 개들 마리오 바르가스 요사 | 송병선 옮김

203 루시 저메이카 킨케이드 | 정소영 옮김
204 대지 에밀 졸라 | 조성애 옮김
205, 206 백치 표도르 도스토옙스키 | 김희숙 옮김
207 백야 표도르 도스토옙스키 | 박은정 옮김
208 순수의 시대 이디스 워턴 | 손영미 옮김
209 단순한 이야기 엘리자베스 인치볼드 | 이혜수 옮김
210 바닷가에서 압둘라자크 구르나 | 황유원 옮김
211 낙원 압둘라자크 구르나 | 왕은철 옮김
212 피라미드 이스마일 카다레 | 이창실 옮김
213 애니 존 저메이카 킨케이드 | 정소영 옮김
214 지고 말 것을 가와바타 야스나리 | 박혜성 옮김
215 부서진 사월 이스마일 카다레 | 유정희 옮김
216 사람은 무엇으로 사는가 레프 톨스토이 | 이항재 옮김
217, 218 악마의 시 살만 루슈디 | 김진준 옮김
219 오늘을 잡아라 솔 벨로 | 김진준 옮김
220 배반 압둘라자크 구르나 | 황가한 옮김
221 어두운 밤 나는 적막한 집을 나섰다 페터 한트케 | 윤시향 옮김
222 무어의 마지막 한숨 살만 루슈디 | 김진준 옮김
223 속죄 이언 매큐언 | 한정은 옮김
224 암스테르담 이언 매큐언 | 박경희 옮김
225, 226, 227 특성 없는 남자 로베르트 무질 | 박종대 옮김
228 앨프리드와 에밀리 도리스 레싱 | 민은영 옮김
229 북과 남 엘리자베스 개스켈 | 민승남 옮김
230 마지막 이야기들 윌리엄 트레버 | 민승남 옮김
231 벤저민 프랭클린 자서전 벤저민 프랭클린 | 이종인 옮김
232 만년양식집 오에 겐자부로 | 박유하 옮김
233 이상한 나라의 앨리스 루이스 캐럴 | 존 테니얼 그림 | 김희진 옮김
234 소네치카 · 스페이드의 여왕 류드밀라 울리츠카야 | 박종소 옮김
235 메데야와 그녀의 아이들 류드밀라 울리츠카야 | 최종술 옮김
236 실종자 프란츠 카프카 | 이재황 옮김
237 진 알랭 로브그리예 | 성귀수 옮김
238 말테의 수기 라이너 마리아 릴케 | 홍사현 옮김
239, 240 율리시스 제임스 조이스 | 이종일 옮김
241 지도와 영토 미셸 우엘벡 | 장소미 옮김
242 사막 J. M. G. 르 클레지오 | 홍상희 옮김
243 사냥꾼의 수기 이반 투르게네프 | 이종현 옮김
244 험볼트의 선물 솔 벨로 | 전수용 옮김
245 바베트의 만찬 이자크 디네센 | 추미옥 옮김
246 나르치스와 골드문트 헤르만 헤세 | 안인희 옮김
247 변신 · 단식 광대 프란츠 카프카 | 이재황 옮김
248 상자 속의 사나이 안톤 체호프 | 박현섭 옮김
249 가장 파란 눈 토니 모리슨 | 정소영 옮김
250 꽃피는 노트르담 장 주네 | 성귀수 옮김
251, 252 울프홀 힐러리 맨틀 | 강아름 옮김

253 시체들을 끌어내라 힐러리 맨틀 | 김선형 옮김
254 샌프란시스코에서 온 신사 이반 부닌 | 최진희 옮김
255 포화 앙리 바르뷔스 | 김웅권 옮김
256 추락 J. M. 쿳시 | 왕은철 옮김
257 킬리만자로의 눈 어니스트 헤밍웨이 | 정영목 옮김
258 오래된 빛 존 밴빌 | 정영목 옮김
259 고리오 영감 오노레 드 발자크 | 이철의 옮김
260 동네 공원 마르그리트 뒤라스 | 김정아 옮김
261 앨리스 B. 토클러스의 자서전 거트루드 스타인 | 윤희기 옮김
262 댈러웨이 부인 버지니아 울프 | 민은영 옮김
263 인간 실격 다자이 오사무 | 홍은주 옮김
264 감정의 혼란 슈테판 츠바이크 | 황종민 옮김
265 돌아온 토끼 존 업다이크 | 정영목 옮김
266 토끼는 부자다 존 업다이크 | 김승욱 옮김
267 토끼 잠들다 존 업다이크 | 김승욱 옮김

● 문학동네 세계문학전집은 계속 출간됩니다